Cethriuxs

Introdução
Avanço tecnológico humano (ATH)

Cethriuxs, é como nós seres humanos somos conhecidos no grande universo, pelo menos, nos autodenominamos assim, após muitos anos de evolução muito precoce, tanto da tecnologia, quanto da sabedoria humana, dando a nós assim, métodos de fazer pesquisas ainda mais ousadas, que fez com que chegássemos, por mais incrível que pareça ainda para o ser humano, a uma utopia!

Para que seja menos confuso, e que, você fique atualizado com o universo dos Cethriuxs, você lera rapidamente um pequeno resumo da evolução humana, antes de se emaranhar, nas aventuras dos humanos nas galáxias via láctea, Andrômeda e uma menor chamada de Santuário.

- Ano 2026 – Descoberta que todos os seres humanos tem antagonistas aos anticorpos, que leva ao câncer.

- Ano 2039 – É feito o primeiro teletransporte de matéria, sendo utilizados frutas e animais.

- Ano 2044 – São criadas as células de Hoverson.

- Ano 2051 – Sistema potável. Um passo para a utopia

- Ano 2054 – A cura para todas as doenças.

- Ano 2061 – Habitação lunar. Deposito Marte.

- Ano 2062 – Teletransporte terrestre.

- Ano 2077 – Os A.T.L.P.O.I e D
- Ano 2080 – Monarquia Cethriuxs.
- Ano 2100 – Magia?
- Ano 2199 - Presente
Bom. Vamos lá!

Sumário

Ano 2026

Susana Hans, professora doutora e pesquisadora na universidade de Marburg do estado de Hesse na Alemanha, loira, 1.82 de altura, lábios carnudos, com óculos fundo de garrafa, seios muito avantajados, e dali para baixo uma vareta, resumindo, um monstro de 27 anos. Apesar do rosto bonito, que ficava imensamente feio nos óculos em que ela usava era especialmente um gênio na área da medicina, se formou as 21, e passou a lecionar aos 23 após terminar sua pós-graduação na área biomédica de células, como professora aprendiz da universidade.

Era solteira, não tinha tempo para namoros, estudava muito, e fazia também muitas pesquisas, não lhe sobrava tempo para mais nada, porém era feliz assim.

Era oito horas da manhã, em pleno inverno alemão, e Susana se encaminhava para a universidade em seu Audi TRL6, (Carro movido à energia solar, que na falta do mesmo, utilizava eletricidade) branco, que Susana havia comprado por ser um dos primeiros carros a utilizar energia solar e por parecer um daqueles antigos mouses de computadores usado há 10 anos, na qual ela quando mais nova tinha uma coleção.

O inverno era rigoroso, fazia -3 °C, e a neve não parava de cair, ela já entrava no estacionamento ao lado da capela que ficava no estacionamento da estrada Johannes Muller. Ela parou o mais próximo possível da igreja, por onde ela passaria por traz de suas paredes evitando o vento frio do rigoroso inverno, e atravessaria ao outro lado aonde tinha um grande castelo, que há alguns anos era o novo polo de pesquisa da universidade.

Susana foi o mais rápido possível para o polo de pesquisa, queria muito sair do frio, e sabia que seu laboratório climatizado estaria em um calor de no mínimo 30 °C por causa das células lá contidas havia alguns dias. Quando ela chegou à frente da porta, ela ouviu seu celular tocar, ela tirou do bolso de sua calça jeans e olhou, era Megan, provavelmente iria perguntar onde sua tutora estava afinal já era quase nove horas, Susana estava tão entretida em seus próprios pensamentos que simplesmente demorou muito para chegar à universidade.

Susana gostava muito do estilo medieval do térreo do antigo castelo, na qual ela passava maior parte do tempo quando não estava dando aula, sentia até certo fetiche pelo lugar, mais nunca teve tempo para fantasiar com isso, e também nunca teve um namorado que compartilhasse as mesmas vontades que ela. Ela andou até o final daquela grande sala, cumprimentou um guarda de nome Alex, e a recepcionista Rebecca, que era uma de suas alunas mais dedicadas, e entrou no elevador, um dos lugares onde ela mais gostava de pensar, podia passar o dia todo lá dentro se fosse possível.

Chegando ao último andar Susana abriu a porta que já estava em frente ao elevador, graças ao nível de suas pesquisas, todo o último andar era dedicado apenas às pesquisas celulares de Susana. Dentro da sala estava uma menina de cabelos negros tigelinha, sentada em uma mesa perto de uma janela mexendo em um airbook, havia algumas páginas sobre a mesa, enquanto ela digitava em um teclado virtual a sua frente.

- Bom dia Megan

- Oh, olá professora, nem percebi sua chegada – O que era uma mentira deslavada, pois o elevador informava sempre a chegada de alguém. Susana riu.

- Sempre cheia de piadinhas né Megan? O que está fazendo?

- Revendo a matéria do professor Adolph. Tenho um teste importante às onze horas.

- E como vão as nossas células?

- Bom, estão normais, embora após aquela injeção de maçã uma célula tenha adquirido câncer.

- Câncer? Em uma única célula?

Susana ficou impressionada, ela queria sim gerar câncer nas células, porém apenas uma célula ter se tornado cancerígena com a alimentação pela maçã era algo muito estranho. E por que apenas uma célula reagiu dessa maneira?

- Megan me diz uma coisa, você já juntou cada célula com seu grupo?

- Não professora, é melhor a senhora fazer isso, senão você com certeza me faria relatar tudo e eu já estou cheia de provas.

- Certo, traz o pote com o grupo de células daquela que tornou-se cancerígena.

Megan atravessou a sala e foi até um armário enquanto Susana pegou um frasquinho na pia e foi até um microscópio no centro da sala e posicionou o frasco em um pequeno compartimento, alguns segundos depois Megan encaixou o pequeno pote rosa ao lado do frasquinho de vidro.

- Megan, se quiser estudar para a prova do Adolph fique à vontade, sei que as provas do velho são chatas, ele também me deu aula.

Megan agradeceu a Susana e foi sentar-se à mesa onde estava seu airbook.

Susana ligou o microscópio eletrônico VCT7000 que se fechou em uma esfera os dois pequenos compartimentos, e liberou a carga do frasquinho de vidro para dentro do pote rosa, e passou a observar a tela que estava a sua frente. Susana sabia que o tempo para que uma célula contaminasse a outra seria de dois a três dias que tinha sido algo que ela mesma descobriu, mesmo assim ela continuou observando, então algo inesperado aconteceu, Susana pensou ser uma ilusão de ótica, uma luz amarela havia aparecido e sumido rapidamente da célula mais próxima à célula infectada. Ela aproximou o máximo possível das duas células e então percebeu algo que ela nunca havia percebido antes, pequenas luzes se espalhavam por todas as células ali presentes, e as células se tornavam cancerígenas. Susana não sabia o porquê, não era algo normal às células se contaminarem tão rápido, talvez tenha acontecido como naqueles casos incuráveis, em que a pessoa morre e nem teve tempo de verdade de adoecer, a verdade é que ali já estava se formando um tumor, e aquilo gerou uma ideia em Susana.

Alguns meses se passaram e Susana, Megan (Já formada) e o novo aluno de Susana, Hugo, passaram a estudar cada célula presente ali, testando diversos tipos de alimentos ou qualquer coisa que pudesse gerar o câncer. Dois longos anos depois após muitos estudos Susana conseguiu provar que aquelas pequenas luzes amarelas são Déoxites, pequenos organismos vivos que são cancerígenos, e que todo ser humano tem como parte natural do corpo, sua função é antagonista ao dos anticorpos, porém cada Déoxites, de cada organismo, tem algo que o ativa para que possa gerar o câncer.

- Por exemplo – Dizia Susana em uma de suas aulas sobre Déoxites – 98% da população mundial, têm seus Déoxites ativados pelo fumo de cigarros, que contém mais de 60 substancias cancerígenas que por sua vez, para 2% da população não fazem nem mal nem bem, pelo menos não no quesito câncer. Como o cigarro, atinge muito os pulmões, laringe, esôfago e boca, resumindo todas as regiões da boca até o pulmão, os Déoxites dessas regiões do corpo têm tendência a despertarem muito mais do que os Déoxites localizados no estomago, mais também pode ocorrer dos Déoxites despertarem no pulmão e só fazerem efeito despois de migrarem para outras regiões do corpo, o que é algo muito raro de se acontecer. Podemos também usar o exemplo antagonista a esse, que é o da maçã, que enquanto 99,9% da população pode comer maçã sem se preocupar em pegar câncer, alguns coitados de 0,01% podem adquirir câncer nas regiões estomacais (E também em outras regiões) por que tem Déoxites que se ativam ao entrar em contato com substancias da maçã.

Um aluno levantou a mão do fundo da sala, e perguntou:

- E a pessoa pode fazer um exame para saber qual "substancia" ela pode ou não ingerir?

- Infelizmente não Alfredo, a única vantagem é que agora em vez de combatermos o câncer, podemos combater sua origem, esse é agora o tema da nossa nova pesquisa.

- Professora, isso vai cair na prova? – Gritou alguém do fundo da sala.

- Apenas uma questão, e se ela for respondida com seriedade e algum sentido talvez eu possa aumentar a nota da prova de vocês.

- E qual seria a pergunta?

- Como, evitar que um Déoxites, se ative?

Ano 2039

Erick Anker tinha cinquenta e dois anos, trabalhava há vinte anos na empresa fundada pelo pai após grandes pesquisas realizadas nas áreas da tecnologia. Era um homem de músculos bem torneados, 1.77 de altura, cabelos longos e ruivos. Seu rosto chamava atenção, não pela beleza, mais pelo nariz extremamente grande e os grandes olhos esverdeados.

Formado na Universidade de Copenhagen, em ciências quânticas, Erick tinha em sua mente, o sonho que também pertencera ao pai, o teletransporte humano, porém Erick sabia que ainda estava muito longe de atingir tal proeza, afinal ainda não tinha conseguido fazer com que seu experimento com as bananas do mercado desse certo. Erick tinha conseguido destruir a fruta, mais não conseguiu reconstruí-la.

Erick agora dono da empresa Transporte Tech, fazia pesquisas e mais pesquisas na tecnologia do teletransporte, ele sabia que alguma coisa estava faltando, estava tão próximo de teletransportar um objeto, mais ainda não conseguia achar o erro, ou o que faltava.

Ele dirigia pela Rua Brandevej, na pequena cidade norte de Snede, onde ficava localizado o grande centro de pesquisa da TT, enquanto dirigia seu Dinaxo TT 39, o primeiro carro totalmente automático, inventado por um grupo de pesquisa da TT. Erick ativou o controle automático do carro e começou a relembrar o que seu pai tinha lhe ensinado sobre teletransporte, algo que o deixou extremamente fascinado na época.

"A Erick, um dia vamos poder nos transportar de forma limpa, e rápida, graças ao teletransporte!"

"E é possível mesmo pai, fazer isso?"

"Claro menino, e um dia vamos todos usar esse meio de transporte, tanto os ricos quanto os pobres, e isso vai ajudar muitas pessoas e ainda acabar com acidentes de automóveis."

"E como funciona o teletransporte pai?"

"Imagine um cubo mágico, imagine que para que você possa passar por dentro de uma porta, que é um tubo de fluxos de informações ele apenas passe quadradinho por quadradinho, o que você faria para transportá-lo ao outro lado?"

"Sei lá, desmontaria ele e passaria quadradinho por quadradinho pela porta, e pronto".

"E como montaria ele de novo?"

Erick percebeu que já estava chegando a seu destino, uma grande esfera espelhada que ocupava dois enormes quarteirões. Essa pergunta, ele não fazia ideia de como responder à época, e então o tempo passou, e ele ficou com aquela pergunta em mente, foi quando a resposta veio como uma luz que se teletransportou de algum lugar mais sábio até seu cérebro.

".... Maquinas pai!"

"Do que está falando menino?"

"Do teletransporte, se eu usar uma máquina para reconstruir o cubo mágico do outro lado da porta, é assim que eu reconstruo o cubo, e ainda, se eu precisar teletransportar poderia usar dois robôs, um me desmonta e joga para o outro lado e o outro me remonta."

Erick sorriu sozinho ao descer do carro, seu pai tinha sorrido aquele dia, e as duas maquinas foram feitas e milhares e milhares de testes foram feitos, mais infelizmente sua teoria estava de longe muito errada. O teletransporte era conhecido na física quântica como a destruição de um "objeto" e a criação de uma cópia exata, no destino final, e não o desmontar e montar que o menino imaginava, pelo menos não até aquele momento.

Erick correu assim que seu carro estacionou, para uma antiga sala onde estavam as duas maquinas que seu pai havia criado, no caminho retirou de uma arvore uma maçã, e a carregou consigo. Abriu a porta e lá ele viu uma sala quadrada bem pequena do tamanho de um pequeno bar local, com paredes cheias de pequenos ladrilhos brancos, e em cada canto da sala uma máquina do tamanho de uma mesinha de cama. Ele as ligou e sem demora colocara a maçã.

Ele tirou de dentro de seu bolso do paletó um cubo mágico que ele sempre tinha consigo, o desmontou e foi montando ao mesmo tempo que o desmontava, levando cerca de 10 minutos para desmontar o cubo de um lado e montar o cubo de outro. A resposta era essa! O teletransporte não precisava ser imediato, e nem teria que ser. Ele correu para a máquina e abriu um pequeno compartimento e apertou um botão, de onde uma tela digital apareceu em sua frente, ele começou a programar a máquina, de uma forma jamais feita antes, ele sabia que era loucura, mais mesmo assim continuou a fazer, quando fechou a máquina correu para a outra máquina do outro lado da sala e programou de uma forma contrária a que tinha feito na primeira máquina, mesmo sabendo que aquilo era loucura.

Tinha programado uma máquina para separar todos os átomos de forma organizada enquanto enviava até a outra máquina que montaria átomo por átomo, conforme ele fosse chegando. Erick colocou a maçã de um lado e ativou a máquina, para sua surpresa a maçã começou a sumir como se cada átomo fosse levado pelo vento, e a aparecer do outro lado da sala, e em alguns minutos lá estava à maçã do outro lado da sala, inteirinha. Erick mordeu um pedaço da maçã, estava doce, o doce sabor da vitória.

Após a divulgação de sua descoberta as pesquisas avançaram de uma forma espantosamente rápida. Erick fez uma melhora na máquina e mandou produzir mais duas de tamanho maiores e foi sempre aumentando a distância entre as maquinas chegando a fazer um teste de frutas com uma máquina no Japão e a outra na Dinamarca, com sucesso e com o tempo estimado sempre o mesmo, de quatro a cinco minutos para teletransportar a maça. Após alguns anos de pesquisa Erick conseguiu criar uma máquina na qual o tempo de teletransporte fosse menor do que um minuto, seja em uma pequenina laranja ou em uma enorme melancia. Com isso foram aplicados os primeiros testes com os animais, foram constatados que o transporte dos animais era como afogar os bichos na água, eles ficavam por um período curto sem respirar o que no destino final os enfraquecia, porém, o sucesso era certo. Além do mais, o cérebro dos animais parecia sempre estar intacto após uma bateria de exames e demonstração de carinho das mamães com seus filhotes após a viagem, o que abria caminho para as pesquisas com telctransporte humano, que logo de cara foram encontradas complicações graças aos Déoxites que em 100% dos casos gerou câncer corporal completo. Mais ali estava o futuro, o teletransporte estava a caminho.

2044

Andrei Hoverson trabalhava no hospital de Helsinki havia alguns anos. Filho de August Litmanen (programador pioneiro na construção do sistema inteligente de carros totalmente automatizados) e Darlene Tsubasa, uma Portuguesa filha de uma brasileira e um japonês, que trabalhava incessantemente na criação de androides, para melhorar os serviços humanos. Apesar de os pais serem grandes programadores e Andrei ser muito bom com computadores, à programação nunca foi algo que interessasse o pequeno Finlandês de olhos puxados e cabelo loiro.

Andrei sempre foi um atleta, preferia mil vezes praticar qualquer esporte a ficar na frente de um computador, e evitava ao máximo levar seu airbook para as ruas onde havia a um tempo dois campos de futebol, onde hoje existe um dos complexos esportivos mais sofisticados e bem preparados do mundo. Sua casa sempre fora muito próxima do complexo, de frente com sua entrada na Rua Joonaksentie em Porvoo, o que favorecia "japanilainen" (carinhosamente apelidado de japonês na língua finlandesa) a ter distribuídos em todos seus 1.84 de altura, músculos fortes e resistentes, o que permitia que ele fosse no mínimo um bom atleta em todos os esportes no qual ele sempre participava.

O tempo se passou e Andrei infelizmente não pode se tornar um profissional em patinação no gelo, decidiu então estudar. Quatro divertidos e longos anos, na Universidade de Helsinki, renderam ao japanilainen. Uma linda mulher norte-americana, Sue e uma afloração em sua inteligência, voltada ao esporte de forma espantosamente rápida e sabia. Antes mesmo de completar o curso, Andrei já tinha sido contratado pelo hospital de Helsinque para trabalhar em pesquisas desportivas.

Mais algum tempo depois, Andrei, já doutor chefe e respeitado na área da medicina esportiva, trabalhava incessantemente na procura de uma célula que nunca diminuísse o número de mitocôndrias em seu interior, o que faria com que a sobra excessiva de energia no corpo do ser humano, fizesse com que o mesmo se exercitasse o mínimo que fosse.

Andrei sempre ia visitar os pais em sua cidade natal, Sue sua esposa atenciosa como sempre, o acompanhava junto com sua pequena filha Nicole. Em uma dessas visitas, Andrei ficou olhando a natureza finlandesa, muitas árvores cobertas de neve, e quanto mais nevava mais alto ficava a neve. Ele nunca conseguiu entender por que o cérebro humano, uma ferramenta tão poderosa não armazenava energia em mitocôndrias desativadas, era, no ponto de vista de Andrei inadmissível que uma ferramenta que um dia levou o homem a criar um avião, não ter total controle ante ao mal eminente que o próprio ser humano criava em volta de si mesmo, em teu próprio corpo. Ele via e revia todos seus estudos, nunca achava uma resposta. A única coisa que encontrava, era o simples fato que, se o corpo humano não utiliza toda a sua capacidade, ele a diminuía, de uma forma a estabelecer ordem nas áreas internas do corpo, e isso, pensava Andrei, era de certa forma um erro.

Em uma dessas visitas, Andrei vinha conversando com sua mãe sobre a sua mais recente pesquisa:

- Essa é a ideia que tive essa semana äiti, estava reparando, em suas maquinas, e maquinas envelhecem, mais suas peças são trocadas sempre.

- Nem sempre, só quando estão desgastadas ou em mau funcionamento.

- Exatamente äiti, e se eu conseguisse fazer isso com as células do corpo humano? Sabe seria maravilhoso! E se eu pudesse gerar nessas células uma autoproteção contra os Déoxites, não haveria mais câncer! Sem contar que as mitocôndrias nunca envelheceriam e o lisossomo, não precisaria ter a grande escala necessária.

- Isso quer dizer, que mesmo que comamos muito, não vamos engordar é isso? – Disse Darlene com incredulidade no rosto - Andrei, isso é loucura, é contra as regras da humanidade.

- Não äiti, o que quero dizer, é fazer, por exemplo, com que uma criança já nasça com essas células modificadas em laboratório, sem que haja uma mudança física ou mental nessa criança, tendo os dados genéticos dos pais sem modificação e gerando uma adaptação aos seus próprios dados na junção das células. Sendo assim seus filhos já nasceriam com essas células, por terem genes dominantes.

- Poika, você ainda não me respondeu. Se tivermos um alto número de mitocôndrias em nossas células que não envelhecem quer dizer, que elas vão estar sempre trabalhando e, mesmo que comamos um mundo de comida, não vamos engordar?

- Querida äiti, se lembra de que quando eu era criança, não conseguia ficar sem brincar, ou fazer alguns exercícios antes de dormir? E você pensou que o motivo era eu ser hiperativo?

Com uma cara de riso e preocupação a senhora de cabelos azulados respondeu:

- Me lembro como se fosse hoje. Não parava de jeito nenhum, pensei que fosse hiperatividade, te levei ao médico, e ele me disse que você tinha sintomas de hiperativo, coisa que atleta muito dedicado tem, não conseguia ficar parado, tinha as mitocôndrias muito desenvolvidas, e a falta de exercício, te deixava com mais vontades de bagunçar.

- Exatamente äiti, muita energia acumulada, que hoje infelizmente não possuo mais e muitas crianças que eram como eu; também não possuem. Algumas delas acabarem por engordar, por preguiça. O que quero dizer, é que essas células erradicariam a preguiça.

Dessa vez Darlene, fez uma cara de espanto maravilhado. A ideia era realmente boa, o que significaria que o exercício estaria presente na vida de todos, e uma melhora no estilo de vida das pessoas também seria ótimo, pensou ela consigo mesma. Além do mais, comer gerava energia, o que daria mais vontade de fazer exercícios.

- Mais, isso não muda muito que somos, muda? Tipo nós só nos alimentamos para repor energia, não é? Você não está inventando nada novo.

- É bem verdade que não, porém, já estou deixando essas pessoas com mitocôndrias mais poderosas, já em estado de atletas, uma célula com alto número de mitocôndrias, o que vai estimular automaticamente as pessoas, a fazerem exercícios, a comer mais também, mais uma pratica maior de exercícios vai ser muito necessária.

- É meu poika, tem uma mente revolucionária.

- Por isso que iniciei os testes com as células de Hoverson, semana passada, com o meu filho!

A cara de espanto de Darlene refletia medo.

2051

Johnny Dwano estava a bordo da nave de BAOD (Bio Army Of Discovery) da NASA, o gênio recém-formado da MIT (Massachusetts Institute of Technology) era um típico Nerd norte americano, alto e magricela, grandes óculos redondos no rosto, o cabelo liso jogado a frente do rosto espinhento. Um aparelho enorme na boca, para regular seus problemas de dentes tortos, uma calça jeans, e uma camisa de mangas curtas, colocada para dentro da calça, e os velhos sapatos do século XX.

JD, como era conhecido pelos tripulantes da BAOD, era líder de uma pesquisa, na qual ele mesmo questionou em MIT, onde o governo passou a pesquisar, a existência de água em todos os outros planetas. Algumas das evidencias comprovavam a existência da água em todos os planetas.

Siga agora a notícia alguns meses depois em todos os canais de televisão, sites de internet, jornais e revistas eletrônicas e os convencionais de papel, e o imortal rádio.

O grande desafio de JD era provar que era possível captar vapores infinitos de água de Mercúrio em uma máquina, resistente aos raios solares e que quando cheia voltasse, esfriando gradativamente ao planeta terra, para que o vapor se transforme em água pura, sem nenhum tipo de bactérias. Essa máquina montada pelo doutor Maxmillian, chefe de pesquisa alemã no combate aos raios solares funcionou, a uma base milenar de camada de ozônio produzida em laboratório, o que permitiu com que a máquina ficasse "estacionada" em mercúrio tempo suficiente para encher o tanque de vapor, e voltar ao planeta terra. Mais aí parando para pensar, água em Vênus? O planeta que supostamente foi vítima de um aquecimento global? Isso mesmo caro leitor.

JD descobriu que o centro planetário de Vênus é uma grande "piscina" que graças a grande temperatura do planeta do "amor" (Deusa Vênus da antiga

Roma) a água precipita-se em forma de vapor, e se perdia pouco a pouco na atmosfera, porém a cada 100 mil anos perde-se 1% de toda água planetária. Sendo assim uma nova máquina igual à que vai sempre a Mercúrio, foi produzida com a mesma função de resgatar água de Vênus, porém para evitar a chegada de água radioativa, um dispositivo de "limpeza" foi adicionado a máquina. E mais uma vez, JD encontra provas a seu questionamento.

Marte, o planeta vermelho, de onde já ouvimos falar de diversas lendas, como por exemplo, que nós seres humanos viemos de lá e que somos extraterrestres. JD foi com seu grupo a marte para estudar a superfície do planeta vermelho, demorou exatamente quatro meses para que fosse comprovada a presença de água, no ar e também por toda a extensão subterrânea de Elysium Planitia até Lunae Blanum. Tendo assim Marte um grande mar subterrâneo que aos poucos estava subindo a superfície, o plano que seria utilizado em marte era uma grande fábrica para acelerar o processo desse mar subterrâneo subir a superfície, e daí então utilizar os já conhecidos métodos de purificação para utilizar a água.

Júpiter o maior dos planetas do sistema solar, um gigante de gás, com hidrogênio em abundancia e também hélio, além de não ser possível pousar atraiu muito a atenção de JD. Era conhecida a observação pelos telescópios, hidrogênio e vapores d'água, (além de Amônia, entre outros) mas ao chegar próximo de Júpiter JD se impressionou com um dos anéis de Júpiter (que são extremamente difíceis de observar) para ser mais exato, o mais próximo do planeta era água. Em um ciclo infinito começava com a mistura de alguns gases que saiam do planeta e se misturavam com o vapor de água, os outros anéis, faziam ao trabalho de purificar a água, em três dias de viagem em torno de Júpiter. JD viu um enorme anel de água cristalina em volta de Júpiter, que ao se aproximar de onde era seu nascimento, desaguava como uma enorme cachoeira e voltava a ser apenas pouco vapor d'água naquela imensidão de gases. A pergunta então era como tirar a água dali? JD então se reunião em uma videoconferência com os melhore engenheiros do planeta terra, que usariam as mesmas técnicas de resistência em maquinas construtoras para criar uma máquina que captasse dez por cento do anel de água de Júpiter, evitando assim que o ciclo de água do planeta se esgotasse.

Enquanto JD seguia para Saturno, já eram enviados os homens e maquinas que trabalhariam na construção da máquina de água do planeta Júpiter. A chegada de JD em Saturno foi agradável, uma visão magnifica dos grandes anéis que eram parecidos com uma pista de patinação, apesar de grande não chamou atenção de JD, que foi então estudar as Luas de Saturno. Quase todas as Luas eram cobertas por gelo, que poderia ser aproveitado pela humanidade para a transformação em água. Já adiantando, Urano, tinha a mesma particularidade no anel mais próximo de sua atmosfera e foi decidido pelo mesmo processo que Júpiter.

Netuno o gigante de Gelo, apesar do nome foi o único dos planetas que JB encontrou que o decepcionou. Muito congelado e frio, seria necessário descongelar e separar diversos elementos para obter apenas água, não que os outros planetas não fossem assim, porém, Netuno, apresentava pouca água apesar da coloração e do nome.

Então as coisas ficaram assim.

Mercúrio receberia a nave que adquiriria o vapor planetário, com a água sendo gradativamente condensada até a chegada na terra, onde a água seria tratada e pronta para o uso.

Em Vênus o processo seria o mesmo, no entanto a nave de Vênus era equipada com um processador antirradiação, fazendo assim com que a água chegue menos poluída em seu destino tornando assim mais fácil o tratamento da água.

Marte já estava sendo estudada para futuramente ser habitada, no entanto, com essa incrível descoberta os planos de implantar uma colônia lá eram agora viáveis, e a primeira cidade seria localizada logo na região de Syrtis Major Planitia, dentro da cratera de Antoniadi, com a imensa fábrica localizada em Baldet, outra cratera próxima a Antoniadi.

Para os gigantes de gases, a solução encontrada para sempre ter alguém para trabalhar e monitorar as maquinas, foram à criação de colônias satélites, nas pequenas luas desses planetas, bancados pela Terra e com áreas verdes especiais para a plantação de alimentos, a uma distância definida das grandes maquinas de água.

Veja abaixo as fotos:

2054

Andrei desembarcava no aeroporto de Viracopos em Campinas, era considerado um dos maiores cientistas de seu tempo. Criador da célula humana que levava seu nome, demorou anos testando doenças na super célula que atualmente estavam presentes apenas no corpo de Hoverson, mais não Andrei, e sim seu filho caçula Mike. Considerado um cientista desumano por testar uma célula que funcionou em ratos e outros animais em seu próprio filho e pior, o adoecer propositalmente para testar a célula com todas as doenças conhecidas pelo homem até ali.

Andrei sabia desde o começo que fazer isso com seu filho geraria críticas, ele mesmo se criticou por muito tempo, mais o primeiro teste o alegrou. Havia estourado em toda Finlândia um surto de gripe o pequeno recém-nascido Mike, nunca em sua vida adquiriu gripe. E foi aí que a célula de Hoverson, o projeto de Andrei chamou a atenção da pesquisadora brasileira, doutora Maria Bastos, que tem a base da sua pesquisa a cura para o câncer. A intenção de Andrei com sua célula no começo era erradicar a preguiça, diminuindo drasticamente e de forma saudável e natural no futuro a obesidade, no entanto a célula ficou tão bem desenvolvida que ela era imune a diversas doenças, com essa descoberta a doutora Maria propôs o estudo da célula com várias doenças e como o corpo de Mike reagiria às mesmas.

De ano em ano desde os cinco anos de idade de Mike, eles viajavam ao Brasil para um acompanhamento com doenças consideradas letais, febre amarela, dengue, e muitas outras, nada conseguia penetrar as células, e elas mesmas intensificavam as ações dos anticorpos. O pequeno Mike era atualmente o único ser humano que não precisaria se preocupar com a AIDS. Infectado de diversas maneiras no ano anterior a AIDS simplesmente não conseguia entrar em nenhuma célula ou na corrente sanguínea, as células Hoverson erradicaram a AIDS, ela não se reproduzia e rapidamente era destruída se ficasse em qualquer parte do corpo que houvesse as células, o corpo do pequeno Mike só tinha esse tipo de célula.

- Pai, essa vai ser a última vez que vamos vir pro Brasil?

- Para fazer exames com a Dra Maria, eu espero que sim filho. Mas como sei que gosta muito do Brasil podemos vir nos divertir aqui sempre que possível.

O pequeno garoto loiro de um metro e quarenta e sete, de cabelos ondulados e olhos azuis abriu um sorriso, ele gostava do calor, das praias e ir assistir os jogos de futebol, a o futebol brasileiro sempre foi mágico.

Eles andaram até o lado de fora do aeroporto, onde já os esperava um táxi executivo, um carro todo preto, e o já conhecido professor Paulo, negro com dois metros de altura, careca e muito forte fisicamente os esperava a frente do carro:

- Fala pequeno Mike tudo certo? – A voz fina de Paulo sempre fazia Mike rir – Você cresceu heim!

- E aí tio Paulo – Mike cumprimentou o homem com um abraço – Vamos ir no jogo da Ponte Preta depois dos exames?

- Hey hey, calma lá Mike - Andrei cumprimentou Paulo com um forte aperto de mão – Como tá a vida Paulo?

Eles entraram no carro e foram conversando por todo o caminho, trinta minutos até a chegada à melhor universidade brasileira UNICAMP, quanto mais perto da universidade mais a cidade ia ficando bonita, Mike contou quantos campos de futebol tinham espalhado pelo caminho, e dessa vez tinha um a mais do que no ano anterior, nove. A chegada à universidade sempre deixava o pequeno Mike ansioso, geralmente ele era infectado com uma super doença antes de viajar e já chegava lá com ela, no entanto ele já estava infectado (ou não, por que na verdade ele nunca ficava infectado e essa era a última doença que iriam testar nele) com essa doença fazia um ano, ele foi infectado de uma forma diferente, assim como aconteceu no estudo AIDS. No laboratório há um ano, a Dra Maria fez em laboratório diversos testes com o pequeno Mike, tentando induzir o câncer, foram observados dessa maneira alguns erros genéticos que levariam o garoto ao câncer, Andrei foi embora aquele dia desapontado, tinha tudo corrido muito bem, mas o câncer parecia mesmo ser invencível.

- Eba, chegamos pai – Mike estava feliz, afinal ele gostava dos exames – Cadê a tia Maria, tio Paulo? Ela ainda não chegou?

- Ela ta analisando algumas amostras de sangue que seu pai mandou por teletransporte, procurando algumas doenças e essas coisas.

Eles haviam descido no Instituto de Biologia (IB), seguiram até a biblioteca e lá esperariam a Dra Maria. Andrey amava aquela pequena biblioteca do instituto, continha um enorme número de livros, artigos e pesquisas das quais ele sempre perdia um bom tempo na espera de Maria, no entanto, eles mal entraram na biblioteca, e algum tempo depois lá estava ela, negra, magra, com um metro e oitenta de altura, cabelos raspados, tinha as pernas bem fortes e firmes, estilo atleta, estava de calça jeans, e uma camiseta regata branca mostrando sua boa forme e seus grandes peitos pressionados em um top, e sobre sua roupa um jaleco branco, o anjo dos sonhos de Mike.

- Tia Mariaaaaaaaaaa!

Mike correu o de um lado a outro da biblioteca com um livro que havia acabado de pegar, passou os sensores que dispararam ao cruza-los com o livro em mãos e deu um abraço na Dra. O abraço foi correspondido e seguido de um beijo na bochecha do pequeno Mike.

- Oi Mike, como você tá amiguinho? – Tinha a voz doce e afinada – Eu estava com saudade de você sabia?

- Eu também tia, e olha – Mike tirou a mochila que carregava nas costas, branca, e com apenas um zíper, tirou de dentro um presente – Comprei pra você antes de vir pra cá, acho que você vai gostar.

- Aí que fofo Mike – Maria deu um abraço bem longo em Mike, e então abriu o presente, era um perfume com cheiro de lírio-dos-vales, flor nativa finlandesa – Adorei pequeno!

- Olá Maria – Andrey cumprimentou Maria com um leve aperto de mãos, sou rosto preocupado mostrou para Maria que ele queria logo saber o que fez com a vida do filho.

Maria também sentia isso, afinal, o convite para estudar o pequeno Mike fora dela, e aos poucos ao conhecer a beleza da pessoa que era o pequeno Mike e seu pai, quase desistiu de estudar o pequeno, com medo de estragar a futura vida do garoto. Foi por causa do pequeno Mike que Maria decidiu ter filhos, estava grávida e havia descoberto há alguns dias, estava feliz até a chegada das amostras de sangue hoje de manhã, a realidade deu-lhe um soco, e ela lembrou que ainda podia ter estragado a vida do pequeno Mike, e isso estava afetando sua cabeça.

- Olá Andrey, vamos indo para o laboratório então? – Saíram da biblioteca e começaram a caminhar para o lado direito dela, andaram em um corredor aberto e desceram algumas escadas em direção ao laboratório - Olha sei que está preocupado, sério, mas procure manter a calma tudo bem? Sabe que vai ter que escrever umas dezenas de artigos e livros não sabe?

- Olha Maria, eu sei que sim, mas me preocupo com meu filho, sabe disso – Andrey se sentia enjoado – Eu sei que não são resultados satisfatórios.

Maria abriu um leve sorriso ao entrar em uma pequena porta na parte mais baixa do instituo, estava confiante, Mike adorava aquele lugar, saiu correndo por uma sala redonda e mal iluminada, com um cheiro fortíssimo de formol, havia dois grandes vidros cilíndricos cheios de algum liquido incolor que Mike não sabia o que era ao certo, em cada um deles havia um ser.

Em um deles havia um ser com a cabeça parecida com os humanos, no entanto, era totalmente lisa, sem nenhum pelo, e totalmente acinzentada, tinha grandes olhos negros, pequenas narinas arredondadas e sua boca era bem pequena, tinha o queixo bem fino, e sua cabeça era alongada para traz. Era um ser bem pequeno, um metro e meio. Já o outro tubo mostrava um ser muito mais forte, escamas nos braços e nas costas, olhos como fendas e lembrava uma cobra, tinha um peitoral liso como o dos humanos e era bem forte, estava nu e tinha o membro sexual escamoso.

Andrey andou até o centro da sala junto com Maria, uma grande mesa redonda com um microscópio, Maria tocou em um botão na parte de baixo da mesa e sentou em uma cadeira com rodas, a mesa que era um supercomputador ligou-se e sobre ela estava desenhada uma pequena mão humana. Maria posicionou sua mão sobre a mão desenhada e então a tela que era a mesa transformou-se em diversos documentos digitais.

Maria ainda estava analisando as amostras de sangue quando Andrey e Mike chegaram, tinha analisado já as amostras de sangue inicial do trabalho deles, de quando o pequeno Mike iniciou na pesquisa. Tinha analisado as diferenças que se alteravam para uma resistência celular cada vez maior depois da injeção de células Hoverson, ela puxou o telescópio para mais próximo dela, a mesa desenhou um rastro por onde o objeto passou, ela observou as células, que não estavam nada diferentes da amostra de dois anos atrás, que foi a última vez que ouve alteração dessas células.

- Pai – Chamou Mike olhando para o ser escamoso dentro do vidro – Esses monstros, são aqui do Brasil?

Maria se levantou, foi até o outro lado da mesa onde havia uma pequena geladeira na parte mais extrema da sala redonda, ao abri-la pegou um pequeno frasquinho com um liquido vermelho e voltou à mesa.

- Ora Mike, isso não são monstros, eu já te disse que eles são homens do espaço.

- Mas a mamãe disse que ninguém nunca viu um, por que aqui tem dois e são bem diferentes da gente? E por que eles ficam aqui na sala secreta da tia Maria? - Maria realizava a troca das lâminas com o sangue de Mike, para a mais atual, um ano após forçar o erro genético em Mike.

- Olha Mike, as pessoas aqui acreditam que um Deus criou apenas nós, os seres humanos, isso poderia choca-las, saber que mesmo se Deus existir, ele criou outras raças antes ou depois de nós, isso assustaria as pessoas – Andrei era um cara cheio de dúvidas em suas crenças, as vezes era ateu, as vezes um crente em dúvida.

- Mais você não acredita em Deus não é pai?

- Não Mike, pelo menos não da forma como as pessoas dizem.

- E você tia Maria? Acredita em Deus?

Maria tirou os olhos do microscópio, com os olhos cheios de lágrimas, e com um belo rosto sorridente respondeu:

- Passei a acreditar agora. Andrei é divino, sem nem mesmo alterarmos um A nessas células elas evoluíram junto

com o crescimento do seu filho, essas próprias células, são a cura de todas as doenças, conseguimos!
   - Santo Deus – Andrei caiu de joelhos.

2061

As estruturas da primeira colônia humana na lua estavam quase terminadas, dividida em três regiões a lua estava prestes a se tornar a satélite colônia do planeta terra, o primeiro a ficar pronto e mandar pessoas para viverem uma vida normal lá.

Giorgos Paterakis era o cabeça do projeto humano, escolhido para pensar em como deixar a lua habitável para os seres humanos viverem, e mais, fazer com que fosse possível algum tipo de construção na lua, nesse momento estava em Corinto sua cidade natal onde estava localizado o primeiro porto espacial do planeta terra, dando uma entrevista em escala mundial, para começar um soldado anunciou o início da entrevista:

- Boa noite senhoras e senhores, hoje é um dia especial para a raça humana, graças aos esforços governamentais da ONU, conseguimos conquistar a lua, o doutor Giorgos Paterakis é o responsável chefe da construção e de todo o projeto, que hoje é uma realidade. Antes de iniciarmos essa nova jornada definitivamente, o nosso querido Doutor Paterakis vai responder as dúvidas que vocês repórteres e você ai de casa, pode ter de acordo com o nosso projeto, para começar, vamos perguntar ao Dr, como será possível a vida na lua? Pois lá não existe oxigênio. – A multidão que estava no grande salão principal do porto estelar aplaudiu e fez um barulho como se tivesse acabado de sair um touchdown na final do super bowl.

O homem de um metro e sessenta, cabelos cor de fogo e bem curto, barba fechada no rosto e bem grossa que estava sentado junto com a bancada dos presidentes das dez maiores economias do mundo, bem no meio da mesa se levantou e foi até o palanque se posicionou no meio de dois soldados onde estava o microfone e falou com uma voz firme:

- Boa noite, bom primeiramente agradecer a oportunidade e a responsabilidade passada para mim de dar início nesse grande passo da humanidade, os esforços e perdas não serão em vão. Sobre a pergunta, devemos apresentar para vocês a tecnologia usada na proteção das colônias. São quatro torres por região gerando um gigantesco campo de força transparente sobre à região, simulando o calor atmosférico e para evitar que tenhamos caindo a todo instante meteoritos e até grandes meteoros onde serão instalados os domos de vidro. Já a questão do oxigênio foi algo difícil, e necessário os melhores cérebros para termos essa ideia.

- E qual foi? – Perguntou uma repórter japonesa – Seria alguma supermáquina?

- Na verdade para eu explicar para vocês a questão do oxigênio tenho de demonstrar como vão funcionar as regiões. Como todos sabem a lua é pouco maior que o continente africano, decidimos então dividir a lua em três regiões, formando assim um triangulo todas com a mesma extensão, e distancia iguais entre elas. Cada região da Lua tem o tamanho aproximado da Argélia e dentro de cada região existe quatro estados, sendo norte, sul, leste e oeste em todas as regiões, cada estado pode ter três megalópoles, e o espaço entre elas é para a geração de alimento e oxigênio, cada megalópole ficara dentro de uma redoma própria, formada de vidros ultra resistentes cobertos pelo mesmo campo de força para evitar choques externos.

- Dr, as megalópoles não serão difíceis de controlar? E como vai fazer para gerar oxigênio e alimento fora dessas redomas e trazer os recursos para dentro das redomas?

- As megalópoles serão como aqui, diversas cidades e cada uma com um prefeito e corpo político próprio, no entanto a redoma ocupara toda a megalópole, na questão de alimento e oxigênio, dentro da megalópole tem regiões terraformadas com diversas plantas arvores e algas marinhas para gerar oxigênio mínimo dentro da colônia, no entanto, as regiões de alimentos e oxigênio também terão seu próprio domo de vidro que será ligada a civilização por grandes tubos comuns, sendo estradas entre as megalópoles e regiões para viajar entre as megalópoles e para os responsáveis e trabalhadores dessas fazendas e uns tubos que correrão por dentro da terra com uma máquina bombeadora de oxigênio saindo do chão.

- Dr Paterakis, e água? Vai ser trazida de outros planetas? Ou vão usar os próprios recursos lunares? E como vão distribui-la?

- Dentro desse triangulo está a reserva de água Lunar principal, no entanto utilizaremos 5% do abastecimento dos outros planetas para evitar que essa reserva acabe. Todo o sistema de esgoto e distribuição de água já estão prontos, usando canos que desaguam em rios artificiais dentro de uma redoma em cada região, e se espalhando por dentro das megalópoles levando assim a água para todos os lugares. Reutilizaremos as águas de esgoto e outros a tratando para reutilizar da melhor maneira possível.

- Dr Paterakis como vai ser gerado essa energia que cobrira as megalópoles? Como vão funcionar essas torres?

Longe dali, na lua estava Samuel, altura mediana, moreno com cabelos bem curtos, estava vestindo um macacão prateado, dirigia um caminhão de modelo único na nova estrada de James Morelo. O caminhão era grande e flutuava um metro de distância do chão, era o sonho humano que havia se realizado havia alguns anos, carros que voam que usariam rodas apenas em casos emergenciais. Tinha em sua carroceria uma gigantesca maquina construtora, que Samuel levava para construir sua casa na Lua.

Trabalhador muito hábil, o Brasileiro Samuel era um dos muitos que se alistaram para trabalharem na lua, com a falta de empregos na terra e em especial no Brasil essa era uma alternativa muito boa. As pessoas que foram trabalhar na Lua com gigantescas construções para tornar o satélite habitável, se cansavam muito rápido e sentiam saudade do oxigênio abundante da terra, não demorou para que algum tipo de confusão acontecesse no começo da construção no ano de 2050. Samuel era um dos operadores chefes do grupo de maquinas da região norte (cargo obtido graças a sua colocação na prova da NASA). Uma garota africana, Machelle estava operando a máquina que abria caminho para que futuramente o rio pudesse chegar até próximo da torre de alimentação de energia, Samuel era obcecado pela beleza da moça, Negra, cabelo rastafari, olhos castanhos bem claros, pernas longas e seios redondos de tamanhos medianos. Ainda com capacetes, estavam a um quilometro do domo de vidro da torre de alimentação, ela dirigiu a máquina até o domo enquanto doze trabalhadores montavam o sistema de encanamento por onde o rio passaria.

Machelle era muito educada e na última noite conversou muito com Samuel revelando para ele que estava sendo ameaçada por alguns homens e que eles a atacariam assim que ela ficasse sozinha, mas também revelou que não tinha medo e que estava preparada. Assim que eles chegaram ao domo todos tiraram os capacetes, ela deixou a máquina ao lado de um prédio e entrou, Samuel entrou junto com ela, no saguão do prédio havia uma escada à esquerda e outra à direita, homens e mulheres ficava em alas separadas, Samuel subiu os degraus da direita e ali ficou parado enquanto Machelle subia os da esquerda, foi quando ele viu quatro homens subindo os degraus para a ala feminina. Samuel os seguiu sem que eles percebessem, chegaram a um corredor bem iluminado e Machelle estava abrindo uma porta quando correram para cima dela a ameaçando e armando os punhos para acerta-la, Machelle no auge dos seus vinte anos se esquivou do primeiro e chutou as bolas do segundo o derrubando, o terceiro rapaz quase acertou seu rosto, o primeiro que ela se esquivou a prendeu por trás, Samuel correu e derrubou o que estava mais próximo dele com um soco bem pesado na região da orelha, o susto fez com que o cara que estava segurando Machelle vacilasse, ele afrouxou seus braços que estavam em volta dela, foi o suficiente para ela acertar nele uma cotovelada no estomago enquanto Samuel já se emaranhava em socos e pontapés com o único dos rapazes que não estava caído, porém, logo caiu devido a um chute entre as pernas bem dado, os rapazes correram para o andar de baixo enquanto um gritou ao descer as escadas:

- Nós vamos te pegar Silva, fica esperto!

Samuel lembrava bem daquele dia, ainda ria bastante em pensar que dali um mês estaria namorando Machelle, sua futura mulher. Devido ao grande conhecimento da colônia na Lua e do funcionamento da máquina de energia na qual ele passou a trabalhar há alguns anos, ele recebeu sua última missão que era construir uma casa dentro do domo no lugar onde ficava o prédio inicial de moradia dos trabalhadores do Norte. A casa seria para ele viver com a família, trabalharia cuidando da torre, viveria ali com sua família, receberia um bomsalário, além de recursos para seus filhos como as melhores escolas que a Lua pudesse oferecer e o melhor de tudo, suas futuras gerações passariam a viver ali. O caminhão chegou ao domo, Machelle já o esperava sentada em um velho banco que estava lá há anos,

Samuel estacionou o caminhão, seu filho que estava junto com Machelle correu para abraça-lo.

Alguns meses após a instalação da colônia na Lua, a terraformação de marte que se iniciou no ano de 2022 já estava instável, com o sucesso das colônias na Lua, imediatamente começaram a preparar marte para receber pessoas, no entanto em marte levariam apenas pessoas com problemas na lei para poder livrar o planeta terra de ladrões e gente de má fé. Marte seria um deposito policial, que com o investimento correto poderiam transformar a população de Marte a longo prazo em grandes trabalhadores. E isso foi claramente aprovado pelo governo, que com marte já mapeada decidiu criar cidades cercada por domos, na região de Isidis Planitia, que era bem próximo ao oceano marciano. A primeira cidade de marte, Antoniadi foi fundada e nela, todos os criminosos receberam uma segunda chance de reestabelecer uma nova vida, no início, a polícia não interviu em nada o que acontecia, foi uma matança só, sobrando apenas os bandidos mais medrosos e quietos, que não se metiam em confusão, aos poucos foram se ajeitando e criando suas fazendas e casas, que eles mesmos tiveram de construir, aos poucos Antoniadi foi crescendo, o emprego mais comum era o oferecido pelo governo, cuidar de plantações e das gigantescas câmeras de oxigênios que ficavam abaixo no mar nas grandes plantações de algas marinhas para acelerar o processo de atmosfera do planeta. O tempo foi passando, e o progresso aos poucos fez com que Antoniadi crescesse, tornando uma cidade grande demais para o domo, dando início a construção do domo de Baldet, o plano governamental aparentemente havia funcionado, aparentemente...

2062

A televisão estava ligada para as paredes, Ankler estava dormindo, tinha trabalhado o dia todo preparando para finalizar seu projeto na sua própria empresa, depois podia finalmente se aposentar, seu sonho estava para se realizar. Enquanto Erick dormia, a televisão passava um especial sobre maquinas, robôs, androides e cyborgs.

Os robôs foram criados pelos seres humanos para facilitar suas obras, trabalhos e diversas outras formas de fazer com que o ser humano tenha mais tempo, é claro que isso não permaneceu assim por muito tempo, aos poucos foi se vendo que era possível lucrar com isso cada vez mais. Com o passar do tempo o estudo foi mostrando cada vez mais o que era possível realizar com ajuda e utilizando maquinas. No entanto, o primeiro androide não era exatamente como os de hoje, era um sistema dos antigos celulares (aparelhos de comunicação de baixíssima tecnologia). As pessoas tinham medo da criação humano de algo inteligente e parecido conosco, algo que nos superasse na inteligência. No avanço da robótica poderíamos já ter robôs e androides com inteligência artificial desde o ano de 2022, no entanto o medo e o preconceito com os nossos amigos prateados fizeram com que a criação de androides inteligentes fosse atrasada mais vinte anos.

Fica como uma grande pergunta, como chegamos à conclusão que os robôs com inteligência artificial não vão superar os humanos, ou nos escravizar ou algo do tipo? Devemos seguir a história, no ano de 2022, no entanto já se haviam realizados diversas experiências para fazer com que paraplégicos voltassem ou pudessem ter a capacidade de andar, a solução encontrada foram as maquinas. A princípio essas pessoas andavam com uma superestrutura robótica que permitiam que com controle cerebral controlasse as pernas robóticas que ficavam encaixadas nas partes humanas, fazendo com que essas pessoas pudessem se movimentar com "as próprias pernas". Quebrando o primeiro tabu, pessoas que nasceram com deficiência de membros começaram a procurar as empresas responsáveis pela circulação dos "paraplégicos" para dar a eles uma oportunidade de viver normalmente, pessoas que perderam membros em guerras e acidentes de trabalhos também viram uma saída para muitas vezes a depressão. O trabalho não foi fácil, porém, a tecnologia surgiu muito rápido, e logo as pessoas que tinham esses problemas foram diminuindo, pessoas sem braços agora tinha braços mecânicos, maquinas que funcionavam exatamente como braços, aos poucos a tecnologia foi melhorando e claro cada vez ficava mais caro atualizar esses membros, pessoas com dinheiro tinha braços quase "humanos", com silicone e muito parecido com a pele humana, sentiam calor frio, dor. No entanto quem não tivesse dinheiro teria o braço, com função de movimentação e apenas isso, sem calor, sem dor, uma máquina presa ao seu corpo, essas pessoas ficaram conhecidas como membros de ferros. E assim nasceram os primeiros cyborgs humanos. Claro que hoje graças a essa tecnologia maravilhosa, não existem mais cegos, tudo que acaba com algo físico do ser humano, a máquina repõe e nos poupa de uma vida com dificuldades extras.

Claro que os exércitos ficaram extremamente interessado nessa tecnologia, existem relatos de que soldados israelitas após aquisição do sobre essa tecnologia, encaixavam armas no lugar de braços, que funcionavam como um "soco", e disparava uma rajada de balas, mais nunca foi provado.

Os robôs já eram usados há quase cem anos, cada vez evoluindo mais, usado para diversos fins, como construção de carros. Ajudaram muito nas construções das colônias em Marte e na Lua no ano que se passou. Muitas vezes a máquina é usada para proteção, observação, tudo que possa imaginar para garantir a integridade e a evolução humana. Estão presentes no nosso dia-dia e está sempre evoluindo graças a pesquisas e intenções humanas.

Os androides podemos dizer que são conquistas recentes dos seres humanos, ainda sim cercado de leis, existem hoje no mundo uma inteligência artificial para cada país do mundo, ou seja 202 androides espalhados pelo mundo, e claro cada país bancou e criou a aparência do seu próprio robô, que devia ter como exemplo a etnia local. Esses androides superinteligentes tinham inúmeras leis, mas as mais conhecidas são as primeiras é claro, para evitar que esses robôs se rebelem ou coisa do tipo. São baseadas nas leis de Isaac Asimov: 1-Um androide não pode ferir um ser humano, ou permitir que ele sofra algum mal. 2 - A ordem de um ser humano é lei para um androide, desde que não entre em conflito com nenhuma regra da sociedade, nem com o ferimento de um ser humano. 3 – O androide tem direito a opinião e tomada de decisões, desde que as mesmas não entrem em confronto com as duas leis anteriores.

Afinal, hoje vivemos no meio de milhares de robôs, cyborgs e algumas centenas de Androides, qual será o futuro da robótica? E mais quem diria que Isaac Asimov a mais de um século atrás seria capaz de pensar em uma maneira de nós humanos dominarmos os Androides?

O despertador acordou Erick, eram dez da manhã, o velho saiu debaixo das cobertas e levantou-se da cama, estendeu a mão aberta para a televisão, e fechando a mão desligou a televisão, foi ao banheiro, realizou a primeira higiene do dia e se aliviou, colocou seu melhor terno e desceu o andar de sua casa, continuou descendo até a garagem subterrânea, na porta estavam seus sapatos, calçou-os, e entrou dentro do seu Maverick New Edition, um autêntico Maverick do ano de 1976, que foi refeito pela Ford, no entanto sem rodas, atendendo a grande demanda de carros voadores. Erick ativou o piloto automático até sua empresa Traspor Tech (TT) e partiu para Snede. Desde 39 quando ele conseguiu realizar o primeiro teletransporte, diversas e diversas melhorias já haviam sido criadas e inventadas pela sua empresa, o teletransporte de objetos e alimentos já havia sido otimizado pela empresa, as empresas de correio só não faliram devido à necessidade de transporte manual para as colônias da Lua e de Marte, além das estações espaciais espalhadas pelo sistema solar, a TT, já era a maior empresa de transporte do mundo. Erick sentia que estava chegando perto, com a criação de sucesso das células Hoverson o projeto deveria enfim ser um sucesso. A célula deveria impedir o desenvolvimento de câncer em quem fosse teletransportado, no entanto esse não era o único problema, o ser humano parecia ser muito complexo para que a máquina de teletransporte conseguisse "remonta-lo" em seu destino, às vezes faltavam algum órgão ou membro, aconteceu duas vezes de voluntários morrerem, sem contar os que não chegavam vivos ao destino final por vir sem sangue. O braço de Erick tremeu, e com um leve toque no relógio prateado em seu braço ele atendeu a ligação:

- Vô, Vô, consegui resolver o problema de remontagem da máquina!

Erick esbugalhou os olhos e ficou atônito, seu neto Andron, não tinha ido para casa na noite anterior, disse que trabalharia mais na máquina, o menino tinha muito potencial, diferente do pai que decidiu não seguir o ramo familiar e se tornou chefe de polícia, mas era apenas a primeira semana de Andron depois de se formar em Harvard nos Estados Unidos.

- Mais como Andron, a máquina está corretamente programada e não houve erros com nenhum animal ou objeto, apenas com seres humanos. - Erick já adentrava a TT e tomou controle manual do carro

- Vô eu chequei toda a programação e informação humana e não humana composta na máquina e achei uma pequena confusão matemática na informação humana.

- Como assim? Não é possível, revemos isso mais de cinquenta vezes, não havia nada de errado – Erick parou o carro na sua vaga que era bem perto do laboratório principal de testes, ao fundo da empresa – O que você mexeu na máquina?

- Calma vô, me deixa explicar – Erick entrou no prédio e andou até uma porta no fim do corredor azul, e entrou na sala onde estava Andron – A por isso você não estava respondendo, então vô, é isso!

Andron estava atrás de algo parecido com uma cabine telefônica, com um ultracompacto notebook conectado por um pequeno fio a cabine. A imagem digital era gerada de duas antenas uma de cada lado do notebook, e mostrava uma imagem muito nítida, muitas letras e alguns cálculos, eram informações humanas e matemática, era a programação da máquina:

- Não vejo nada de diferente aí – Erick pegou seu próprio computador que estava na mesa e abriu o bloco da programação principal para ver se havia alguma alteração – Nada, qual o erro?

- Olha bem, aqui era pra ter um hífen, separando essa equação matemática dessa informação geral em que o sangue corre por todo o corpo.

- Garoto você está louco? O hífen está aí, não está vendo?

É mais isso não é um hífen, é um sinal de menos, veja o cálculo, o resultado está dando nove negativo! – Erick parou um instante, ele comparou os cálculos matemáticos, realmente, o resultado não batia – Sendo assim, a falta de hífen explica todos os erros que a máquina comete, menos é claro o do câncer.

O dia passou e testaram a máquina em mais um voluntário, a máquina não cometeu nenhum erro, o teletransporte foi feito na ida e na volta, ocorreu da melhor maneira possível, no entanto foi constatado câncer e isso significava menos um milhão de Euros para a empresa. As 17 horas daquele dia de muito trabalho Erick recebeu uma chamada:

- Dr Erick? Aqui quem fala é Michael Hoverson, tudo bem com o senhor? - Erick paralisou, tinha esquecido que o garoto sem doença estava vindo para conversarem sobre o projeto – Dr Erick?

- Desculpa Sr Hoverson, então já está em Snede?

- Sim estarei aí em cinco minutos para conversarmos, mas estou ansioso, acordei com um bom pressentimento, acredito que o senhor está perto de solucionar os seus problemas, não é? Digo os da máquina.

- Sr Hoverson, acredito que hoje suas células serão testadas ao máximo com o uso do teletransportador, você encara? Vou te esperar na portaria tudo bem?

Erick saiu do prédio e se dirigiu a pé até a portaria da empresa, uma caminhada de dez minutos, caminhada que ele esperava que dali a alguns minutos não fosse mais necessária, o teletransporte humano estava para ser inventado, Erick estaria na história da humanidade como líder de pesquisa de uma das maiores invenções humana. Erick se encontrou com Michael, o garoto de dezoito anos era muito famoso por ser o ser humano que era imune a todas as doenças conhecidas, era saudável e muito atencioso, trabalhava junto do pai espalhando as células em todas as mulheres grávidas, para deixar a humanidade imune às doenças assim como ele. Erick levou Mike até o laboratório, o garoto carismático chamava atenção por onde ia, Erick e Andron prepararam a máquina e Mike se preparou para entrar nela:

- Preparados senhores? Hoje vemos o futuro acontecer está pronto Mike? – Mike fez um sinal de positivo com a cabeça para Andron que pressionou o botão dando início ao teletransporte, pela distância curta quase que instantaneamente Mike reapareceu do outro lado da sala.

- Caraca, parece que acabei de dar um mergulho bem longo! – Todos correram para onde Mike estava. Os médicos instantaneamente começaram a examina-lo e fazer testes com ele, dez minutos depois, os médicos já tinha os resultados – E então?

- Doutor Erick – disse um dos médicos que estavam examinando o corpo de Mike – Invento funcionando 100%, as células do garoto não desenvolveram câncer e não desenvolverá, inventamos o teletransporte humano!

2077

Era esperado que após anos e anos explorando o espaço, o ser humano encontrasse vidas inteligentes em outros planetas, diversas ondas de rádio enviadas para todo canto do espaço, algumas vezes respostas, grunhidos, algo parecido com rugidos de tigre ou leão, no entanto, muitas vezes pareciam fazer algum tipo de sentido. A evolução tecnológica do ser humano e os estudos avançados na realização de viagens permitiram que os seres humanos atingissem a velocidade da luz com sucesso, um feito que parecia a setenta anos impossível, porém para o ser humano nada parecia impossível. No ano de 2077 o cruzador espacial Andros1 atingiu pela primeira vez um braço diferente do que estava localizado o planeta Terra, o braço galáctico de Sagitário. A chegada da nave tripulada pelo General Arthur foi em um planeta maciço de ferro, na superfície do planeta parecia haver uma estação espacial com uma antena gigantesca.

O primeiro contato humano foi com os seres de nomes Tracapatos, explicando a origem das ondas de rádio com som de felino, era um tipo de felino, lembravam tigres, eram bípedes, e tinham a estatura média de um metro e noventa, eram em sua maioria seres de pelos alaranjados com listras pretas. A princípio é obvio que o contato humano com os Tracapatos foi difícil, o dialeto Tracapatiano era muito parecido com o ronronar e quando se exaltavam pareciam rugir, aos poucos foram encontrando maneiras de se socializarem, ambas as espécies eram altamente tecnológicas e inteligentes, o braço de sagitário era quase todo colonizado pelos Tracapatos, e o braço de Órion já tinha sido quase todo dominado pelos seres humanos, apesar de haver apenas duas colônias de moradias humana. As viagens espaciais continuaram naquele mesmo ano, graças às trocas de tecnologias pelas duas espécies, a raça humana tinha atingido a cura de todas as doenças conhecidas, já que a constituição anatômica das duas espécies era extremamente parecida, se tornou moeda de troca da humanidade pela tecnologia de criação de estações espaciais gigantescas. Foi estabelecido entre as duas raças um acordo de paz e livre transpassar de fronteiras. Os Tracapatos vivem em média noventa anos, sua paciência e preguiça evitaram que o contato com os humanos resultasse em uma guerra.

No entanto ao mesmo tempo em que o cruzador Andros1 foi mandado para o braço de Sagitário, o cruzador Andros2 foi mandado para o braço de Perseu, o cruzador Andros2 entrou em uma fria, ou melhor, em uma frigideira. Na região central do braço de Perseu estava acontecendo uma guerra, alguns dias após chegarem a Perseu, o cruzador foi perseguido por sete naves espaciais de caça até entrar na orbita de um planeta vulcânico, recebia chamado de rádio com vozes roucas e um dialeto bem estranho, mais estranho ainda era que o planeta vulcânico estava habitado e vários canhões depositados em volta de uma cidade gigante estavam atirando na Andros2, o cruzador foi atingido e derrubado, vários tanques de guerra arredondados cercaram o cruzador, a surpresa foi mútua quando as portas de Andros2 foram abertas. Os seres humanos liderados pela General Enola ficaram surpresos como era de se esperar, seres que lembravam dragões, sem canelas com coxas bem firmes apontando armas arroxeadas, de seus narizes na ponta do focinho alongado saiam pequeninas rajadas de chamas. Claro que para Enola e seus comandados era natural a surpresa de encontrar uma raça inteligente. Até ali não se sabia se havia ou não vida em outros cantos da Via Láctea. Mas a surpresa que os dragões que após várias tentativas de comunicação foram apresentados como Dracate, foi muito, mais muito maior do que do pelotão de Enola. As conversas sobre diplomacia, o tanto de armas de guerra e soldados espalhados por aquele planeta deixou claro que eles estavam em guerra, mais a guerra não era entre eles. Os Dracates estavam em guerra com outro império, outra raça, e já fazia vinte anos.

Alguns meses que a tripulação do Andros2 ficou no planeta para o concerto do cruzador ouve um ataque da outra espécie, os Inemas vieram em peso invadir o planeta número cinco dos Dracates, muitas naves, e uma invasão em massa de soldados, todos gigantes, alguns tinham três metros, outros tinham dois e meio, no lugar do nariz, uma pequena tromba e chifres que segundo os Dracates eram de marfim e valiam muito para eles.

O motivo da guerra foi passado apenas para Enola que preferiu evitar dizer que conhecia o real motivo. O ataque foi arrasador, bilhões de mortos para ambos os lados e pior, parecia que a guerra nunca teria fim, até que os Inemas descobriram a existência do grupo humano. Um grupo especial realizou um ataque espião na tentativa de capturar os humanos, no entanto foi capturada por ironia do destino a general humana. Levada ao planeta natal dos Inemas e percebendo que eles usavam um comunicador com o idioma dos Dracates para que ela entendesse o que se passava a fizeram milhares de perguntas, além é claro de revelarem para ela um motivo diferente pela guerra. Diferente dos Dracates que eram seres quietos, porém, decididos e sem muitas emoções, Enola identificou os gigantes Inemas como seres extremamente dóceis, sentimentais e medrosos. A general ficou dois meses com os Inemas, que permitiram que ela se comunicasse com sua tripulação e ainda mais, com seu planeta natal. Assim, os seres humanos buscariam fazer um tratado comercial e de paz com os Inemas assim que a guerra acabasse, e graças à introdução humana, a guerra terminou dois anos depois.

O Fator principal para o fim da guerra foi uma doença que surgiu junto a uma tempestade gravitacional que assolou por alguns anos aquela região do braço de Perseu. Doença que evitava com que o sangue chegasse aos corações (dois) dos Inemas e para os Dracates, evitando que o sangue chegasse ao cérebro, matando as pessoas em cerca de sete a oito semanas depois de adquirido o vírus. Como os investimentos foram todos focados na guerra, não houve pesquisa para combater a doença, os humanos diziam ter a cura para qualquer doença. As células Hoverson seriam compartilhadas com as duas espécies se elas aceitassem um acordo de paz, e compartilhassem com os humanos e entre eles sua melhor tecnologia. Os Inemas, grandes comunicadores compartilharam suas tecnologias de comunicação, como o fone tradutor de outras espécies e a comunicação de longa distância (anos luz), e os Dracates que eram excepcionais mecânicos concordaram em compartilhar com mão de obra barata para o planeta terra por alguns anos, na construção de cruzadores e na tecnologia de defesa de maquinas e planetas, nas quais eram muito avançados.

General Enola não conseguiu voltara para Terra, foi morta em combate devido a uma paixão com um Inema, ninguém sabe ao certo o que aconteceu.

Claro que não podemos esquecer de maneira alguma o cruzador Andros3, que em sua viagem chegou ao sistema onde se encontravam os Lautalanos e os Analtilus. O cruzador seguiu um caminho totalmente diferente e bem mais longo, cruzaram toda a extensão da via láctea até o braço de Cisne, na busca de vidas extraterrestres, as tecnologias de transporte humano ainda eram ultrapassadas diante do império encontrado na região mais distante do núcleo da galáxia, no braço de Cisne.

Andros3 era comandado por Jeffrey Augustín, um marechal três estrelas inglês, escolhido a dedo pela própria rainha da Inglaterra e pelo conselho nortista da terra, Jeff como era conhecido por seus comandados era um líder nato, além de ser o militar com cargo mais alto em todo o planeta Terra. O fácil reconhecimento do planeta habitado pelos Lautalanos foi devido a uma onda de rádio emitida como aviso pelo planeta, a princípio como era esperado, problema nas comunicações, no entanto os seres que tinham a aparência que lembravam seres aquáticos eram pacíficos. Eles viviam em gigantescas cidades abaixo dos oceanos e lagos que era a grande maioria do planeta Wabter, e algumas facções moravam sobre as terras do planeta que eram bem reduzidas. Seres com guelras no lugar de orelhas, tinha o rosto achatado e os olhos como os dos sapos posicionados as laterais do rosto, seu nariz era uma fenda como que um corte no meio do rosto, e a boca era idêntica, porém bem maior. A composição corporal dos Lautalanos era bem diferente, suas pernas e braços pareciam terem sido rasgadas de junto do corpo, não existia nem cotovelos e nem joelhos, eram membros extremamente fortes e flexíveis, tinha peitos largos e na região abdominal a barriga fazia uma pequena onda para frente como a famosa barriga de chop, tinham sete dedos nas mãos e nos pés localizados lateralmente como nadadeiras, sendo em cada extremidade um polegar, pareciam não ter ossos, o engraçado é que eram todos coloridos, alguns amarelos outros verdes, outros listrados, pintados. Jeff ficou pensando como seria uma segregação racial naquele planeta, "todo aquele que for listrado ou pintado é inferior" imaginou Jeff.

Jeff e mais três soldados foram levados para conhecer o líder dos Lautalanos após conseguirem uma forma de se socializarem com os homens peixes. O líder dos Lautalanos era como todos os outros seres dos planetas, sua cor era azul com lindas manchas amarelas pela região do peito, tinha uma voz muito parecida com o do ser humano falando embaixo da água, tinha uma aparência um pouco mais velha, no entanto demonstrava poder e interesse pela nova espécie que apareceu em seu planeta.

O contato com os Lautalanos foi rápido, estabeleceriam uma rota de comercio o mais rápido possível, os seres humanos apresentaram aos Lautalanos o teletransporte e as células Hoverson, enquanto que os homens peixes compartilhariam com os seres Humanos a comunicação neural, com o uso de um pequeno dispositivo duplo ligado aos ouvidos de quem os usa para que possam se comunicar entre si a distancias incríveis, como da Terra até o Wabter, por pensamentos e a tecnologia para construir grandezas subaquáticas . Alguns anos após a terra criar uma estação espacial próxima do planeta Wabter para ajudar no controle do comercio e diplomacia os Lautalanos junto com os seres humanos que ali viviam foram atacados por uma nave espacial parecida com um lagarto gigante, Jeff já sabia da existência dessa outra raça que buscavam sempre atacar os Lautalanos, era os Analtilus. Parecidos com os Humanos, tinham dois braços e duas pernas, estrutura óssea parecidíssima com a humana, altura média como os humanos de 1,80, no entanto suas costas e partes posteriores eles tinham grossas escamas esverdeadas no lugar da pele, seu rosto era fino e sem escamas, no entanto meio rosado esbranquiçado, seu nariz era como o de cobras, pequenas fendas e seus olhos também como o de uma cobra. No lugar de cabelos, tinha escamas com uma aparência mais maleável.

Durante o ataque Jeff enfrentou corpo a corpo um dos soldados que invadiram a estação espacial Terranal, o soldado cuspiu de dentro de sua língua bifurcada e fina um veneno corrosivo que acertou a orelha esquerda de Jeff, que desmaiou, mais foi salvo por um grupo de soldados humanos que estavam próximo dele.

Claro que o ataque pôs em alerta, e em grupo pela primeira vez todos os exércitos do planeta Terra, que se comprometeram a defender o Planeta Wabter já que devido ao encontro com a raça Humana os Analtilus, anunciaram ataque de força total contra os Lautalanos para que em sequência invadisse o planeta Terra, sendo assim os Humanos entraram pela primeira vez em uma guerra espacial contra outra espécie. A guerra devastou o planeta Wabter. Para evitar que os Analtilus atacassem o planeta Terra, foi lançado para Dimorium (planeta natal dos Analtilus) um batalhão para pega-los de surpresa. A guerra se iniciou no ano de 2079 e foi finalizada em comum acordo pelo congresso de espécies que foi formado no ano de 2091, com o intuito de evitar que outras raças entrassem em conflito devido ao conflito Analtilus. Durante o início da guerra que foi denominada guerra de Pégaso, uma raça de seres bem pequenos, com um metro de altura no máximo, assustadores e mais ainda, se mostravam muito assustados e desesperados apareceram na orbita do planeta Terra, um ser com três olhos bem redondos e grandes, sendo um deles na nuca além é claro de serem muito grandes para sua cabeça, uma boca bem pequena com lábios finos, cabelo que lembravam capim e cresciam no formato moicano. Tinha pernas e braços dos mesmos tamanhos, e apenas três dedos em cada mão. O comunicador universal foi apropriado rapidamente facilitando a comunicação. Esse ser se identificou como um líder Pavanadi, vindo do braço de Centauro, estava desesperado, pois seu planeta natal tinha acabado de ser arrebentado por uma chuva de meteoros que não pareciam meteoros. O líder de comunicações com outras raças o Coreano Lee Kim logo percebeu que todos os recursos econômicos do planeta foram gastos nos últimos anos para que um astronauta pudesse procurar na Via Láctea outra espécie que poderia ajuda-los, mesmo eles não sabendo se existiria uma. Os Pavanadis estavam para serem extintos, pois o planeta deles já não teria mais condição de abrigar vidas. Foi discutido um acordo político onde os humanos salvariam o planeta Ambar o mais rápido possível e os Pavanadis trabalhariam como mão de obra nas construções humanas pelo espaço, já que Lee Kim, em uma visita rápida a Ambar viu que eles eram excelentes construtores. Ambar ainda vai demorar cerca de 50 anos para que os Pavanadis possam novamente chamar aquele planeta de casa.

Houve ainda no ano de 2080 uma quarta nave, dessa vez um cruzador espacial, o Andros4 foi mandado para procurar segredos e descobrir o que há no centro da galáxia, era esperado que lá encontrassem um gigantesco buraco negro, o Saggitarius A e descobrisse qualquer coisa diferente próximo a ele, já que ele fica bem ao centro da galáxia, a ideia principal era simples, usar o poder contido nesse buraco negro, para poder criar uma arma capaz de tornar os humanos os donos da Via-Láctea. Essa era a ordem do primeiro presidente do conselho dos Cethriuxs, Halil Sajin, Haitiano de nascença. Andros4 tinha quatro capitães, sendo eles os generais Arthur, Enola, Jeff e um garoto de nome Dexter de apenas 20 anos. Dexter apesar da pouca idade era formado em física avançada e era o especialista humano em tecnologias alienígenas, que apesar de recentemente adquiridas, o garoto conseguiu faze-las funcionar e ainda realizou a engenharia reversa de maneira rápida e eficaz.

A viagem composta pelos quatro capitães e seus trezentos tripulantes, todos soldados, durou cerca de dois meses, em uma velocidade constante de 10 mil anos luzes por mês. Quando se aproximavam do centro (cerca de sete mil anos luzes de distância) um agrupamento de naves cilíndricas e gigantes cercou a Andros4 e a obrigaram a pousar dentro de uma dessas naves. Dentro da nave seres pequenos abordaram e se apresentaram para os humanos que ali estavam, sem dificuldade para a comunicação os Odoigartyanos mostraram-se seres extremamente inteligentes e tecnologicamente mais avançados, diziam já conhecer os humanos a três anos que foi quando eles entraram em contato com as civilizações na qual os Odoigartyanos observavam e as vezes ajudavam. Esses pequenos seres mediam cerca de um metro, tinham pequenas orelhas no formato de caramelo, pescoço e membros superiores e inferiores bem grossos, uma boca redonda com lábios quadrados e olhos muito parecido com o dos humanos. Todos os tripulantes da nave dos Odoigartyanos eram soldados.

Dexter e os outros foram chamados para conversar com o General daquela nave e líder e ancião da raça Odoigarta. Seu nome era Maruc, com uma capa sobre seu rosto e com uma voz fina, porém masculina, Maruc se apresentou para os humanos, a si mesmo e toda sua raça. Maruc tinha 847 anos, era o mais velho de sua raça e já era líder há 427 anos, nem ele mesmo sabia por que passara tanto da idade média de seu povo que era de 400 anos. Disse que sua espécie sempre viveu próximo do núcleo do universo, mas nunca conseguiu chegar nele devido a uma guerra com uma espécie desconhecida que "cercou" o núcleo galáctico na época em que os Odoigartas foram para o espaço, isso cerca de vinte mil anos atrás. Essa guerra é "passiva" e acontece sempre que algo se descontrola no núcleo devido a alguma criação ou ação Odoigarta.

Os Odoigartyanos ajudaram e já visitaram todos os braços da Galáxia, ajudaram quase todas as civilizações menos a da Raça Humana, Maruc diz que não conseguem adentrar ao braço Orion já que uma Entidade Sagrada não permitia e protege aquele braço avisando a eles que a raça ali presente agradava o Criador. A guerra tinha tomado proporções épicas nos últimos quinze mil anos e estava extremamente complicado avançar tecnologicamente já que todos os recursos estavam voltados a proteger todas as pequenas civilizações da Via-Láctea até que elas pudessem ajuda-las na guerra. Maruc resolve voltar então com uma pequena frota particular e fundar um congresso galáctico. Depois desse encontro a guerra voltou a cessar no núcleo.

2080

O jornal daquela manhã surpreendeu a todas as pessoas do mundo, a notícia era uma só, escrita em diversos idiomas, mas ainda sim uma notícia única apenas traduzida de um jornal Brasileiro, uma imagem do planeta terra sendo circulado por uma por uma nave em forma de cetro com uma cruz em uma das pontas.

Cethriuxs

Como todos já sabiam, era especulada uma forma de governo democrática único para todo o planeta, diversas e diversas reuniões foram organizadas ao longo desse último ano que se passou devido a guerra que nós seres humanos passamos a enfrentar, extraterrestres é uma das poucas coisas que assustam os governantes mundiais a ponto de fazê-los esquecerem de seus bolsos e terem compaixão, não por um mas por diversos planetas na qual nós os Humanos somos responsáveis. A guerra de Pégaso começa a tomar proporções perigosas, grandes gastos e a perda de muitas vidas para evitar que a raça humana não seja escravizada, ou pior, exterminada. Sem contar que já sabemos que não somos os únicos na galáxia como era de se esperar. Ontem na noite de 27 de fevereiro de 2080 foi assinado um tratado entre todos os países do planeta Terra e dos governantes de Marte e da Lua a criação da Monarquia Cethriuxs, nome na qual nós os habitantes de espaço galáctico humano teremos a partir de agora para as outras raças da Via-Láctea. O governo será composto por um congresso contendo sete participantes que serão escolhidos de maneira indireta pela população.

A eleição correrá de maneira simples em todo o mundo (também na Lua, Marte e outras colônias que venham ser criadas), de dez em dez anos, o povo terá uma primeira votação para decidir se o atual líder da nação deve ou não concorrer ao cargo de congressista Cethriuxs, se for decidido que não a população local terá uma eleição direta entre o presidente e concorrentes para brigar pelo cargo de congressistas, pós-eleição ou se o presidente for eleito sem necessidade de disputa o país então espera a fase seguinte das eleições que será decidida por parlamentares em números iguais de todo o continente, sendo proibido para os parlamentares votarem no líder de sua nação. Após os votos parlamentares o político escolhido por cada continente terá um tempo para convencer os eleitores do planeta todo a elegê-lo como um congressista que governara a humanidade ou melhor os Cethriuxs. Na lua e em Marte o sistema segue o da Terra se adaptando conforme o tamanho do planeta (ou satélite no caso da Lua), cada um deles terá direito a dois líderes, tendo a cada dez anos um deles ter o direito de conter três congressistas obrigatoriamente. Numa futura eleição, quando o sistema já estiver estabilizado (vulgo a segunda eleição congressista) os habitantes do espaço Cethriuxs poderão reeleger um e apenas um congressista de cada planeta, mantendo a regra de que cada planeta pode por até dois líderes e no tempo certo ter três.

Os sete congressistas serão então votados por todos os líderes respectivos dos Cethriuxs para se decidir o presidente do Congresso, o Congresso será o cargo humano mais alto do Cethriuxs, digo, nosso.

No dia 15 de maio foi então anunciado e passado ao vivo por todos os televisores e monitores espalhados por todo espaço Galáctico Cethriuxs o Congressista que se tornaria o primeiro presidente do conselho e Governador de mais alto cargo de toda a humanidade.

Eu sou Fabiana Milner e venho trazer a noticia para todos vocês do fim das eleições congressistas da Monarquia Humana Cethriuxs. As eleições se iniciaram no dia 5 de março desse ano contendo líderes de todo o planeta e também das cidades estados da Lua e de Marte, a Eleição aconteceu rapidamente e sem nenhum tipo de fraude aparente ou tumultos, as pessoas tiveram uma semana inteira para votar em cada parte da eleição apesar de não serem obrigadas a votar, o parlamento teve de votar no dia seguinte e elegeram então por continente os seguintes nomes:

Halil Sajin do Haiti representando a América do Norte e Central; Naobu Nguye da Nigéria representando a Africa; Ralif Khan da Índia representando a Asia; Lucas Oni das Ilhas Fiji representando a Oceania; Rainha Luciene Hanna da Inglaterra representando a Europa; E por último foi escolhido o Brasileiro Bruno Miguel representando a América do Sul.

Na Lua cada grande redoma escolheu seu líder, sendo eles Abuin Naguel, Flábner Nagoya e Bartolomeu Zohan. Como Marte tinha apenas duas grandes redomas o líder de cada foi automaticamente escolhido e já farão parte do congresso sendo eles Jafar Nolhaib e Malu Machano.

A terra teve esse ano o direito de eleger três congressistas e os eleitos para fazer parte do primeiro congresso foram Halil Sajin, Bruno Miguel e a Rainha Luciene que deixou o seu cargo de Rainha com sua filha Abelle.

Acabo de receber a informação aqui, que o primeiro presidente do congresso foi eleito há cinco minutos, é da Terra, é o senhor Halil Sajin. Estamos esperando novas notícias, é com você Brian e boa sorte Halil.

2100

Maruc estava no planeta Olmertron no sistema 22 do braço de Orion, o mais longínquo sistema do braço de Orion, estava em uma base de comando dos Cethriuxs junto com o cientista e professor Harrison e a Analtila Pillar, também cientista e professora. Eles estavam ali por que recentemente descobriram uma nova capacidade cerebral que era comum às duas espécies e que os Odoigartyanos já conheciam a um bom tempo. Harrison e Pillar eram companheiros de estudos cerebrais de ambas as espécies que tinham funcionamentos extremamente parecidos. Além, é claro de estruturalmente serem quase idênticos. Já trabalhavam juntos havia cinco anos tentando cada um ter uma perspectiva diferente do cérebro do outro quando tiveram a maior surpresa de suas vidas.

Pillar estava anormalmente nervosa há alguns dias atrás devido a sua regulação menstrual estar atrasada, ela se envolveu carnalmente com Harrison apesar de ele não ser um analtila, ela não sabia se poderia ficar grávida ou não por que até ali os relatos científicos diziam que era impossível que surgisse um ser hibrido humano e analtila, no entanto ela estava com a menstruação atrasada. Ambos estavam com seus cérebros conectados em um aparelho que monitorava suas ondas cerebrais enquanto assistiam a um desenho de muitos anos atrás, da forma mais antiga que conheciam de ver televisão, o desenho em questão era Avatar, onde um garoto podia ter controle sobre os quatro elementos primitivos, água, ar, terra e fogo. Harrison era apaixonado por aquele desenho, era careca por que gostava muito do personagem principal Aang. Ele apresentou o desenho pra Pillar, que no começo como todo Analtilo, achou aquilo ridículo, mais aos poucos foi também se apaixonando pela animação arcaica dos humanos.

Harrison amava muito Pillar, ela obviamente não demonstrava sentimentos, fria como quase toda sua espécie deixava Harrison sempre muito nervoso e constrangido por não saber o que falar ou por falar algo errado e sempre na hora errada. Mais uma coisa unia ambos, que era a vontade de poder ter um poder parecido com o do menino Aang, e naquela noite Harrison e Pillar discutiram. Pillar já tinha ouvido falar que os Odoigartas tinha um poder parecido com aquilo, Harrison achava impossível, disse que passou a vida toda tentando e que nem uma pequena brisa tinha sido controlada ou aumentada por ele, ambos começaram a se irritarem, Harrison perdia cada vez mais o controle a cada momento que ele imaginava que Pillar o odiava, apesar de terem tido um pequeno momento carnal que foi forçado por Pillar por ser mais forte e de necessidades mais afloradas se aproveitou de Harrison. Isso o deixava triste e irritado ao mesmo tempo enquanto Pillar procurava insulta-lo de todas as maneiras possíveis. Harrison começou a sentir aquele arrepio comum em humanos quando passam por uma situação nostálgica ou quando passam por uma situação perigosa que leva ao medo e tensão. Pillar sentiu suas escamas traseiras se arrepiaram e eriçarem que era a mesma reação ao do arrepiamento humano. Nesse momento aconteceu o impensável, ainda com sua cabeça no desenho, Harrison olhou para um copo de água que Pillar estava segurando, e olhou nele concentrado tentando não escutar os xingos da mulher, parecia que as moléculas de água estavam ali balançando de um lado para o outro, milhares e milhares, Harrison parecia sentir aqueles milhares de moléculas quando resolveu anunciar para Pillar que a amava para ver qual seria sua reação, estava tudo perdido mesmo. E então jogando seus braços para cima e gritando "EU

TE AMO" Harrison calou a boca de Pillar. Não pela frase, mais por que a água que estava dentro do copo, ignorou a gravidade e atingiu Pillar no rosto com a força de um tapa bem dado. Posso assegurar-lhe que naquela noite Harrison conquistou Pillar.

A máquina que captava as ondas cerebrais tinha apenas um risco horizontal como se nada tivesse acontecido naquele segundo em que Harrison controlou a água, Pillar teve de aproximar algumas vezes para poder observar que aquela risca não era nada horizontal mais sim bem tremula com o cérebro representado como em funcionamento total de estímulos mais fortes em todas as áreas ao mesmo tempo. Pillar e Harrison batizaram aquilo de onda Omega. Pillar e Harrison apresentaram essa nova descoberta para os maiores cientistas Cethriuxs e analtilus que imediatamente pediram uma reunião com os Odoigartas, pois era conhecido que eles podiam ter controle mental e corporal sobre cinco grandes forças, a água, a terra, o fogo, a eletricidade e o ar.

E era por isso que Maruc estava ali, para explicar e ensinar para os humanos e os analtilus tudo que ele sabia sobre aquilo, além de ser uma surpresa maravilhosamente boa para Maruc (que fez questão de ir pessoalmente) que os humanos e os analtilus tinham algo em comum com os Odoigartyanos:

- Posso adiantar a vocês como funciona a manipulação da matéria – começou dizendo Maruc para Pillar e Harrison que estavam sentados como alunos sedentos por conhecimento em uma pequena sala de reunião - Existe antes de qualquer coisa uma energia que une todos nós, invisível, a matéria escura. Através dela podemos sentir o que o outro sente, os pensamentos às vezes viajam por ela e concluímos uma frase de um amigo, ou cantamos uma música que ele estava cantarolando em sua mente – Pillar e Harrison se entreolharam assustados – E a manipulação da matéria funciona de uma maneira semelhante, a matéria escura nos da ligação com qualquer coisa, ela está em todo lugar e todas as pessoas, em todos os objetos, em todas as matérias conhecidas e desconhecidas. E é através da matéria escura que manipulamos as outras matérias, para que isso seja possível, devemos então termos consciência e sentirmos a matéria que queremos manipular, a matéria escura será o ponto de ligação, isso também é possível por que tanto o cérebro humano, analtilus e odoigartas tem capacidade de controlar cinco tipos de matérias diferentes a partir de seus elementos químicos ou forças e energias provenientes – Pillar então levantou a mão, e com um gesto com a cabeça Maruc a autorizou a falar:

- Mas eu já vi os Dracates cuspir fogo, tudo bem que isso deve ser parte de sua anatomia e fisiologia, mas eles não teriam capacidade de manipular nem mesmo o fogo?

- Na verdade doutora Pillar, eles podem e dominam apenas a matéria do fogo e alguns dos Dracates mais marcantes conseguiram o controle de alguns derivados do fogo. O que já posso vos adiantar é que, os Lautalunos manipulam a água, os Tracapatos manipulam o vento, os Inemas necessitam da manipulação da terra e os pequeninos Pavanadis tem controle sobre a eletricidade, e muitas vezes precisam se recarregar tomando choques. Seguindo então, para controlar a matéria é necessário ser um só com ela, conhecer sua estrutura, seus elementos químicos ou qualquer outra coisa que o revele, e sentir, como se estivesse segurando algo sólido, isso depende de muito controle cerebral – Maruc fechou os olhos e fez a água de dois copos que estavam a sua frente serem levadas a dois copos em frente respectivamente de Pillar e Harrison – Concentrem-se no que falei pra vocês, pode demorar um pouco mais só podemos prosseguir quando vocês aprenderem literalmente a se comunicarem com as matérias.

A partir daquele dia Pillar e Harrison treinaram e estudaram tudo que Maruc podia ensina-los, se esforçaram e depois levaram esse conhecimento para seus povos respectivamente, que preferiram manter segredos e abrir escolas especiais em seus planetas natais, para ensinar apenas aqueles que tinham facilidade com a manipulação de matéria (Crianças com boas notas sem estudar, comportamentos estranhos, muito estudiosas ou até mesmo de gênio muito forte, crianças muito ativas e que aprontavam de mais ou ainda crianças super inteligentes).

Capítulo um
O Congresso

O dia estava lindo, um dia perfeito para qualquer pessoa fazer exercício, algo em que o ser humano, em toda sua maioria, fazia em alto nível todos os dias. Porém, para o senhor Anderson Brown, era mais um dia de trabalho, e não era qualquer dia, era um dia especial, que poderia mudar toda a história da humanidade.

Anderson Brown, um Cethriuxs Canadense, alto e um dos líderes da espécie humana, tinha trinta e seis anos, dois metros de altura, era muito forte e alto, tinha um cabelo comprido, e os dentes brancos e brilhantes. Seu Audi 2199 ia em direção ao maior edifício da lua, a autoestrada estava vazia como sempre, o edifício do congresso (de nome congresso) já era visível e a nave que traria os representantes Analtilus, Tracapatos, Lautalanos, Pavanadis, Odoigartyu, Inemas, Dracate, pousando sobre a plataforma quinze também era.

Brown estacionou seu carro e foi diretamente ao prédio, para a reunião com os ilustres que haviam acabado de chegar, era esquisito às vezes como as coisas andavam rápido pelo seu lugar de trabalho. Ele viu Joana, uma mulher loira que foi transferida do congresso lunar para atuar como governadora do canada, Brown se lembrava de que Joana trabalhou como sua secretária havia apenas dois anos e foi ele mesmo quem a indicou para trabalhar no congresso lunar. Dentro do monstruoso edifício de duzentos e vinte três andares, era possível perceber uma arquitetura exemplar no estilo canônico, com muito brilho, principalmente em pilares e portas, bancos de madeira espalhados por todos os lados com pufes sobre eles. Bem ao centro do andar térreo, uma gigantesca obra de arte, uma torre de ouro puro, que ocupava cem andares (já que até este andar era permitida a entrada de pessoas "comuns") e a sua volta um cano a circulava de cima a baixo duas vezes deixando a água escorrer livremente até o pé da torre, onde ela desaguava como se fosse de um rio ao mar, mais nas cores do arco-íris, e subia como mágica ao completar uma volta na torre, da forma mais límpida possível, por incrível que pareça, até peixes se encontravam na torre de babel. Brown a observava "a se soubessem a verdade" ele pensava:

- Senhor Brown - Ele ouviu alguém chamando – O senhor está bem?

- Ora Joana – Respondeu Brown surpreso ao se virar e encontrar a linda Joana de olhos azuis - Não tinha te visto, perdoe minha desatenção contigo, é que admiro muito esta construção sabe, é perfeita!

- Mesmo? Tem algo podre nisso aí, sei lá – Joana olhou para a torre com um desinteresse esquisito – Enfim – Disse ela olhando novamente com seus olhos perfurantes na direção de Brown – Gostaria de avisar ao senhor que o senhor Donovan Darth líder marciano quer se encontrar contigo antes da reunião.

- Donovan que quer falar comigo antes da reunião? – Brown olhou espantado para o relógio que naquele momento apitava – Certo, posso convidá-la para almoçarmos senhorita Wetzel?

Joana riu olhou para seu relógio que também havia apitado, e fez que sim com a cabeça, deu as costas a andou apressadamente fazendo seu salto alto fino na cor preta ecoasse por todo o andar que agora estava vazio, pois já eram oito horas e a maioria das pessoas já haviam ido as suas salas trabalhar, enquanto Brown observava Joana se afastar cada vez mais, com sua saia que valorizava seu bumbum e enlouquecia o solteirão Brown, e então seu relógio apitou, ele andou até o elevador que ficava dentro da torre de babel, pressionou o botão lateral do relógio e uma página avermelhada e transparente em holograma apareceu.

"O senhor deve saber, meu horário de almoço é às 13 horas".

Brown subiu até o último andar, possível com o elevador da torre (e único por sinal) ao sair dele deu de cara com os já conhecidos Dérick e Ronald, dois guardas que mais pareciam muralhas chinesas:

- Bom dia senhor Brown, gostaria de avisá-lo que Donovan está a sua espera no penúltimo andar do prédio na sala de escrituras. - Ecoou pelo corredor estreito e muito claro devido ao corredor ser todo cercado por paredes de vidro a voz de Ronald – E que os nossos convidados já estão tomando suas refeições da manhã como esperado, e a reunião foi confirmada para as nove horas.

- Certo grandão, fique esperto, pois qualquer coisa que for necessário eu quero que um de vocês me informe ou faça o que eu sugerir, afinal é uma reunião de suma importância para a humanidade e ela deve durar o tempo que for necessário certo? – Ambos as muralhas bateram continência, Brown saiu andando tranquilamente, sabia que seus dois guarda-costas nunca o decepcionariam – Bom dia senhores. – E entrou no elevador no fim do corredor.

Brown pressionou o botão equivalente ao penúltimo andar e a partir do andar duzentos ele se tornava um elevador panorâmico, e tinha uma subida controlável, na qual Brown decidiu faze-la devagar, para aproveitar a vista da grande metrópole lunar de Candena. Era muito grande cheia de pequenos prédios e ao fim era possível ver onde se encontrava a primeira estação de energia que protegia as cidades que estavam dentro das redomas de vidro. Ao horizonte lunar o lindo planeta azul Terra seu lar, de onde a pobreza fora erradicada há alguns anos. A porta se abriu atrás de Brown mostrando um corredor fechado a mal iluminado, todas as paredes cobertas por um tapete vermelho vivo com detalhes dourados. Ele andou até a única porta que havia ali e a abriu.

Uma sala redonda e toda sua volta uma cortina vermelha cobrindo o vidro que dava uma visão ainda mais privilegiada. A sala estava bem iluminada apesar disso, uma mesa de madeira retangular no centro da sala com seis cadeiras a sua volta e sentado na ponta à esquerda de Brown um homem de terno azul escuro uma gravata verde escura e um sapato branco quarenta e quatro. Donovan tinha os olhos puxados, pois era filho de um casal japonês, tinha o nariz achatado e os seus olhos verdes o faziam aparentar mais novo graças às poucas rugas que o homem de cinquenta e quatro anos possuía em todo o rosto.

- Grande Donovan, como anda amigo? – Disse Brown se aproximando do homem e o cumprimentando com um aperto de mão – Por que chegou tão cedo?

- Sabe bem que a reunião de hoje é sobre aquela maldita máquina do tempo Brown, sabe que eles descobriram. Ainda mais você sabe que eles morrem de medo de nós!

- Relaxa Donovan, qual é cara? É simples de solucionar coisas desse tipo, é só falar que ainda está em pesquisa e que foi feito um teste que não deu certo ué!

Donovan deu um soco na mesa e se levantou com os dois punhos fechados sobre a mesa e andou até o outro lado da mesa, olhou fixamente nos olhos de Brown e depois apertou um botão em seu relógio:

- O que está fazendo Donovan? – Perguntou Brown ao ver Donovan puxar uma página virtual de seu relógio na cor rosa clara.

-Veja isso – Disse Donovan fazendo com um movimento de sua mão a página deslizasse no ar em direção a Brown que a aparou com a palma da mão esquerda como se fosse uma esfera e a pressionou. Já conhecia aquelas imagens.

A página mostrava dois homens frente a uma máquina com o formato de um Box de chuveiro, todo metalizado, ao centro algo como uma pistola que apontava para a cabeça de um dos homens. Eram altos e estavam usando máscaras não era possível identifica-los.

{"Rápido ative a máquina para que possam viajar para o passado" – Disse o homem que segurava a câmera com uma voz que Brown reconheceu apesar da alteração metálica do vídeo. Os outros dois homens que estavam dentro do Box apertaram um botão, a pistola disparou sobre eles uma fumaça e as portas se fecharam escondendo qual seria o efeito da fumaça}.

- Donovan, você sabe muito bem que isso não prova nada que isso é uma máquina do tempo! – Disse Brown reiniciando o vídeo procurando algo que ele não tinha visto antes – É só um experimento normal em que os homens não quiseram se identificar. Sem contar que dois homens envoltos por uma fumaça e se trancarem em um Box não é uma coisa e que alguém tem como orgulho em querer se mostrar.

-Deixe de ser infantil Brown, passe para o próximo vídeo da página foi o outro que encontrei no mesmo HD.

Brown tocou uma pequena seta no alto da página e então o vídeo mudou e já foi exibindo-se automaticamente.

{A imagem mostrava um papel de jornal aparentemente novo, com os dizeres PRESIDENTE MORTO, e nenhuma imagem algo que era incomum. A câmera virou para o lado mostrando um aglomerado de pessoas dentro de uma sala pequena e aconchegante, havia até agora duas pessoas em volta do que era aparentemente uma mesa de mármore, uma mulher vestida de preto e que chorava desconsoladamente e um menino loiro que a apoiava e agora estava tirando lentamente de perto da mesa de onde jazia um corpo totalmente sem vida. A câmera foi se aproximando da mesa sem se quer se mover até chegar ao defunto, um homem de estatura mediana vestido com um terno azul gravata borboleta vermelha e uma camisa social branca por baixo do blazer azul, tinha os cabelos lisos e sua barba começava a junto do cabelo cobrir suas orelhas que por sinais eram grandes, a pele enrugada mostrava que ele era um homem de meia idade, tinha as sobrancelhas muito grossas e sua barba era muito cheia na região do queixo, uma voz saiu da câmera "Estamos nos ano de mil oitocentos e sessenta e cinco no dia quinze de abril, um dia após a morte do até então presidente dos Estados Unidos da América, sendo assim estamos regressando ao ano dois mil cento e noventa e nove para provar a veracidade da máquina do tempo com um vídeo mostrando o jornal do dia quinze de abril e o corpo do próprio presidente"}.

Brown não sabia como reagir, o vídeo o deixou espantado, aquele era realmente o presidente Abraham Lincoln, seu rosto ainda era muito conhecido dentro do planeta terra e aquilo para Brown era um choque.

- Você só pode estar brincando Donovan, isso é um filme uma montagem sei lá!

- Sabe que não brinco com esse tipo de coisa, o palhaço aqui é você! – Disse Donovan sem muita paciência – E tem mais amigo, ouvi boatos que essa não foi à única viagem, que eles foram ver Cristo fazer milagres!

- Isso é ultraje – Brown deu um soco na mesa e começou a respirar de forma acelerada – Como esses filhos da p... – O relógio de Brown apitou e logo em seguida foi possível ouvir uma voz rouca e grave:

- Por favor, Brown e Donovan compareça a sala de reuniões, por favor, o congresso já está para começar.

- Como ele sabe que estamos juntos? – Perguntou Donovan incrédulo – Esse velho é sobrenatural.

- Kamen é um homem muito sábio.

Os dois homens saíram da sala e andaram em direção do elevador em silencio, Donovan estava inquieto e pensativo quanto a tal sabedoria de Kamen, teria ele colocado uma escuta em Brown ou Donovan? Já Brown estava encabulado, já tinha todo o discurso preparado para defender a causa da máquina do tempo que era um projeto humano não autorizado mais que estava ocorrendo em algum lugar da Via-Láctea, mais agora a coisa havia ficado fora de controle, e algo devia ser feito o mais rápido possível.

O elevador parou no último andar, onde sua porta já se abria para uma sala idêntica a outra, porém em dimensões maiores, e as janelas não estavam fechadas, era possível ver o lindo planeta terra e atrás dele o poderoso sol.

Havia oito pessoas na sala, porém apenas uma dessas pessoas era um ser humano, um senhor de estatura mediana, um metro e oitenta, negro cabelo brancos por toda a cabeça no formato de um pequeno "black power", e a barba por fazer, tinha o nariz achatado, e grandes olhos castanhos, estava vestido com uma batina azul e um chapéu que lembrava um capelo:

- Que bom que chegaram, estávamos à espera de ambos – Disse Kamen com uma voz suave e de narrador de rádio - Por favor, sentem-se em seus respectivos lugares para começarmos nossa reunião.

Donovan se dirigiu ao centro da mesa e sentou ao lado esquerdo do Pavanadi chefe de nome Oururo, era bem pequeno tinha apenas um metro de altura, dois olhos bem grandes para seu rosto e a boca pequena, e um terceiro olho em sua nuca, tinha os cabelos avermelhado em formato moicano, tinha apenas três dedos em cada mão, usava algo parecido com um roupão de banho. Do seu lado direito o Inema, chefe Baurius, tinha dois metros e meio de altura e era muito musculoso, era careca e tinha no lugar do nariz uma pequena tromba com dois chifres de marfim na testa, usava uma túnica verde.

Brown sentou ao lado oposto ao de Donovan, que parecia uma criança perto do Inema Baurius, ele então como de costume, olhou para seu lado direito e cumprimentou o Dracate Rhogar, tinha a mesma altura que Brown, porém tinha no lugar da pele escamas muito mais grossas do que a que conhecemos, e uma cauda que iniciava nas costas e se prolongava por mais um metro, suas pernas eram muito fortes na região da coxa, e não havia canela, apenas uma grande pata cascuda com três longos e grossos dedos, de suas costas saia uma fina asa vermelha que começava no meio das costas e se abria para cada um dos lados, o musculo que sustenta a asa vinha da cabeça de Rhogar, muito escamoso como todo seu corpo, mais dava a aparência de ser cabelo. Seus braços eram compridos e iguais ao humano. Tinha o focinho alongado, nariz apertado ao focinho com dois pequeninos chifres e seus olhos eram redondos e azuis, parecidos com de um gavião, todo o rosto era coberto por grossas escamas. Tinha como vestimenta uma grande túnica azul, com detalhes pequenos de anéis azuis, mas escuros, não utilizava nenhum tipo de sapato. Ele retribuiu o olhar de Brown com uma pequena chama soltada pelo seu nariz que alongou na hora da chama sair. Lembrava muito um dragão.

Brown olhou então para seu lado esquerdo, havia ali um ser baixo coberto por uma capa preta com um gorro que cobria quase todo seu rosto, usava sapatos brancos de ferro, o que mostrava que não era um ser fraco apesar da baixa estatura, a parte aberta da capa mostrava uma espécie de camisa dourada feita de ferro mais que dava liberdade aos movimentos do Odoigartyano Maruc, que apesar dos grandes líderes do universo conhecer sua verdadeira feição quase ninguém no universo a conhecia. Era um ser misterioso e provavelmente o ser mais inteligente de toda a galáxia:

- Bom, já que estamos todos aqui, podemos começar a nossa reunião – Disse Kamen puxando da mesa uma pequena página transparente – A ata da nossa reunião, é devido a uma irregularidade no serviço cientifico para o bem da galáxia, que segundo os especialistas Analtilus, liderado aqui pela vossa senhoria Yoko – Brown que estava olhando para Kamen como todos que ali estavam, virou sua cabeça para Yoko, era praticamente um humano, a única diferença era que em vez de pele tinha uma escama esverdeada – Está infringindo a lei temporal, que consiste na falta de conhecimento na alteração do tempo e espaço.

Yoko que tinha os olhos como o das cobras, e o cabelo era na verdade escamas em cores diferentes e penduradas como um cabelo humano as escamas eram bem finas e parecia realmente cabelo, ela estava de vestido longo com decotes, seios bem redondos e grandes, não havia escamas na região frontal do tronco de Yoko, e Donovan era louco para descobrir aonde mais não havia escamas. Havia se levantado e começado a falar.

Capítulo Dois
Alerta Cethriuxs

Sete horas da manhã e Dean ainda estava tomando o café da manhã em sua casa, ele morava a duzentos quilômetros da megalópole de Candena na lua, pois vivia em uma das quatro usinas de proteção lunar do Norte, pois sua família vivia lá a serviço do governo Cethriuxs já há alguns anos, cuidando da proteção que evitava a queda de meteoros na lua.

A casa de Dean era enorme, longe de toda civilização, ele morava com seus pais e seu irmão e irmãzinha naquela mansão no meio do nada, era considerado um nerd, tinha vídeo games de última geração, era amante de jogos antigos, era colecionador, tendo todos os vídeo games que existiram. Tinha uma academia em casa a sua disposição, umavez que seus pais eram militares. Sendo sua família de origem Brasileira, o futebol era uma das suas maiores diversões. Católico como grande maioria da sociedade humana, Dean andava sempre com um crucifixo de madeira com a imagem de Cristo, pendurado em volta do pescoço e um terço em formato de pulseira no pulso esquerdo. Por prestar um serviço a sociedade, Dean e sua família tinham direito a teletransporte grátis, com uma máquina disposta em seu quintal, afinal, moravam bem longe da civilização.

Dean tinha dezoito anos, um metro e oitenta, e usava os cabelos sempre bem curtos, pois eram lisos mais muito grossos, era um atleta dedicado e havia sido um dos melhore alunos do colégio. Tinha o porte físico de atleta, saltava alto e tinha uma explosão muscular fora do comum. Sua sobrancelha era grossa, tinha o nariz compatível a seu rosto, e em sua orelha direita uma pequena alteração parecida com uma pequena mordida.

Ele estava sentado na cozinha de casa, no primeiro andar, comendo um pedaço de bolo de chocolate e tomando suco de laranja natural, tinha que estar na Universidade Cethriuxs de Candena em dez minutos, o que não era muito problema já que havia o teletransporte em casa, porém Dean ainda estava de cueca e só agora acabara de comer, ele correu para seu quarto no terceiro andar da casa, botou uma calça de sarja cinza escura e uma meia branca soquete quando uma cópia em miniatura dele entrou no quarto, vestido com um uniforme escolar todo branco e uma calça tactel verde escura junto com um tênis preto:

- Dean, cadê o pai? – Disse o irmão de Dean – Ele já foi pra casinha? – Casinha, era uma pequena construção no terreno da família, que sustentava a grande torre que gerava energia.

- Já Pio, já são... – Dean olho para o relógio em seu pulso que marcava, sete horas cinquenta minutos – Meu Deus, você tá pronto Pio? – Disse Dean colocando o Tênis ALL STAR e colocando em seu colar junto ao crucifixo uma pequena ceta prateada, correndo para o banheiro que ficava no canto de seu quarto que era o primeiro do corredor.

- Lógico que eu já to pronto bobão, o pai me disse que você ia me levar pra escola de novo.

Dean cuspiu a água de sua boca e enxaguou a boca rapidamente, vestiu-se com uma camiseta branca de manga longa que ficou justa em seus braços, e correu para fora do quarto:

- Pio, vamos, estamos atrasados, tinha esquecido que ia te levar – Disse Dean pegando Pio e pondo em seus braços e saltando do terceiro andar para o térreo, onde ele saiu de casa e foi para algo que parecia uma cabine telefônica vermelha com Pio, ao fundo era possível ver uma espécie de nuvem transparente e logo após ela uma pequena casinha de onde saia uma grande torre – Entra Pio vai logo.

- A culpa não é minha se a gente se atrasou cabeção, você nem fez café pra mim!

- A foi malsão pequeno, acordei nas nuvens hoje.

- Só hoje? Faz três semanas que você tá me levando pra escola já cabeção.

Dean fechou a porta da "cabine telefônica" e digitou para que fossem tele portados para o centro de Candena em um estacionamento privado, logo os dois irmãos passaram a sentir como se estivessem entrado em um cano estreito de cabeça e um forte assopro sobre seus pés, e então seus corpos desapareceram no ar.

Dean e Pio estavam ainda dentro de uma "cabine telefônica", porém, a cabine (agora azul) estava agora dentro de um galpão, havia muitas cabines dentro desse galpão, uma ao lado da outra. Algumas pessoas estavam aparecendo dentro das outras cabines, Dean segurou a mão do pequeno Pio e andou para fora do galpão que era amarelado por causa da iluminação, ele passou por dentro de um túnel de ferro assim que saiu do galpão correndo com Pio ao seu lado, e saiu em um frente a uma esteira onde passavam vários carros.

Dean subiu um pequeno degrau, e dali conseguiu ver muitas esteiras sobre sua cabeça que já se movimentavam levando alguns carros a seus destinos, aquele estacionamento era imensamente grande e o pequeno Pio sempre quis andar sobe as esteiras para se divertir. Dean parou antes da esteira e ali tinha um robô de série CP@259D da Sony, que cuidava de estacionamentos, tinha um metro de altura, era todo metalizado, e tinha o formato de uma pequena bancada:

- Por favor, identifique-se para que seu automóvel possa ser encaminhado até você – Disse uma voz feminina suave e metalizada que saia do robô, que erguia uma espécie de cartão em direção a Dean que encaixou seu polegar direito no cartão.

- Honda fly 2198, propriedade de Sean Silva, com autorização para Dean Silva – Faça Boa viagem.

Uma esteira que estava parada lá ao fundo passou a se mover, e junto dela um carro sem rodas prateado de aspecto parecido com uma guitarra Ibanez As93 sem braço, com quatro portas e aparentemente lento:

- Caramba Dean, essa banheira é demais – Disse Pio assim que o carro chegou.

- Entra logo tampinha, se não a gente vai se atrasar – Disse Dean levantando a porta e fazendo Pio entrar e se dirigindo para a outra porta do carro. Assim que entrou e sentou Dean observou o painel, havia apenas um volante fino e de borracha, ao lado dele um pequeno leitor de digitais, onde ele encaixou o indicador direito:

- Dean Silva, autorizado – Disse Pio acompanhando a mesma voz metálica do robozinho anterior. – Legal – E então o sinto de segurança foi posto automaticamente.

Dean puxou o volante para mais próximo de si e pressionou um botão traseiro, fazendo saltar pedais. Dean acelerou e saiu em disparada seguindo a esteira por alguns segundos e saindo por uma porta. Dean acelerou e fez o carro subir em direção à redoma de energia no céu lunar até chegar a uma espécie de estrada azul transparente no céu e então saiu em disparada. O carro de Dean já tinha atingido 250 km, e ele continuava a pisar no acelerador, era normal andar em alta velocidade nas estradas aéreas, eram feitas exatamente para isso. Pio observava a grande Candena, muitos prédios circulares, alguns lugares onde se via algumas árvores, parques e estádios esportivos. Havia muitos e muitos prédios gigantescos com cerca de cem andares. O grande edifício congresso já era visível, a escola de Pio era no prédio ao lado e seria até que ele prestasse alguma universidade, assim tinha sido com Dean que já desacelerava o carro e já tinha ativado o piloto automático para se aproximar automaticamente e rápido graças à compatibilidade do carro com as vagas em prédios altos.

O Carro desceu na porta do colégio governamental Candena Lunar, entre dois carros policiais da escola de modelo Fiat 2189KS, na cor azul e apenas duas portas. Pio e Dean se cumprimentaram batendo seus punhos quando Pio disse:

- O cabeção, me dá um dinheiro pra tomar café! Você não fez meu café lembra? – Dean já estava tirando a carteira do bolso traseiro e puxando uma nota de cinquenta lunaros, que tinha a imagem do segundo chefe Cethriuxs Adalbert Maschiel – Sério mesmo mano? Tudo isso só pra hoje?

- Lógico que não Pio seu burro, isso é pra você guardar pra semana toda. E não fique de conversinha a hora de sair, você vai pro treino comigo e depois vamos embora.

- Ok, Dean, você não ia buscar sua namorada? A Kelsea?

Dean bateu a mão na própria testa e já a colocou em seu peito pressionando levemente a ceta, estava no modo silencioso, e havia algumas chamadas perdidas. Ele conectou o colar em uma pequena entrada eletrônica posicionada no banco atrás de sua cabeça e a sua direita uma pequena página transparente apareceu:

- Vai pra aula Pio, te busco depois da aula – Se cumprimentaram mais uma vez e Pio tinha em seu rosto um sorriso orgulhoso e de quem achou graça da situação – Ligar para Kelsea – Dean acelerou e saiu em disparada novamente para a estrada e em modo manual, enquanto era possível ouvir a página realizando a chamada.

- Brincadeira em Dean, qual é? Agente vai se atrasar! DE NOVO!

- Foi mal Kelsea, eu, na verdade nem tenho desculpas, sai aí – Disse Dean saindo mais uma vez da estrada e agora descendo em direção a pequenas casas no subúrbio de Candena e puxando o colar para frente desligando a chamada.

Dean chegou bem próximo ao solo e diminuiu a velocidade para ter um maior controle sobre o carro naquelas ruas estreitas do bairro de San Daniel, várias casas amontoadas bem próximas umas às outras, compartilhando o mesmo muro, e com portões a frente das casas, quase nenhuma delas tinha andares mas tinham bons quintais, Dean então viu uma garota em frente ao pequeno restaurante de fastfood de San Daniel. Era uma mulata, tom de pele um pouco mais claro que Dean, um metro e sessenta e sete, tinha coxas firmes, o corpo escultural, seios perfeitos para a medida de seu corpo, os braços estavam cruzados, estava usando uma calça moletom que Dean adorava que ela usasse, pois realçava seu quadril e consequentemente o bumbum e suas coxas. Estava com uma camiseta gola polo branca e uma jaqueta cinza escura que pertencia a Dean. E mesmo de cara fechada com o nariz grande porem perfeito ao seu rosto moreno, os olhos grandes e castanhos usando óculos arredondados e a boca sexy e discreta, era a garota mais linda que Dean já conhecera tudo em seu rosto era proporcional. Seus cabelos não estavam lisos como no dia da formatura, mais Dean os preferia assim cacheados ao seu natural. E então Dean parou para Kelsea entrar no carro:

- Oi Kelsea tudo bem? – Disse ele abrindo a porta e ela entrando. Acelerou para cima e voltou para a estrada.

- Tudo bem nada Dean, a gente vai chegar atrasado se você não por essa carroça pra andar – Tinha a voz fina e séria, estava brava. Dean sabia só pelo tom de voz usado, mas não ligava, convivia com Kelsea a mais de dez anos e já a conhecia bem demais para entrar e uma discussão quando estava errado –

Caramba meu, você vai atrasar a gente de novo, e você sabe que eu odeio chegar atrasada.

- Desculpa ta legal? – Dean já estava novamente em alta velocidade na estrada e ia em direção de um prédio enorme e laranja - Vamos chegar a tempo e não vai acontecer de novo.

- Chegar a tempo eu sei que a gente chega, mais que não vai acontecer de novo eu duvido. – Então algo aconteceu.

Dean acelerou mais ainda e saiu da estrada, não respondeu a Kelsea que olhou para ele com cara de quem reprovou a ação idiota, no entanto, Dean tinha visto algo que Kelsea não. Um Audi 2199 prata passou zunindo ao lado do carro de Dean e logo atrás um batalhão de carros da Polícia especial Cethriuxs que estavam fazendo um barulho ensurdecedor de suas sirenes, Dean conseguiu manter seu carro no ar e desceu a toda velocidade para próximo do solo:

- O que está fazendo Dean? – Kelsea estava nervosa, não sabia o que estava acontecendo.

- O cara vai despistar os policiais nessa velocidade – Dean estava tendo uma epifania - Na direção que o carro está sendo levado e nessa velocidade, pode ser que a tentativa seja destruir a redoma e o campo de energia, se o carro conseguir furar a redoma ele vai explodir no campo energético e causar uma destruição em massa atingindo não só Candena, mas também Daratala e Tureha.

Kelsea sentiu o medo com as palavras de Dean, que sempre tinha o dom de decifrar as coisas por menos detalhes que elas ofereçam. E naquele momento sentiu medo por seus pais, e mais medo ainda por sua irmã Dana, que morava sozinha em Tureha. Kelsea percebeu que o velocímetro de Dean já alcançava os trezentos km, ficou atenta e se preparou para qualquer coisa que o garoto pedisse a ela para ajudar. Conhecia ele há anos para saber quando ele estava e quando não estava brincando, e suas decisões eram algo que encantava Kelsea:

- Por onde estamos indo? – Dean havia começado a subir em direção novamente a pista, estava a mais de quinhentos quilômetros, afinal era um carro esportivo. E procurando manter a velocidade, seguiu por baixo da estrada, já a frente do Audi.

- Seguinte, eu vou acertar o Audi por baixo e faze-lo rodar, vou passar o volante para você, vou saltar para dentro do Audi quando ele estiver passando a nossa frente, faça o que eu disse – Kelsea já abriu a boca para argumentar, aquilo era loucura – E mantenha-se a uma distância segura aonde possa ver o Audi ok? Prometo que assumo qualquer problema. – Dean voltou a subir diminuindo um pouco a velocidade, com uma das mãos ele tocou o painel à frente de Kelsea e uma pequena página digital saltou para fora, ele pressionou tpu e um volante girou para fora e pedais saíram aos pés de Kelsea, que os pressionou e segurou o volante, e então Dean perdeu o controle sobre o carro para Kelsea, fazendo seu lado ficar igual ao de Kelsea antes.

Capítulo Três
A fuga

- Segundo as leis da via láctea, todo e qualquer intuito de pesquisa que poderá influenciar toda a galáxia deve passar primeiramente ao senado da raça que está praticando a pesquisa, ser aprovado e depois chegar ao congresso maior e ser aprovada por todos os membros efetivos do mesmo, lei essa criada pelos Cethriuxs, o mesmo que após a renúncia da autorização do congresso maior continuou o projeto denominado "Viajem no tempo".

Yoko olhava diretamente para Kamen que nem se quer piscava. Oruro simplesmente digitava com velocidade algo em sua página digital enquanto os outros ali presentes na sala observavam Kamen como se soubessem que o homem ia falar:

- Conheço muito bem as leis que o congresso estabelece senhorita Yoko, principalmente as que foram estabelecidas pela minha raça. Sei também que foi uma regra vigente que foi quebrada, porém, não sabemos por que e nem mesmo por quem, pois seguimos a lei à risca e cancelamos o projeto – Kamen ergueu sua mão fazendo sinal para que Yoko que ia começar a falar parasse – O senhor Brown, que é o presidente do satélite moradia onde estamos localizados nesse momento, vem já há algum tempo fazendo buscas para encontrar o paradeiro da máquina e quem é o responsável por sua composição, sendo assim passo a palavra a ele, que com certeza vai conseguir esclarecer melhor para todos os senhores aqui presente o andamento das pesquisas e ainda como andam as buscas.

Brown se levantou da mesa e todos os olhares pararam sobre ele, Donovan olhava sério para o amigo que com certeza estava pensativo ainda sobre os vídeos que ele mostrou mais cedo, Brown tirou seu relógio e o conectou a uma entrada circular na parte lateral da mesa, puxou uma página digital (pd) e fez com que ela ficasse em igual frente e verso, expandiu a pd e a centralizou como se fosse uma tela de tevê onde todos poderiam vê-la.

Brown não disse nada e simplesmente mostrou os dois vídeos para todos ali presentes, o do experimento e o do presidente, e ele explicou ambos os vídeos, explicando quem era o presidente e contou um pouco da história humana, e relatou também que era provável que tinham ido ver Jesus Cristo o Deus dos humanos fazer milagres, o que todos acharam loucura, pois em todos os planetas da galáxia houve algo parecido ou uma crença de mesmo nível espiritual.

- Você quer dizer então – Começou a falar o gigante Baurius com sua voz estrondosa como um trovão – Que as viagens no tempo já estão ocorrendo é isso?

- Sim, estou afirmando, e nem adianta querer me interromper Yoko – Disse Brown aumentando o tom de voz já que Yoko ia falar novamente e acabou mostrando sua língua humano partida em duas – Estamos fazendo a busca pelo sistema solar desde que fizemos a descoberta do primeiro vídeo, algumas das vozes metalizadas foram reconhecidas como Humana, Dracatea e Analtilunos, não deixando nenhuma das três raças ausentes de culpa sobre a máquina do tempo, porém, todos nós sabemos que apenas os Odoigartyanos têm autorizado para uso próprio à tecnologia de espumas de lavagem automática de auto velocidade para o teletransporte, já que seu corpo foi o único a recusar as células Hoverson e a espuma foi à única solução encontrada por eles, a partir da célula Hoverson para evitar o câncer corpóreo, sendo assim os únicos livres e continuarão sendo desde que não seja encontrado nenhum tipo de provas contra eles são os Lautulanos – Disse Brown olhando para um amarelado, com grandes olhos na região lateral do rosto, com uma pequena fenda no lugar das narinas e a boca era uma fenda como a do nariz porém muito maior.

Os Lautulanos não têm em sua composição corporal pescoço, tem peitos largos e algo como guelras próximas a sua cabeça alongada para frente. Tinha o tronco do corpo mais cheinho como se fosse gordinho, e saindo diretamente do tronco as pernas que pareciam uma perna só separada em duas, que não continham joelhos e eram flexíveis, e pés com sete dedos, na região lateral e não frontal dos pés, algo parecido com nadadeiras. Seus braços eram como as pernas, saia do meio do tronco e sem uma junta tinha os braços flexíveis, que pareciam ter sidos separados dos troncos, e as mãos também com sete dedos sendo dois polegares um em cada extremidade.

- E também os Tracapatos, que por sinal continuam sem falar muito.

Um ser com pelos alaranjados por toda traseira do corpo com listras pretas dos pés à cabeça, um metro e noventa, olhos também alaranjados, o rosto todo cheio de pelos, formando assim um rosto selvagem, um bigode como o dos gatos. Estavam sempre de boca fechada mas seu sorriso mostrava dentes afiadíssimos como os de um tigre. Tinha os braços e pernas como a dos humanos, fortes e com os músculos aparentes, tinha a pele frontal do corpo lisa com pelos apenas na região do peitoral, sensível como a do ser humano, tinha as mãos também humanas mais com a aparência de que os dedos menores e mais finos tinham sido separados um dos outros, e nos pés tinha patas de tigre. Afinal, era isso que Brown sempre dizia, os Tracapatos são tigres humanoides.

- A única coisa que nós podemos garantir Yoko, é que o combustível que estão usando na máquina do tempo que eles possuem vai acabar.

Yoko olhou incrédula, não tinha intendido muito bem:

- Você está me dizendo, que vocês seres humanos desenvolveram uma máquina que funciona a um tipo de combustível limitado?

Brown coçou a cabeça e pensou por alguns instantes, "tudo funcionava a base de algum combustível, que pergunta mais idiota". Essa notícia podia se tornar um problema, principalmente com Yoko irritada do jeito que estava, foi então que Donovan se levantou e começou a falar:

- O "combustível" que Brown está dizendo é – Ele, pois a mão em seu bolso interno e retirou uma esfera dourada do tamanho de uma bola de gude, a bolinha emitia certo brilho avermelhado – Essa pequena bola dourada, que contem dentro dela uma energia conhecida como anti-matéria, extremamente potente, como vocês sabem e foi à única fonte de energia que nos testes para concluiu o ligamento da máquina e permitiu realizar a viagem no tempo.

- Isso quer dizer então que a máquina do tempo realmente só funciona a base da anti-matéria? – Yoko levantou ferozmente seus olhos se transformaram em fendas com fundos amarelos, e sua língua emitia o velho e conhecido silvo que as cobras emitem e por entre esse silvo Yoko prosseguiu – E vocês andam produzindo quantas dessas bolinhas para o projeto? Vocês sabem muito bem que anti-matéria é muito instável e a não ser a quantidade produzida para as cidades de todos os planetas que é especificamente produzida de uma forma extremamente segura qualquer outro tipo é proibido! E essa bolinha aí, deve ter o suficiente para abastecer a terra por seis ou sete anos ininterruptos.

- Foram produzidas quatro esferas dessa. Sendo que a máquina necessita de reabastecimento a cada duas viagens. Sendo assim – Donovan devolveu a esfera e seu bolso –

Sobraram apenas duas esferas sendo essa que está comigo, na qual eu trouxe a reunião para maiores explicações – Donovan aumentou seu tom de voz ao ver que Yoko queria interrompe-lo – E o outro está guardado na...

Nesse momento a esfera levitou do bolso de Donovan, todos ficaram estáticos, afinal, mesmo com toda essa tecnologia, não era possível que esferas saíssem voando sem permissão ou auxilio de alguma máquina. Foi então que Kamen percebeu que na porta havia um homem camuflado, ouvindo toda a reunião, ele esperou alguns segundos para esperar o homem pegar a esfera algo que não aconteceu, ele simplesmente abriu a porta e tornou-se visível para todos (para Kamen que pensou que ele pegaria a esfera e para os outros que não tinha percebido sua presença).

Era um Analtilus, era alto e forte, mostrava sua língua bifurcada e já segurava apontando para Brown uma pistola G77 branca, vestia uma roupa que cobria todo seu corpo dos pés até a cabeça, e tinha uma bainha com uma espada ninja pendurada em suas costas:

- Se se mover Dr Brown, vai ser furado – Disse com um silvo baixo e voz grossa – Não viemos brincar... – Kamen então o interrompeu o que fez o Analtilunus torna-lo o alvo da pistola

- Então você realmente não veio sozinho? Seria realmente muito ingênuo de sua parte fazer isso mesmo.

- Hora Dr Kamen, muito esperto como todos dizem, rápido em sacar as coisas – Nesse instante ele apontou sua G77 para o teto onde Yoko estava já sobre o ladrão – Hora senhorita Yoko, pensa que não sei do que minha raça é capaz de fazer?

Yoko desceu do teto na frente do seu irmão de raça enquanto ele apontava a arma para sua testa, e foi o suficiente para Kamen de alguma maneira incendiar as roupas de Yoko, e depois jogar uma rajada de vento em direção do bandido Analtilus que foi arremessado contra a porta e caiu desmaiado.

- Brown use suas habilidades e desça atrás do outro bandido que parecia ser uma Analtila também – Brown saiu em disparada empurrando o ladrão para o lado abrindo a porta e indo em direção do elevador - Eu sugiro que a senhorita Yoko espere até que a situação se resolva, já que são irmãos de sua raça que invadiram o prédio e você ficando aqui a situação vai ser mais fácil de explicar. Gostaria de pedir – Disse Kamen se dirigindo aos outros líderes ali presentes – Que fiquemos aqui por protocolo de segurança, para evitar mais polemicas.

Brown estava descendo o elevador o mais rápido possível e enquanto isso tentava entrar em contato Joana que finalmente atendeu seu chamado e apareceu em uma p.d:

- Hora hora Dr Brown, mais está muito cedo para almoçar...

- Joana desculpa ser grosso, roubaram uma partícula extremamente grande de anti-matéria agora, preciso que você emita um alerta de segurança, mande guardas lá para cima, as muralhas chinesas foram derrubadas, e deixe todas as forças de segurança pública, social e especial armada de sobre aviso de fugitivo Analtilus e, por favor, evita o máximo possível que tenhamos veículos de comunicações sobre o ocorrido ok? – A porta do elevador se abriu e Brown viu uma esfera dourada flutuando a alguns metros dali – Não se esqueça de que temos um almoço junto hoje, beijos – E então a p.d sumiu e Brown começou a correr para onde ele observava a esfera se movimentar no ar e a correr para fora do grande prédio Congresso.

Brown perseguiu a esfera flutuante até o estacionamento ao pé do prédio, e então de repente um corpo passou a tomar forma à frente da esfera fazendo a esfera sumir atrás do corpo.

Era uma mulher, Analtilunus, um metro e setenta e três, com um conjunto cinza colada ao corpo e toca cobrindo seus cabelos:

- Parada aí – Disse Brown sacando uma pistola de cano grosso e ponta fina na cor vermelha, uma Terence22 – Você está detida por burlar leis universais e também leis Cethriuxs.

Ela virou o corpo e arremessou algo parecido com gelo que ao atingir o solo serviu como um imã e puxou com uma força imensa o revolver de Brown:

- Cethriuxs inútil, nunca poderá me derrotar, nem ao menos tem uma arma – Disse com um silvo fino e apontando para Brown o indicador.

A ladra então sacou de seu bolso uma pequena caneta prateada e apontou para Brown, um ponto de luz vermelho ficou bem ao centro da testa de Brown que colocou as mãos em seu relógio e logo depois caiu duro como pedra. A ladra então foi até o corpo desacordado de Brown e retirou seu relógio, pressionou um botão lateral e esperou por um momento, ela sabia que deveria seguir seu caminho sozinha daí em diante até onde estava localizada a nave espacial na qual ela veio para a Lua. Ela estava no meio do estacionamento do Congresso havia carros para todos os lados, e então ela viu vindo em sua direção um Audi2199, ela arrastou o corpo de Brown até de baixo de um automóvel que mais parecia uma prancha de skate e então entrou no carro de Brown.

O Audi subiu rapidamente até a estrada e seguiu normalmente pela pista, passados dez minutos a ladra passou a ouvir o carro dos policiais e assumiu o controle manual do veículo, e passou a acelerar, como já estava muito longe da polícia, se continuasse aumentando a velocidade logo faria com que eles a perdesse de vista, foi quando ela percebeu um veículo Honda Fly em boa velocidade mas não veloz o suficiente na sua frente. O motorista do veículo a frente percebeu a aproximação do Audi e jogou seu veículo para fora da pista e a ladra passou em uma velocidade extremamente grande ao seu lado, no mesmo instante a ladra sentiu admiração pela perícia do piloto, ela continuou seguindo a estrada ouvindo cada vez menos as sirenes policiais e assim se seguiu por cinco minutos quando ao executar a saída da pista sentiu o carro ser atingido por algo grande.

     - Se prepara Kelsea, acelera o máximo que puder – Dean respirou fundo e contou até três – AGORA!! – Kelsea acelerou e como Dean avia previsto acertou em cheio o Audi em sua parte de baixo, ao girar do Audi com o impacto, as janelas se quebraram de ambos os carros, Kelsea por estar dirigindo recebeu uma proteção envolta de sua cabeça contra os estilhaços em formato de bolha que saiu de toda sua volta, Dean abriu a porta e quando o Audi girou sobre si pela segunda vez ele saltou para dentro do outro carro.

     Dean agarrou a motorista e na hora percebeu pela bifurcação da língua que quando a segurou saltou para fora se tratava de uma Analtila, sentiu suas costas sendo arranhadas enquanto segurava a fêmea e tentava tira-la do automóvel. Dean usou toda sua força no braço direito para segurar a Analtila que parecia ter unhas de aço, e empurra-la para mais longe dele. Dean e a ladra foram jogados para o outro lado do carro, que tinha se chocado com um prédio durante a queda, nesse momento de distração Dean abriu a porta do passageiro que estava a suas costas e puxou para fora junto de si a ladra.

     Kelsea viu que a porta do carro que ela estava acompanhando na queda se abriu e então acelerou, Dean estava caindo rapidamente e trocando socos com a ladra, por serem muito mais leves que o carro, já estava a alguns metros de distância do mesmo, Kelsea então aproximou o carro de Dean que percebeu Kelsea se aproximando, ele então desviou de um soco da ladra e a acertou com força entre os seios, sem permitir que ela se afastasse Dean a pegou pelo pescoço e apertou com força próximo a orelha da ladra que desmaiou no mesmo instante. Kelsea percebendo que Dean havia desmaiado a ladra acelerou o carro e foi descendo acompanhando Dean que abriu a porta traseira e entrou:

- A polícia já deve... - Nesse instante apareceu um clarão azul abaixo deles – O carro foi destroçado para não chegar ao chão, sinal que funciona o anti-acidente – Disse Dean olhando para baixo pela janela – Kelsea sobe o mais rápido possível à polícia vai chegar a qualquer momento.

Kelsea ainda estava quieta e com cara de que não estava entendendo nada, o carro de Dean chegou à estrada no mesmo tempo que um carro oficial do governo em uma dúzia de viaturas policias.

Capítulo Quatro
EFEC

A polícia rapidamente cercou o carro onde estavam Dean e Kelsea, de um grande carro azul então saiu um senhor, Dean ao ver o senhor ficou totalmente surpreso abriu a porta do carro e ergue suas mãos ao sair, todas as armas estavam mirando diretamente seu peito, foi quando ele ao sair do carro disse:

- A ladra está desacordada dentro do veículo senhor Kamen.

- Silencio – Gritou um policial mais atrás – Peço para que a senhorita motorista saia do veículo com as mãos para cima, por favor.

Kelsea desceu da maneira que o homem de colete azul, calças brancas, coturno preto e camiseta preta mais ao fundo a ordenou, ela se aproximou de Dean e ficou ali ao lado dele:

- Soldado Brick faça uma varredura no veículo, de quem é quem tem permissão para dirigir e reviste todo o veículo – O soldado que estava mais próximo de Dean andou até o carro, abriu todas as a porta traeira uma exclamação de surpresa:

- Capitão, tem uma Analtila desacordada no banco de trás! – Kamen foi até a porta traseira junto a Brick para tirar de lá a ladra desacordada.

- Capitão Andrew – Disse Kamen levando a Ladra a uma das viaturas policias junto com Brick – Quero que você leve essa mulher ao presídio de segurança máxima em Marte, quero Donovan e Brown lá em Marte também ajudando na segurança ante fuga, estarei lá amanhã, quero que o senhor faça dessa prisioneira prioridade máxima, ela não deve fugir de maneira nenhuma intendido?

- Sim senhor! Desculpa-me a falta de compreensão senhor, mais e os jovens bandidos? Não serão presos?

- Hei, não somos bandidos, nós capturamos a Ladra coisa que vocês não conseguiram fazer – Disse Dean abaixando as mãos.

- Chega! – Disse Kamen tranquilamente – Eu cuidarei pessoalmente dos Jovens, o senhor cumpra a missão que lhe foi dada – Disse Kamen ao Capitão que fez continência e retirou sua tropa dali junto com a ladra em direção ao quartel general da polícia - Já os senhores, devo pedir que entrem em meu veículo e me acompanhem por gentileza – Dean olhou assustado para Kelsea, que estava muito brava – Não vou força-los a virem, é uma escolha de vocês.

Tanto Kelsea como Dean ficaram surpresos:

- Senhor, ah, eu vou trancar o carro tudo bem? – Disse Dean que ao olhar o carro se deu conta, destruído, como ele ia explicar isso aos seus pais?

- Ah sim claro, não queremos mais roubos não é mesmo? – "Como se alguém fosse roubar isso" pensou Kelsea - Vou mandar levarem seu carro até a escola de vocês, enquanto eu mesmo levo vocês à aula.

Um androide humanoide desceu do carro de Kamen e foi em direção ao carro de Dean, entrou, sentou-se e de seu pescoço um cabo conectou-se ao automóvel, diferente do que Dean imaginava o carro não travou e nem mesmo prendeu o robô, de alguma maneira, a máquina burlou o sistema antifurto do veículo:

- Como isso é possível? O carro deveria estar apto apenas para a família de Dean – Disse Kelsea – Como o robô pode se conectar ao veículo e não ter acionado a segurança do carro?

Hora hora senhorita...

- Kelsea Maia Santos.

- Senhorita Maia, é simples, ele é um robô de auto escalão governamental, para ser mais exato, ele é o topo governamental dos robôs, por isso ele tem acesso a milhares de áreas do sistema solar.

- Essa é novidade, quer dizer que o governo tem acesso à vida pessoal da população? De cada indivíduo? – Dean apenas observava, enquanto ele via a fúria de Kelsea aumentar – Olha Doutor Kamen, eu pensei que como chefe máximo dos Cethriuxs o senhor evitasse que esse tipo de coisa acontecesse.

O robô saiu com o carro de Dean, deixando ele e Kelsea sem escolha a não ser ir para a escola com Kamen que com um leve sorriso no rosto, demonstrava calma, conhecimento e satisfação:

- Sim, senhorita Maia, você tem toda razão, porém gostaria de convida-los a entrar no carro mais uma vez, para que possamos conversar a caminho da universidade de ambos, e para que possamos liberar a estrada as pessoas que tem que ir cumprirem com seus papeis de cidadãos.

- Olha, eu – Dean passou ao lado de Kelsea e puxou-a pelo braço – Dean o que...

- Kelsea, entra no carro logo, você ainda não percebeu que a gente fez algo muito sério? Por que o líder máximo da Monarquia Cethriuxs quer que conversemos com a gente heim? – Kamen ergueu as sobrancelhas e Kelsea que ia falar desistiu e arrumou os óculos em seu rosto – podemos ir então?

- A claro, sintam-se a vontade – Ele entrou pela porta dianteira do motorista Dean e Kelsea foram para o banco traseiro, ao entrarem no carro Kamen acionou o piloto automático e virou o banco para conversar com eles – Desculpa ter que chamar vocês para conversarem dessa maneira, mas vocês chamaram minha atenção, com os movimentos para pegar

Kalika, tanto a estratégia rápida que não sabemos quando foi traçada, mais sabemos que foi em questão de segundos, quanto à pilotagem da senhorita Maia durante a luta de Dean, foi algo que nem os meus melhores soldados especiais teriam capacidade de executar.

- Afinal Kamen, qual é o porquê de parar para conversar com dois estudantes depois de eles serem irresponsáveis? E eu não sou uma idiota, sei muito bem que você está feliz e nada bravo ou irritado.

- Bom, vejo que a senhorita Maia é uma pessoa que não gosta das coisas erradas, isso é bom – Kamen pressionou em seu dedinho esquerdo seu anel retangular de pedra de amolite, e então uma P.D apareceu, ele puxou dela um teclado também digital e começou a escrever algo muito rápido – Já o senhor Silva é mais quieto aparentemente e pensativo.

- Não se engane senhor Kamen, não estou gostando nada disso e gostaria que o senhor parasse de enrolação e dissesse o que quer conosco, temos aula e acredito que já tenho problemas suficiente com meus pais em relação ao carro.

- Acabei de mandar uma mensagem ao robô que está em posse de seu veículo, e ele já o está levando para uma checagem geral, bancada por mim – Kelsea e Dean já estavam perdendo a paciência, o homem queria conversar mas não falava nada, e Kamen já havia percebido isso e mudou seu tom de voz – Realmente senhorita Maia, foi extremamente irresponsável o que fizeram a alguns minutos, contudo, como já havia dito, não tenho soldados capazes de fazerem isso, a não ser....

O colar de Dean tremeu em seu pescoço e tocou uma música eletrônica muito animada, e então uma voz doce e firme chamou "Dean, ta podendo falar?".

- Desculpe Senhor Kamen – Dean apertou um botão em seu colar e a imagem de uma mulher branca, com os cabelos na altura dos ombros, olhos castanhos e com a aparência que lembrava Dean apareceu – Hã, Mãe não é um momento muito bom pra senhora ligar não, aconteceu algo? – A Mãe de Dean olhou toda a volta e abriu um sorriso com dentes levemente tortos assim que viu Kelsea "Olá Bonitinha tudo bem?" Que retribuiu, estava de costas para Kamen "Queria que passasse com Pio aqui assim que buscá-lo, me faz esse favor?" - Ok Mãe, depois te ligo beijos. - "Beijos filho" – Desculpe, pode prosseguir.

- Como ia dizendo, vocês fizeram algo que soldado nenhum do governo pode ou tem capacidade para fazer, a não ser o Esquadrão de Forças Especiais Cethriuxs.

Dean arregalou os olhos, nunca pensou em ser comparado com o incrível EFEC, um grupo de pessoas com habilidades em geral acima do comum em que o governo Cethriuxs preparava essas pessoas para que no futuro tornem-se líderes da população, seja em escolas ou até mesmo no exército. Kelsea ainda estava de cara fechada, como quem pensava em acertar Kamen, deixava transparecer que aquilo ali não passava de conversa fiada.

- Não adianta senhorita Kelsea, pensar que estou enrolando vocês com papo furado e que sou um velho caquético e que não está nem um pouco interessado na população – Kelsea ficou de olhos arregalados, assustada, abriu a boca com quem queria falar e então voltou a fecha-la – E sim, eu li a mente da senhorita, vocês ainda têm muito a aprenderem é claro – Ele ergueu a mão direita para Dean que já abria a boca para falar – Se vocês me ouvirem e aceitarem minha proposta.

"EFEC, foi uma ideia governamental assim que ouve a criação do Império Intergaláctico Cethriuxs, para valorizar a inteligência, o aprendizado, a liderança, e não menos importante a amizade entre as outras raças conhecidas até então. Diferente do que muitos dos seres humanos imaginam, assim como você imagina senhorita Maia, a EFEC dá à mesma ajuda financeira, e tem as mesmas estruturas de uma escola comum do Império, porém, com algumas coisas que estão chegando só agora ao conhecimento humano, coisas que vocês conhecem como magia, nós que estudamos na EFEC conhecemos como ciência, e preparamos aos poucos para passar a população como pesquisas científicas para não assusta-las com estrondosa evolução científica e cometer o erro de colocar em mãos erradas alguns estrondosos poderes. Procuramos também entrar em contato pacifico com raças mais evoluídas e algumas ainda desconhecidas que realizam "rituais" com conhecimento ainda desconhecido dos seres humanos e passamos para eles algum dos conhecimentos que acreditamos que vão fazer essas civilizações e raças ainda não civilizadas darem um passo à frente em sua evolução".

- Isso é a EFEC, no entanto, vocês dois sabem muito bem que o nosso grupo de soldados e agentes mais bem preparados são formados lá, afinal eles passam também por esses mesmos treinamentos, e utilizam ciências ou magias como dizem algumas das pessoas que já os viram em ação, eu gostaria que vocês se juntassem a EFEC, com a idade de vocês começar agora o aprendizado dessas coisas que são chamadas magias é um problema, passariam por uma adaptação e preparação na própria EFEC e seus pais seriam notificados e com certeza convencidos, é claro se vocês aceitassem.

Dean e Kelsea se olhavam de bocas abertas, a proposta era algo fora do comum, não havia provas ou maneiras de entrar na EFEC a não ser convidado pelo Governo por algo extraordinário, que era o que os invejosos chamavam de "pessoas estranhas".

- Olha, hã, senhor Kamen, me perdoa pela grosseria, hã, eu estava nervosa com tudo que aconteceu com o Dean que me buscou atrasada olha – Kelsea estava visivelmente perturbada com a situação, era obvio que ela não queria perder uma oportunidade dessas, e afinal ela estava mesmo muito nervosa com Dean e descontou em Kamen, uma pessoa que ela sempre admirou.

- Não se preocupa isso não muda minha oferta Senhorita Maia, e você vai saber logo o porquê, acredito também que a senhorita aceita a oferta?

Kelsea balançou a cabeça de forma positiva e abriu seu lindo sorriso pra Kamen, Dean olhou para ela e se perdeu em alguns segundos na beleza também de seu olhar brilhante e então se lembrou do pequeno Pio e das irmãs de Kelsea:

- Eu aceito – Kamen abriu um sorriso – com uma condição.

Kamen riu, Kelsea arregalou os olhos para Dean pegou seu braço direito e começou a balança-lo enquanto falava:

- Você tá ficando louco Dean? Meu, olha só é a EFEC, aquele sonho que nós dois desde que nos conhecemos compartilhamos, e você tá recusando?

- Não estou recusando Kel, você já parou pra pensar, nas suas irmãs? Qual é? Você não as quer na EFEC? Desde pequenininhas, como foi seu sonho?

O sorriso de Kelsea desapareceu, como se a verdade a tivesse acertado com um taco de beisebol na testa, caiu sobre o carro um silencio, Dean viu os olhos de Kelsea se encher de lágrimas e se arrependeu de ter falado aquilo para Kelsea, ele olhou pela janela do carro e viu a universidade a alguns metros de distância, quando Kamen quebrou o silencio:

- Imagino que sua condição seja...

- Eu só aceito entrar na EFEC se meu irmãozinho, e as irmãs de Kelsea – Que abriu um sorriso ao ver que Dean não a deixaria abrir mão de seu grande sonho – Puderem entrar também.

- Acredito que saiba que não é assim que se entra na EFEC Dean.

- Posso provar pra você que Pio, Leia e Naomi são tão "estranhos" quanto qualquer aluno que você tenha na EFEC, meus pais não me dizem mas eu sei que são EFEC's, e minha irmã mais nova também é..

- Interessante, ou você mente e barganha muito bem, ou algo dentro de mim pede para ver esses garotos. Certo vou mandar observar as crianças por uma semana, peço que não digam nada, nem para as crianças e nem para ninguém, e vivam suas vidas normais.

- Senhor Kamen, posso esperar uma semana? - Disse Kelsea quebrando o silencio e limpando os olhos cheios de lagrimas – Digo, o Dean é uma pessoa que consegue tudo o que quer e eu acrcdito que o pequeno Pio e minhas irmãs são capazes de impressionar o senhor e qualquer outra pessoa – Kamen apoiou sua cabeça sobre os punhos – E eu não gostaria de ir para EFEC sozinha, se precisar eu vou, mas Dean é meu companheiro de sempre e eu acredito que ele vá entrar e gostaria de estar junto dele.

- Acredito e espero que sim, e você pode sim esperar uma semana, estou mandando uma mensagem para o robô – Disse Kamen digitando naquele teclado digital – Que por sinal vai deixar seu carro na sua vaga sem amasso aofim das suas aulas na escola, espero que até a próxima terça feira tenhamos boas noticias. – O carro desceu estacionou próximo a porta de entrada e todos que estavam ali ficaram olhando para os dois calouros que desciam do carro governamental – Obrigado pelos serviços prestados meus caros, e até mais.

- Muito obrigado pela carona senhor Kamen – Disse Dean e Kelsea ao mesmo tempo, o carro de Kamen voou em direção à estrada azul de onde vieram.

- Que Nóia não? Meu olha a hora – Dean puxou pelo braço – Vamos chegar atrasados na segunda aula!

Kelsea correu ao lado de Dean, ia chegar atrasada coisa que odiava era verdade, mais estava feliz, Dean não deixou que seu egoísmo acabasse com a chance de viver um sonho, e tinha certeza, que Dean e ela estariam entrando no grande prédio dourado no planeta terra daí a uma semana, junto com seus pequeninos irmãos.

Capítulo Cinco
Jhon Mayer

A aula de matemática de Pio estava uma chatice, era verdade que Pio não gostava de matemática, mas essa matéria particularmente irritava o pequeno Pio, ele odiava a tabuada e fazer exercícios que só envolviam as respostas que estavam nela era uma tortura. Dean sempre disse que era questão de tempo e a tabuada entraria na cabeça de Pio.

Pio olhava para seu caderno (7X8), e então se sentiu bravo por que nas férias sua irmã Helen, estava recitando a tabuada como se fosse algo fácil, nem Kelsea que era Nerd era tão boa em tabuada daquela maneira, então Pio se acalmou e disse a si mesmo "Mas a Helen é uma estranha":

-Pio – Uma garotinha loira chamava Pio – Pio, você ta me ouvindo? – A garota arrancou uma folha e arremessou na cabeça dele.

- Aiii! Ta loca Marcia? – Pio fechou a cara e voltou a se concentrar no exercício.

- To te chamando faz tempo, você tá boiando aí. O Le acabou de voltar do banheiro – Pio olhou com interesse por toda sala, circular com uma única mesa que rodeava toda a sala, e entre as extremidades dessa grande mesa, a mesa retangular da professora – Bom, que eu saiba você tava reclamando que queria ir ao banheiro, vai perder a vez seu bobão!

- Professora, posso ir agora ao banheiro? – Disse Pio voltando-se para o exercício e respondendo a última pergunta (56).

- Já terminou sua lição Pio? – Ouviu-se na sala uma voz firme e aguda.

- Já sim.

- Deixa aí que a ENS22 vai recolher, e sem aprontar pelos corredores viu mocinho.

Pio saiu pela porta atrás da mesa da professora, que deu em um corredor bem largo e longo, era todo pintado de azul e as portas eram brancas, o banheiro ficava ao final do corredor no pátio. O garoto andava no corredor de uma forma distraída, e andava devagar.

Em uma sala no mesmo prédio que Pio alguns andares acima, Jhon Mayer, um homenzinho de apenas um metro e meio, careca, de olhos azuis vestido com um terno roxo e sapatos brancos, estava em uma sala com várias P.D's (páginas digitais) de alta definição de hologramas, a sala ocupava um andar inteiro e era restrita a entrada apenas dos guardas de segurança que trabalhavam na sala monitorando a escola, a sala era quadrada e gigantesca, e existia ali apenas PD's de hologramas. Ele fez com que a PD onde estava Pio se expandisse e o corredor se materializou na sala e então Jhon acompanhou Pio em sua caminhada.

Jhon parou de andar e tirou um relógio em cordão de ouro do bolso e pressionou um botão lateral:

- Posso acionar, o garoto é realmente estranho, só preciso agora de uma prova concreta.

Não houve resposta, Pio chegou ao fim do corredor e como em um truque de mágica a sala mudou novamente para o pátio da escola, e mais alguns passos a esquerda ele entrou no banheiro, Jhon não pode o acompanhar, não havia sistema integrado com os banheiros, esperou alguns minutos e para sua surpresa, uma garotinha vinha virando o corredor, era um pouco mais alta que Pio, tinha o andar gracioso e não aparentava ter apenas dez anos, tinha onze ou doze, ela foi em direção do bebedouro que ficava na parede a frente dos banheiros, Jhon não poderia cancelar, não agora, infelizmente a garota iria acabar tomando um banho ao pressionar o botão do bebedouro, até ele ver o nome dela, e definiu, era seu dia de sorte.

Pio estava lavando as mãos e saindo do banheiro, ouviu passos no pátio que deveria estar vazio e decidiu pregar uma peça na pessoa que estivesse ali, ao sair e virar para o bebedouro Pio quase trombou com a garota, olhos castanhos, cabelos cacheados, morena uns cinco centímetros maior do que ele, vestindo o uniforme branco da escola, era Leia, a irmã da Kelsea e com isso lá se foi seu plano:

- Oi Lé, tudo bom? – Pio a cumprimentou com um beijo no rosto.

- Eu to bem e você Pio? – Pio sempre achava tanto Leia, quanto Naomi muito parecidas com Kelsea, principalmente pelo sorriso. Pio fez que sim com a cabeça e ambos foram tomar água, ao pressionarem o botão – Cuidado!

Jhon viu que eles iam pressionar o botão ao mesmo tempo, e isso não era nada bom, a força da água ia estourar os canos e isso iria gerar diversos problemas e até mesmo o cancelamento das aulas por hoje, foi então que Jhon se surpreendeu.

O cano de água encheu e estourou, tanto do lado de Pio quanto do lado de Leia, no entanto os dois colocaram as mãos ao mesmo tempo na parede que não explodiu e apenas ficou molhada, e molhava cada vez mais e mais:

- O que tá acontecendo? – Perguntou Pio.

-Sinto um negócio estranho nas minhas mãos.

- É eu também, como se sei lá, não deixasse a parede quebrar, vai chamar alguém que eu acho que se eu sair daqui a parede quebra – Leia tirou uma mão e a parede começou a rachar e a água a sair em vez de só molhar a parede, então Leia imediatamente colocou a mão na parede – É acho melhor não, e agora?

Jhon já estava no elevador, ele estava espantado com o cérebro de ambas as crianças que ele veio observar, assim que o elevador abriu ele saiu em disparada pelo corredor, chegou até o fim do corredor e chegou à frente da sala de Pio, correu mais um corredor. Cada vez que se aproximava ele sentia uma alteração molecular mais forte próximo dali, ao chegar no pátio encontrou as duas crianças, correu entre elas e apoio as mãos na parede:

- Se afastem, por favor – ele tinha o tamanho de Pio, Pio e Leia se olharam:

- Senhor se soltarmos a parede vai quebrar – Disse Leia.

- A senhorita sabe o porquê?

- Não sabemos - Respondeu Leia - Só sabemos que...

- Se afastem que eu explico pra vocês depois. Pio quero que corra e vá chamar o diretor, diz que o Mayer aqui tá precisando de ajuda – Pio soltou a parede e Jhon sentiu a corrente de moléculas aumentar – Leia, quero que chame o zelador, ele está no quadragésimo terceiro andar, diz que é urgente e que é o Jhon que tá chamando – Leia soltou da parede e Jhon sentiu a corrente de moléculas aumentar mais ainda.

Pio e Leia se olharam assustados, e saíram correndo, cada um para uma direção. Jhon foi se afastando da parede sem perder o contato cerebral com as moléculas de água, andou de costas e sentou-se à mesa comunitária que estava atrás dele. Ficou ali sentando por uns cinco minutos, era difícil entender, fazia poucos minutos que a menina Leia, tinha saído da sua presença, tudo bem que ela era cheia de energia e tal, mais era impossível ela descer e subir mais de vinte andares com o preguiçoso do zelador, mesmo que fosse emergência, principalmente sendo ele quem mandou chamar, mais sua aura energética já estava ali de novo.

Foi quando Jhon percebeu seu engano e mais ainda sua sorte, não era Leia chegando, o que facilitou seu trabalho de procurar a outra garota pela escola, era a irmã mais nova na qual ele procurava Naomi. Era incrível a semelhança entre ela e Leia, ela era simplesmente menor, usava o mesmo uniforme a única diferença, além do tamanho na qual Naomi era uns vinte centímetros menor, era que o cabelo estava preso em uma única trança e ela tinha uma feição mais preocupada, diferente de Leia, que parecia bem alegre.

- Hey garotinha – Disse Jhon se distraindo e quase deixando a parede toda quebrar, fazendo mais água escorrer - Teu nome é Naomi, não é?

- Ãh, é me chamo Naomi, como o senhor sabe? – Tinha a voz muito parecida com a de Leia, porém mais infantil e tinha uma feição de dúvida.

- Eu vim pra escola realizar o teste com alguns alunos, e você está em minha lista, junto com mais uns três ou quatro nomes.

- E que horas vai ser o teste? Durante o recreio? Ou depois?

- Não, não é como uma prova é mais como uma entrevista Naomi.

- A tá, menos mal, não aguento escrever mais, nossa – Naomi andou até próximo de Jhon, e sentou ao lado dele dizendo – Minha mãe sempre disse pra não falar com estranhos em lugar nenhum, mais eu vi o senhor conversando com o diretor, e mesmo assim se o senhor for uma ameaça, minha irmã tá vindo aqui pro pátio, e um ãh, esqueci o que o Pio é meu, tá vindo pra cá também, e eles são super fortes.

Jhon arregalou os olhos, era seu dia de sorte, mas mesmo assim se concentrou em sentir a aura de Leia e Pio que estavam realmente se aproximando.

- Como assim essas pessoas estão vindo agora para cá Naomi?

- Não sei explicar, algo como se o calor da minha irmã estivesse se aproximando, sei lá, eu nunca errei.

Nesse mesmo instante Pio entrou no pátio junto com um homem, alto careca, olhos puxados, um metro e setenta e quatro. Vestido com uma calça Jeans azul clara e uma camisa azul com o planeta terra desenhado ao meio.

- Você é rápido Jhon, logo duas em um mesmo dia? Disse o Diretor rindo.

- Na verdade Três Dener, a outra garota foi buscar o zelador, a situação aqui ta um pouco complicada.

- Certo, pode entrar em contato com o diretor Doix, vou chamar os pais dos alunos para dar a eles boas novas - O diretor olhou de esguelha para Pio que não estava entendendo nada – Assim que a menina chegar e você der um jeito na minha parede, leve-os para minha sala, por favor.

Pio cumprimentou Naomi, e perguntou o que estava acontecendo, Naomi, também não sabia, porém, a discussão deles sobre o que estava acontecendo foi interrompida pela chegada de Leia com o zelador, com uma caixinha de ferro em suas mãos, vestindo um macacão azul, e um boné laranja.

- Porra Jhon, você aprontou mesmo pra cima de mim não foi? - Disse o homem barbudo de boné Laranja com uma voz de sono – Qual é cara, vai me fazer usar minhas ferramentas.

- Para de falar palavrões Albert, não vê que tem crianças na sua frente? Enfim preciso que arrume o cano da esquerda, o mais próximo do banheiro masculino, para eu poder levar essas crianças para sala do Dener.

Pio, Leia e a pequenina Naomi se olhavam sem entender nada, até que algo espantou Pio, o zelador, abriu sua pequena caixa de ferramentas, e de lá puxou algo parecido com um garfo, com quatro pontas, duas móveis que se fechavam uma na outra, ficando no centro, entre uma lanterna tradicional, e uma lanterna avermelhada. O zelador foi até onde Jhon tinha o instruído, e acionou a lanterna vermelha, mostrando o cano que estava quebrado dentro da parede, ele fez muito silencio e se concentrou ao máximo, e aos poucos o "garfo" foi entrando na parede, mais não fazendo um furo, mais sim como se ela não estivesse ali. Conforme a ponta da luz penetrava na parede mais amplo parecia o "raio-X" da parede. O zelador então segurou a parte quebrada do cano e encaixou na outra parte com as pontas móveis, pressionou um pequeno botão no "garfo" soldando assim o cano e diminuindo o fluxo de água direto a parede.

- Vamos pessoal, o diretor quer falar com vocês.

Pio e Leia se olharam boquiabertos, com o que acabaram de ver, algo sólido atravessando algo sólido.

Capítulo Seis
Operação Elysium

Toda aquela terra vermelha, e poeira que subiam dos quadriciclos, já começavam a irritar os soldados da cidade de Peridier. Cruzar a planície de Elysium (ainda sendo um deserto gigantesco) em direção de Albor Tholus na região de Cerberus com quadriciclos tem suas vantagens. O planeta Marte, considerado o "Terceiro Mundo" era o mais pobre onde havia colônias dos Cethriuxs, por isso era possível ainda encontrar alguns veículos com rodas e que tocassem o solo. E essa era a grande vantagem do pessoal que estavam em fuga, os soldados com suas motos e furgões de última geração, acabavam sem visão, pelo montante enorme de terra vermelha do deserto que com o contato direto e velocidade que as motos tinham com o solo criavam.

A perseguição era intensa, e já era possível, ver a gigantesca cidade de Elysium Mons, uma das mais ricas de todo o pobre planeta marte, uma montanha enorme com vários prédios cobrindo sua superfície, aparentemente uma cidade muito bem estruturada, foi quando se ouviu um disparo:

- Downelly, estão atirando – Disse uma voz grossa e segura de si – Acham que vamos pegar a estrada já e irmos a E.Mons.

A moto que estava na frente mudou de repente de rota, virando à direita, algo saia de sua lataria lateral e cobria toda a parte aberta da moto com um vidro azulado, combinando com o vermelho forte de cor predominante na moto, às outras duas motos demoraram um pouco, porém fizeram a curva a direita e também levantaram seus vidros. Quando mais uma vez houve alguns disparos, e Downelly, ouviu seu comunicador mais uma vez:

- Qual é cara? Não tínhamos combinado de ir o caminho todo pela terra para atrapalhar eles? – Disse mais uma vez a mesma voz.

- Hey, o que está acontecendo? – Uma mulher agora entrava no comunicador – Se continuarmos por aqui chefe, vamos passar pela cratera esquerda e isso vai nos comprometer, eles podem voar nós não!

A moto da frente aumentou ainda mais a velocidade fazendo o motor berrar, as outras duas motos fizeram o mesmo ainda sem receber respostas, tiros iam a suas direções e os vidros os ricocheteavam para longe. Downelly já via a cratera se aproximar de maneira absurdamente rápida a começou a desacelerar:

- Milena, Paul, temos três furgões e sete motos atrás de nós, eu vou descer a cratera – Downelly, pressionava com seu polegar direito um botão pequeno e azul em seu capacete preto, eles começaram a tentar argumentar quando – Prestem atenção porra, não temos tempo. Se as vans vierem atrás de mim avisem imediatamente o Huller para mandar reforços a vocês, caso eles se dividam em grupos iguais, podem usar as armas, mais continuem em fuga, e se as motos ficarem comigo destruam os furgões o mais rápido possível e venham me dar apoio, MAS NÃO ENTREM NA CRATERA!

As duas motos de trás abriram uma para cada lado, em questão de segundos a cratera chegou e elas ficaram cada uma em uma extremidade, enquanto a moto que estava à frente realizava um grande salto, as motos mais leves diminuíram e entraram na cratera planando em direção ao chão, enquanto os furgões que eram mais pesados mantiveram o curso sobrevoando a cratera para ir atrás das outras duas motos.

Downelly rapidamente freou e desceu da moto atirou uma granada em direção as motos dos soldados. Vestido com um macacão alaranjado, era perfeito para dificultar a ação dos soldados, com duas pistolas penduradas em seu cinto preto e o par de tênis pretos, além de carregar um grande fuzil também laranja as costas, com dois canos, um curto acima e um longo abaixo. A granada explodiu, derrubando uma moto, as outras com isso não foram cercar Downelly, ficaram a certa distância. Downelly que já estava atrás do quadriciclo o tombou e ficou atrás dele, com o tranco o vidro novamente cobriu a moto, isso rendeu alguns disparos na direção da moto, Downelly tirou o fuzil das costas se posicionou na ponta da moto, e disparou contra os soldados, acertou o braço de um deles, fazendo eles se esconderem atrás das motos arrastando o companheiro juntou ao outro que estava desacordado graças a granada arremessada por ele. Downelly tinha pouca munição usou muita munição para realizar o roubo, pensando rápido ele gastou o resto da munição em direção aos seus inimigos e derrubou mais um, tirou do cinto as pistolas pretas com detalhes laranja e saiu de trás da moto. Percebendo isso os soldados também saíram e foram para o combate frontal, atiraram na direção de Downelly, que se desviou abrindo cada vez mais seus movimentos para a direita, então ele atirou no soldado que estava mais à frente dos outros três e acertou o ombro direito dele, o fazendo soltar o fuzil que ele estava carregando.

Mais disparos na direção de Downelly que se esquivava correndo para mais perto de onde a cratera começava a subir procurando cercar sozinho, os três soldados restantes, e então ele efetuou mais dois disparos, tentando atingir o soldado do meio sem sucesso e nesse instante se aproximou um pouco deles realizando mais um disparo que acertou o estomago do soldado que estava à direita em seu campo de visão. Os dois soldados então descarregaram as armas tentando atingir Downelly, que conseguiu correr para trás da moto mais uma vez, quando sentiu uma dor excruciante em sua perna esquerda, nesse instante, sabendo que tinha apenas oito balas (quatro em cada pistola) e os soldados doze (seis cada) devido ao conhecimento de armamentos gritou:

- EEEEEEI, eu tenho oito balas, e o material roubado não está comigo, ainda acham que vale a pena me enfrentarem?

Os soldados já estavam atrás de suas motos, tinham pegado um ladrão de habilidades únicas e isso estava complicando o trabalho deles:

- Não tem essa seu porra, você fez parte do roubo, está preso!

- Quero lembrar a vocês senhores, vocês têm cinco amigos que precisam de atendimento médico urgente e a cidade mais próxima está há vinte minutos daqui se forem de van, por que não dá pra leva-los de moto – Silencio, Downelly respirou armou o gatilho e gritou novamente – Eu sugiro que chamem de volta uma das vans que estava perseguindo meus companheiros pra levarem seus amigos.

Um guarda olhou para o outro e disse:

- Ele tem razão, esses homens podem morrer se não fizermos nada, chame uma das vans – O soldado que deu a ordem então gritou enquanto o outro fazia a ligação – O que você ganha com isso? Sabe que se chegarem reforços você não vai ter jeito de escapar e será preso.

- De certa forma senhor, no entanto com oito balas eu posso atrasar vocês por mais um tempo, sem contar que posso piorar a situação derrubando mais alguns de seus amigos e te dando mais trabalho, e isso pode custar algumas vidas.

O outro soldado interrompeu a ligação e fez sinal para que o outro não gritasse:

- Capitão, uma das vans foi derrubada, a outra já está a caminho, uma das motos está perseguindo a van a distância, devo mandar abater?

- Negativo soldado, isso vai atrasar e perderemos soldados, não quero que isso aconteça com certeza ela não está com o material roubado, se não, não voltaria assim tão desprotegida e de forma irresponsável, não vamos abater mais ninguém hoje, porém eles deixaram rastros e vamos segui-los assim que possível – O capitão deu dois tiros para o alto e então gritou – Muito bem garoto, não será hoje que será preso se colaborar, deixe o fuzil e a moto e suba a cratera, já dei ordem para que não atirem em você.

- Downelly, é a Milena, eles deram meia volta pouco depois que abatemos um dos furgões, está indo pra aí, espero que esteja bem, estou logo atrás deles e eles não estão atirando mais, mantenha-se protegido, logo estou aí.

- Negativo senhor, eu não posso andar, fui atingido em minha coxa preciso da moto – Ele ouviu passos ecoarem na cratera – No entanto senhores eu vos aviso que mesmo no chão posso atrasar vocês por realmente por um bom tempo – Ele pressionou o botão do lado do capacete e disse baixo, a terra tremeu perto de onde estavam os soldados – Milena, se eu falar pra atirar nessa porra de furgão você fura essa porra – E voltou a gritar – E então?

- Sabemos que tem um companheiro seu vindo próximo dos nossos para te ajudar, ande com a moto até sair da cratera e espere lá – Virou e disse para o soldado próximo a ele – De ordem para não atirarem em mais nada e virem pra cá – E voltou a se dirigir para Downelly – Mais deixe a pistola.

Downelly levantou apontando a pistola para eles levantou a moto com dificuldade subiu em cima dela e foi para fora da cratera acelerando o máximo possível, com muita dor na perna, era impossível que dirigisse até sua casa, arremessou a pistola para trás e saiu da cratera, viu o furgão chegando e logo atrás Milena e então parou a moto, o furgão passou direto em alta velocidade em direção ao centro do grande buraco:

- Nelly! – Milena percebeu que Downelly tinha sido baleado, e que ele estava para apagar – Nelly, por favor, fica comigo, eu to aqui! - A van carregou os soldados atingidos e partiu em velocidade para a cidade mais próxima, deixando Milena e Downelly a sós no meio do nada, ela desceu da moto e correu em direção a moto de Downelley subiu nela com todo cuidado para não machuca-lo, abriu as pernas dele e se encaixou entre elas, viu o furo com muito sangue ainda escorrendo da perna esquerda dele – Calma – Estava dizendo Milena para ele que estava gemendo de dor e aparentava ficar cada vez mais fraco – Vou usar um pouco do meu poder mágico para aliviar sua dor.

Milena respirou fundo e juntou as palmas das mãos que começaram a brilhar em um vermelho intenso, ao separa-las elas passaram a arder em chamas, Milena não sentia dor e parecia não ter coragem de continuar, quando Downelly percebeu a intenção de Milena tentou se debater, sem forças e pior, na tentativa de se mover fez com que mais sangue fosse derramado:

- Desculpa Nelly, eu sei que vai doer, mais é para seu próprio bem – Milena colocou uma mão sobre a outra e fez pressão sobre a ferida com a intenção de estancar o sangramento e evitar que Downelly morresse por falta de sangue no corpo, ele gritava e chorava de dor, quando enfim desmaiou, a ferida já havia sido cauterizada, Milena ajeitou as pernas de Downelly para mais próximas de seu quadril ficando apertada entre as pernas dele, e pressionou o botão do vidro, que subiu com diversas marcas de tiros de fuzil, ligou a moto e acelerou o mais rápido possível para o esconderijo, onde lá Downelly seria tratado – Por favor aguente firme, não posso viver sem você.

Capítulo Sete
Mães

Era meio-dia, Dean nunca tinha entendido direito a diferença de manhã, tarde e noite, seu pai Sean que sempre viajava para a Terra dizia que era algo que ele devia apenas seguir, sendo eles uma colônia que seguia os horários da gigantesca metrópole de São Paulo no Brasil (Colônia construída por brasileiros). Dean já não tinha mais aulas e estava livre para o resto do dia, Kelsea teria aula até às seis da tarde e nesse tempo ele usaria para treinar um pouco na academia ou em volta do gramado, como combinado, passaria na escola de Pio para pega-lo junto com as irmãs de Kelsea, quando ele recebeu uma ligação:

- Fala pai – Na P.D estava um homem moreno, de barba feita, sem camisa com pelos no peito, usava óculos tinha as sobrancelhas grossas como as de Dean, olhos castanhos, cabelos crespos e bem curtos, Sean estava na cozinha onde Dean havia pulado com Pio nas costas.

- Tudo bem Dean? Você ta ocupado? – Tinha a voz bem parecida com a de Dean – Sua mãe está em uma reunião na escola do Pio, e me mandou uma mensagem pedindo pra você ligar pra ela imediatamente, a propósito como ficou meu carro?

Dean sentiu a realidade acerta-lo, tinha esquecido completamente do que tinha feito de manhãzinha, aquilo com certeza fora filmado e seus pais obviamente teriam visto em qualquer veículo de informação.

- Hã, ele está inteiro, pode parecer loucura, mais está mesmo inteiro – Era esquisito seu pai não estar bravo, não sabia se era ou não um bom sinal – E hã, bom, vou ligar pra mãe, eu tenho uma boa notícia para vocês mais eu conto depois ok?

- Sem pressa Dean, nos falamos a noite pode ser? – Sean finalizou a chamada Dean estava confuso, mais ainda precisava ligar para sua mãe, afinal, o que ela estava fazendo na escola do Pio se ela pediu para Dean levar o Pio para o serviço dela antes de irem pra casa?

- Ligar para Iamana Rocha – Uma P.D subiu a frente de Dean e um telefonezinho ficava tremendo no meio da P.D, quando o mesmo rosto branco da manhã apareceu na P.D – Queria falar comigo mãe?

- Oi meu amor, então, tem como você vir até a escola do seu irmão agora? E se for possível traz a Kelsea contigo, não sei se a mãe dela conseguiu falar com ela.

- Aconteceu alguma coisa? – Dean estava tendo um dia bem confuso – o Pio ta bem?

- Ta sim, só preciso que tente vir agora, é bem importante, e traga a Kelsea.

- Tudo bem mãe, vou chama-la e já estamos indo aí, precisa que eu leve algo? – Dean já se encaminhava para o elevador mais próximo do corredor em que ele estava, quando Kelsea saiu dele, com a resposta negativa de sua mãe Dean desligou a P.D.

Kelsea vinha caminhando assustada, parecia estar muito preocupada, e Dean já sabendo como ela era foi ao encontro dela e a abraçou, fez carinho em seu rosto e em sua cabeça, a beijou na testa e olhou-a no fundo dos olhos. Kelsea sorriu e empurrou Dean e caminharam até o fim do corredor lotado de estudantes.

- Minha mãe me ligou, disse para te chamar e irmos juntos agora buscar as crianças, e nossa ceninha de ação passou na tv, um monte de gente sabe o que nós fizemos e claro, os fofoqueiros de plantão tiraram fotos nossas descendo do carro do Governador e publicaram na rede – Dean olhou para Kelsea sem preocupação, já sabia de tudo isso – E mais, a reitora da universidade quer falar com a gente e eu não to com paciência para aquela vaca.

Dean riu, continuaram caminhando enquanto algumas pessoas tiravam foto dos dois, outras apontavam e cochichavam. Kelsea já estava ficando irritada, saíram então finalmente do corredor que dava para o estacionamento da universidade, Dean foi até sua vaga que era bem próximo a entrada junto com Kelsea e lá estava seu carro, como se nada tivesse acontecido. Ambos entraram no carro cercado de alguns olhares e ainda alguns fleches. Dean deu partida no carro e foi em direção à escola de seu irmão, ele e Kelsea foram o caminho todo em silencio pensando no que fariam com a chatice das atenções dos fofoqueiros e interesseiros de plantão, eram tantas chateações que vinham por aí, que eles esqueceram que talvez nem estivessem mais ali.

Assim que chegaram à escola Dean estacionou seu carro próximo à porta de entrada e desceu junto de Kelsea, entraram na escola e foram em direção à sala da diretora que era no hall de entrada da escola, Dean tinha boas lembranças daquela sala redonda e enorme, toda pintada de azul com diversas crianças pintadas nas paredes, e diversos bancos espalhados por todos os lados, a diretoria ele conhecia claro, sempre aprontava junto com uns amigos e ia parar naquela sala, bem ao fundo do hall de entrada. Kelsea bateu na porta e para surpresa deles quem abriu a porta foi o pequeno Pio.

- Fala mano! Caraca cara, pensei que você ia demorar mais, nossa tenho uma super surpresa pra você e uaaaaal – Pio falava e gesticulava ao mesmo tempo conforme as coisas que falava – Eu vi você na tv dando soco naquela bandida assim, assim, assim e assim e nossa Kelsea (como ele poderia saber dos detalhes?) – Ele correu pra ela com sorriso e admiração nos olhos – Você é mó pilota de fuga, caraca meu!

Nesse mesmo instante Dean parou de olhar para Pio e viu as outras pessoas que estavam na sala, uma baixinha branca, a mesma da P.D um pouco rechonchuda, Inaema a mãe de Dean e do pequeno Pio, Leia e Naomi irmãs de Kelsea e uma mulher um pouco maior que Inaema, com estrutura corporal parecida, no entanto o rosto com traços de Kelsea:

- Oi Marcy, tudo bem? – A mãe de Kelsea estava com a cara fechada e brava, no entanto foi bem-educada respondeu o cumprimento.

As irmãs de Kelsea correram para ela e a abraçaram em uma reação parecida com a de Pio. Já se passava quinze minutos desde que Dean e Kelsea entraram na diretoria, já haviam sido interrogados por suas mães, e os ânimos já haviam se acalmados quando uma mulher bem alta, e bem magricela entrou na sala com um terninho bege, e um salto marrom.

- Olá senhora Marcia – com um aperto de mão – Inaema – Também com um aperto de mão – hora hora, que surpresa agradável, Dean e Kelsea na minha sala, faz tempo que isso não acontece, pensei que nunca ia acontecer mais – Dean abriu um leve sorriso e corou levemente.

- Só se for da minha parte, por que a Kelsea era quietinha – Disse Dean tirando um sorriso da diretora e da mãe de Kelsea um sorriso orgulhoso.

- Realmente, foi em uma rara ocasião que a senhorita Maia foi pega correndo atrás de você por que você ateou fogo na boneca dela – Todos riram e Dean corou de leve mais uma vez dizendo, "mas não sei como" – E até hoje você nega, mas felizmente apenas até hoje.

Dean ficou incrédulo por um momento, como assim, uma coisa que ele nunca foi responsável, ele seria acusado anos depois e ainda com provas? Tudo bem que isso não levaria a ele sérios problemas, mesmo assim era algo difícil de entender.

- Bom mães, primeiramente eu as chamei aqui, não por que seus filhos aprontaram alguma coisa, mais sim em um repentino interesse governamental neles – Inaema e Marcia se entreolharam com um pequeno espanto, para Marcia aquilo não era novidade, Inaema já sabia do que se tratava, Helen passou pela mesma coisa, porém bem mais cedo – Bom é um orgulho para nossa escola, e deve ser um orgulho para ambas as famílias terem filhos avaliados e escolhidos pela EFEC.

Dean olhou para Kelsea assustado, eles sabiam que seus irmãos seriam observados durante toda a semana, não esperavam que assim tão rápido seriam escolhidos, Kelsea abriu um sorriso largo no rosto, enquanto que suas irmãs Leia e Naomi estavam com a dúvida estampada em seus rostos:

- Quer dizer que eu sou um estranho como a Helen? – Disse o pequeno Pio com medo de parecer estranho – Eu não sou um menino estranho.

- Pio já falei mil vezes pra você que sua irmã não é estranha – Disse Inaema olhando com cara de brava para Pio – Quantas vezes terei que falar? Ela é especial, assim como você também é.

- Prosseguindo – Continuou a diretora - Eles estão sendo convocados assim como a Helen foi para estudaram no grande prédio Dourado no planeta Terra, de graça, bancados pelo governo, e cada um receberá 2000 Lunaros, onde vocês decidiram o quanto repassar para eles até que eles façam 16 anos.

Marcia olhou para suas filhas, seu rosto demonstrava claramente uma aparência de duvida, Kelsea conhecia a mãe muito bem para saber que uma pergunta constrangedora e cheia da verdade estava vindo ai:

- Mais diretora Aline, que eu saiba vocês avisavam os pais antes de observar os filhos não? Me lembro bem que minha sobrinha Dona na qual por lei sou a mãe dela, quando antes de ir para EFEC, foi primeiramente identificada, depois veio um aviso escolar informando que a observariam por um período de tempo e depois quando ela foi aprovada me avisaram novamente, isso não ocorreu com nenhuma de minhas filhas.

- Marcy tem razão – Disse Inaema - Minha caçula a Helen, passou por esse mesmo processo que a Dona, e dessa vez não houve nada disso, existe algum motivo especial?

- Bem - Dean e Kelsea sorriram um para o outro, acabaram de lembrar que com isso também estavam na EFEC, era incrível saber que iriam viajar para Terra apenas com seus irmãos, e viveriam lá, Dean então sentiu que era o momento certo, cortou a diretora e anunciou para sua mãe e de quebra anunciar para Marcy que ele e Kelsea eram os responsáveis pelas observações surpresas de seus irmãos e que eles também foram convocados pela EFEC – Não entendi? Não faz sentido que vocês sejam os responsáveis devido aos atos de hoje, eu recebi um comunicado governamental há uma semana avisando que eles fariam a observação inicial de três alunos aqui da escola. Respondendo à pergunta de vocês Marcia e Inaema, hoje era o dia dessa observação inicial, no entanto devido a um pequeno problema que tivemos no encanamento, o senhor John Mayer conseguiu identificar as crianças todas de uma vez, ele disse que foi um belo golpe de sorte.

Alguns detalhes foram passados em relação a viagens e datas e então as mães agradeceram a diretora Aline e saíram pela porta e foram em direção do elevador, seus filhos as acompanharam conversando muito, Dean e Kelsea estavam ansiosíssimos para dar a resposta positiva para Kamen, quando Inaema perguntou:

- Como assim vocês dois também vão pra EFEC? Que eu saiba é muito raro adolescentes de 18 anos irem pra EFEC, só se entra por convite e quando se tem algo de muito especial para o governo – Inaema disse isso de maneira bem séria – É realmente possível que Kamen tenha recrutado vocês dois? Ainda mais depois de vocês dois agirem de forma extremamente imprudente?

- Acho bom – Começou a falar Marcy com um tom de voz bem irritado – Vocês dois falarem a verdade, e ainda mais explicarem direitinho por que fizeram aquela loucura, vocês não percebem a sorte que tiveram? Podiam ter morrido ali, estou extremamente desapontada Kelsea, com tamanha imprudência da sua parte, onde já se viu? Ta achando que ta dentro de um filme?

- Mas... - Tentou falar Dean

- Mas nada Dean – Cortou Inaema, pior ainda é você tentando se aproveitar da situação positiva de seu irmão e das irmãs da Kelsea, ta achando que eu sou idiota?

- Mais é verdade Inaema – Disse Kelsea fazendo sua mãe arregalar os olhos – Kamen realmente estava junto com um grupo da polícia especial e depois nos convidou para a EFEC, o Dean não ta mentindo – Kelsea já estava ficando com os olhos cheios de lágrimas, mesmo assim continuo – Sabemos que fomos irresponsáveis e nada prudentes no que fizemos, foi tudo muito por impulso, Dean se desviou deles e reagimos de maneira rápida e espontânea.

Eles chegaram ao estacionamento ainda ouvindo muito de suas mães, Pio, Leia e Naomi correram em direção ao carro de Dean, Inaema parou de falar quando viu o carro intacto, era a prova do que Dean e Kelsea estavam falando, Marcy também parou, Dean queria parar ali e viver ali até que ambas as mães esquecessem o ocorrido, por que ele sabia que assim que entrassem no carro, iriam ouvir mais um monte. Inaema e Marcy se despediram, as crianças também, Dean e Kelsea deram um abraço apertado um no outro e um selinho, estavam para completar dois anos de namoro, Dean cumprimentou Marcy, Leia e Naomi e entrou no carro, Kelsea cumprimentou Inaema e ouviu o tão natural "se cuida bonitinha", e com o punho fechado cumprimentou Pio, entrou em um carro preto parado a cinco vagas dali, onde sua mãe e suas irmãs já a esperavam, Dean entrou no carro com sua mãe e irmão, e assim que deu partida no carro, Inaema começou a falar.

Capítulo Oito
Albor Tholus

Milena acelerou o máximo possível em direção à estrada que passaria na lateral de E.Mons, ela estava desesperada, Downelly estava já sem sangramento, mas estava desmaiado e a cada minuto sua respiração parecia desacelerar mais e mais, ela tinha medo que Downelly não resistisse até a chegada da base deles. Milena tentava de todas as formas se conectar com os outros amigos que ajudaram no grande roubo, sem sucesso, seu comunicador tinha ficado mudo e o da moto de Nelly estava quebrado após a batalha enfrentada por ele. Ia demorar ainda vinte minutos até chegar a Albor Tholus, cidade vizinha a E.Mons, onde estava a Base para que pudessem tratar de Downelly. O velocímetro já apontava 400 km/h, Milena tremia dos pés à cabeça, não sabia se vinte minutos seriam suficiente para que ela levasse Downelly até a enfermeira Jackson, ela poderia arriscar uma entrada em E.Mons e tentar realizar o teletransporte em uma cabine, no entanto seria perigoso que descobrissem o local da base, Milena então seguiu cortando até Albor Tholus.

Marte tinha áreas campais bem grandes, principalmente próximas às cidades, já que o planeta estava sendo terraformado, algumas áreas verdes que apesar de serem pequenas dava uma aparência linda as regiões próximas às cidades, Milena se lembrava de quando era uma menina, de que aquelas grandes árvores eram apenas brotos, que cresceram estupidamente rápido, seus pensamentos foram varridos de sua mente, Downelly sofreu um espasmo muscular na perna injuriada, o coração de Milena disparou, ainda faltavam cinco minutos até a chegar à base, e o espasmo era sinal de que o sangue já estava começando a ter dificuldades de chegar à perna de Downelly o que poderia acarretar em uma amputação ou em uma parada cardíaca. Milena tentou acelerar mais, sem sucesso já que a moto estava em sua potência máxima, mais Albor Tholus já era visível, com um prédio flutuante e redondo sobre a cidade, foi quando o relógio que estava no pulso direito de Milena gerou uma P.D com um telefone:

    - Milena, consegue me ouvir?

    - Graças a Deus Nico, o Nelly ta muito mal precisa que já preparem uma mesa cirúrgica para ele.

    - Por que não nos contatou antes? O que aconteceu?

    - Nelly derrubou alguns policiais mais foi atingido na perna, tive que cauterizar por que estava sangrando muito, por favor, Nico, avise a enfermeira Jackson e o Doutor Morrice, estarei aí em três minutos.

    - Certo, vou avisa-los, os guardas dos portões estão à sua espera, venha logo.

Milena já estava em um bairro afastado de Albor Tholus, diminuiu a velocidade da moto, sentia a respiração de Nelly bem fraca, ela foi se emaranhando para dentro de ruas estreitas, com casas em formatos arredondadas, o arquiteto da cidade era um grande fã do escritor Tokien e de suas obras da terra média, e as casas arredondadas apesar de não serem iguais aos dos hobbits eram inspiradas nelas, no entanto, todas feitas de um metal muito brilhante. Milena entrou em uma pequena viela próxima a uma praça muito verde, a viela ia para baixo e no fim dela encontrava um portão aberto, com duas maquinas uma de cada lado, pareciam tratores de esteiras sem sua parte frontal de pegar terra, mais sim com dois braços em cada lateral. Milena diminuiu enquanto as maquinas jogavam na direção dela uma luz vermelha que escaneou obtendo os dados da moto, autorizando sua entrada.

Assim que Milena entrou, ela se viu dentro de uma cidade subterrânea, ela acelerou pela rua principal da cidade que a cortava de norte a sul, rapidamente ela parou na frente de uma casa triangular, do lado direito dessa rua, um grupo de pessoas vestindo jaleco já estavam à espera dela, ela abriu o vidro que cobria o acento do veículo e desceu, os enfermeiros tiraram Nelly da moto e o colocaram em uma maca, e o levaram para dentro da casa, Milena correu junto deles, a casa era bem iluminada, tinha um hall de entrada bem pequeno e um corredor do lado direito de um balcão de atendimento, levaram a maca por ali até chegar em uma sala cheia de bancos e circular, por onde passaram reto e impediram a entrada de Milena, dois enfermeiros ficaram à frente da porta impedindo sua passagem.

Milena tirou o capacete que cobria sua cabeça, soltou seus cabelos cor de ouro, seu rosto parecia desenhado a mão, fino com um nariz bem centralizado e arrebitado, boca bem fina e quase sem cor, seus olhos verdes e penetrantes demonstravam uma preocupação fora do normal, de como se tivesse perdendo alguém, ela não conseguia sentar, andava de um lado para outro, dentro daquele macacão laranja com detalhes em vermelhos em z em volta de todo corpo, tinha as pernas longas e não aparentava ter seios grandes, tinha o pescoço ligeiramente comprido. A porta então se abriu e de lá saiu uma mulher da altura de Milena, 1,77, negra com cabelos lisos, que chegavam a até a cintura da mulher, estava com uma calça branca e um jaleco, tinha em uma das mãos uma toca, seu rosto arredondado e os olhos bem grandes aparentavam tensão e seu nariz absurdamente fino parecia estar tremendo. Foi quando ela abriu seus lábios carnudos que saiu uma voz bem firme que de primeira já acalmou Milena:

- A operação foi um sucesso, conseguimos fazer com que 90% do musculo que foi dilacerado fosse restaurado o que vai deixar Downelly alguns dias na cadeira de rodas ou de muletas, os outros 10% foi completado artificialmente.

Milena desabou a chorar, caiu de joelhos e chorou como uma criança, a enfermeira se agachou e a abraçou e logo em seguida levantou-a:

- Recomponha-se Milena, o máximo que podia ter acontecido era ele perder a perna mulher, e teríamos que por uma mecânica no lugar, você já tinha estancado o sangramento de imediato, qual o motivo de tanto choro?

- Anelle, eu pensei que ia perdê-lo, a missão foi muito perigosa, tiro para tudo quanto é lado, e depois ele ficou para enfrentar um bando de soldados das operações especiais sozinho, foi uma loucura – Milena começava a se recompor – Pior do que isso, é que se não fosse o Nelly, eu provavelmente não estaria aqui agora por que eu hesitei – Milena escondeu o rosto atrás das mãos e disse mais uma vez – Hesitei.

- Pelo amor de Deus Milena, você tava pensando no que? O Downelly sabia que você não ia fazer isso, ele já estava esperando esse tipo de reação de você, ponha-se no seu lugar mulher, você não é de ficar chorando, ainda mais quando a porra da missão da certo.

- Acontece Anelle, que eu hesitei. Que se não fosse o Nelly eu estaria morta agora, mais o pior de tudo não foi hesitar por que – Milena tirou a mão de seu rosto, se ajoelhou deu um soco no chão afundando sua mão na terra abaixo do piso de mármore – Eu hesitei mais eu fiz Anelle, eu matei o General Donald Svenson! Eu matei meu pai!

Anelle, pois a mão na boca chocada, não imaginava que Milena seria capaz de matar o próprio pai, mesmo ele sendo um tirano para toda a população de Marte. Ela correu para traz do balcão e abriu um pequeno console que estava escondido embaixo do balcão, pressionou alguns botões que fez com que uma tela plana transparente aparecesse a sua frente saindo do teto, com alguns toques a mais no console Anelle sintonizou o canal 423, que passava um comercial sobre peixes no Alaska. Milena se levantou do chão ao perceber o canal que Anelle havia sintonizado e saiu da sala como se soubesse o que estava por vir, no corredor ela viu uma maca encostada em uma parede, se deitou colocou novamente o capacete e fez com que ele reproduzisse algo para acalma-la e também para evitar que ela ouvisse qualquer som externo, em cinco minutos adormeceu. Anelle esperou como se soubesse que algo ia acontecer, não foi preciso muito em cerca de dez minutos o Jornal da tarde começou, uma introdução que mostrava os grandes governantes que Marte já teve em seu pouco tempo como colônia.

- Boa Tarde – Começava falando uma mulher asiática de pele escura e voz bem fina tinha cabelos curtos e amarelos – Eu sou Christina Rofter com suas notícias diárias da região Cerberus de Marte – Christina e virou para outra câmera, e anunciou a notícia – Hoje de manhã na grande cidade de Antoniadi na Planície maior de Syrtis aconteceu um assalto organizado por um grupo de criminosos e não se sabe o que foi levado ou o que eles pretendiam roubar, o grupo que devido às câmeras de segurança carregava um forte armamento e era composto por duas mulheres e quatro homens que tinham além da intenção do roubo de algo na sede militar ainda acabou matando com um tiro a queima roupa o General Donald Svenson, os oficiais do exército e da polícia ainda não sabem o que foi roubado, os seis criminosos fugiram em um teleporto para a região de Cerberus e com motocicletas despistaram a polícia deixando cinco soldados feridos.

Anelle pressionou seu anel por alguns segundos gerando uma P.D, ela abriu um programa que estava na área de trabalho que o ícone era uma rosa vermelha, o programa gerou uma página de internet em uma outra P.D que surgiu de dentro da primeira, Anelle anexou a primeira P.D atrás dessa nova página e pesquisou algo sobre câmeras, em um pequeno teclado que surgiu a sua frente em forma de holograma, digitando muito rápido Anelle invadiu o sistema de gravação da sede militar com a senha do General Svenson que Milena tinha conseguido roubar. Anelle procurou pelas câmeras de gravação o momento da ação de seus companheiros e rapidamente encontrou, a câmera estava posicionada em uma sala bem iluminada, com paredes amarelas e vermelhas, uma mesa quadrada com um bonsai sobre ela e atrás um quadro com uma mulher loira sorrindo, era a mãe de Millena, então um homem de meia idade abriu a porta, ele usava um macacão vermelho com o símbolo de General de brigada (que era o planeta terra com duas estrelas acima e no caso de Donald, um símbolo de marte do lado) logo em seguida entrou alguém vestido com o macacão laranja em detalhes vermelhos em z, Anelle ligou o áudio, e ouviu a voz de Milena:

  - Você não passa de hoje seu velho asqueroso – Sua voz era firme apesar da situação e ela parecia convicta

  O Homem deu dois passos para trás e assustado tentou relar a mão no quadro da mulher, foi quando Milena disparou em seu ombro direito, o homem gritou:

  - Você, eu não queria estar na sua pele agora – Milena falava e andava na direção do homem - Maldito general Svenson, maltratando e sempre matando inocentes, você não é digno de respirar o mesmo ar que as pessoas – Milena deu um chute no estomago do homem que caiu sobre a cadeira que estava atrás da mesa, e logo em seguida deu-lhe um soco no rosto – Seu asqueroso, você não faz ideia de quem eu seja, não é? Mas eu esperei isso por muito tempo - E com mais um soco na cara do General, Milena então tirou o capacete, o homem então caiu para trás e acertou um chute em Milena:

  - Sua vadiazinha, eu vou te matar – O general tinha uma voz intimidadora, mas não o suficiente para intimidar Milena que desferiu uma pisada na cara dele quebrando seu nariz – Eu vou te matar como fiz com a sua mãe e sua irmã, e vou dar para os ratos comerem!

Milena deu um tiro na perna esquerda do general que urrou de dor, o general fez fogo sair em formato circular de suas mãos em direção do rosto de Milena que controlou o fogo também com suas mãos e jogou no rosto do general que teve os cabelos loiros queimados. A porta então se abriu enquanto o general urrava de dor, Milena se virou apontando a arma e logo a abaixou era outra pessoa com o macacão laranja, Anelle percebeu pela altura e modo de andar que era Downelly:

- Esse é seu amiguinho é sua puta? – Ouvia-se o general dizer – Uma vadia igual sua mãe mesmo – Milena Então fez uma bola de fogo com as mãos e jogou nas pernas do general que tentou controla-las mais parecia não ter forças para apagar com seu próprio poder foi quando aconteceu – Sua vadia. Me mata então, não foi isso que você veio fazer? Aposto que é fraca como a vagabunda da mãe, sua nojenta – Milena apontou a arma para o general, mirou em sua cabeça e colocou toda sua força mental naquele tiro, foi quando seus braços que seguravam a pistola começaram a tremer:

- Deixa que eu faço Mi – Disse Downelly – Não quero que carregue esse peso em sua vida.

- Cala-boca Nelly, eu vou fazer eu tenho que fazer – Disse Milena com os olhos enchendo de lágrimas – Esse desgraçado abusou da minha mãe, de mim e de minha irmã.

- Mi, você não é assassina, deixa que eu faço – Nelly tirou a pistola da cintura e mirou na cara do general – Vou esfriar os miolos desse puto.

- A vadiazinha não consegue? Sua puta asquerosa, FRACA – gritou o general, as mãos de Milena tremiam e Anelle conseguia ver isso pela câmera, ela não ia conseguir, já tinha hesitado e o general já tinha entrado em sua mente, foi quando ela abaixou a arma, o general sacou rapidamente uma pistola de sua cintura e atirou uma bala em chamas vivas na direção de Milena – MORRA! – Por um instante Anelle pensou que Milena seria atingida, mais Downelly acertou o projetil em chamas com uma munição congelada e congelou no ar a outra munição parando-a centímetros do rosto de Milena que em um acesso de raiva andou a passos firmes encostou o revolver na cara do pai e com um tiro flamejante abriu a cabeça em duas e a deixou em chamas.

- Milena você... – Começou a falar Downelly

- A vadiazinha cresceu papai! Vamos embora Downelly, perdemos muito tempo.

Milena pôs o capacete então ambos saíram da sala em disparada, Anelle estava de boca aberta e nem percebeu que nesse meio tempo Downelly sentando em uma cadeira de rodas assistia tudo a seu lado.

Capítulo Nove
Helen

O porto espacial de Candena na Lua estava relativamente cheio, o grande saguão principal onde as passagens em diversos guichês são vendidas era localizado no subsolo da área do porto. Os guichês ficavam a toda volta do grande saguão, entre cada um desses guichês funcionavam lojas de todos os tipos, alimentos, roupas, brinquedos entre outros tipos de lojas. O saguão era bem iluminado, tinha luzes brancas por todo o teto, sem contar janelas que davam para o chão da pista onde algumas naves passavam. Dean estava exatamente no guichê vinte dois de uma empresa egípcia de transporte, Egipt Space Line, tinha acabado de comprar sua passagem e de Pio para lá, afinal era o lugar onde sua irmã Helen gostava de descer antes de ir para a EFEC.

Dean saiu do guichê com suas duas passagens em mãos e seguiu para a lanchonete preferida de Pio, que ficava do lado oposto do saguão, o Mcdonalds. Vestido segundo a carta (no estilo antigo entregue por um carteiro e escrita à mão), Dean usava uma calça moletom preta, tênis branco e camiseta branca, roupa essa que chegou junto da carta. Seus cabelos raspados e usando um cavanhaque. Quando chegou à lanchonete Dean não escondeu o sorriso ao ver seu irmão Pio, uma miniatura de si mesmo jogando uma batata para o alto e a pegando com a boca. Dean entrou na lanchonete e lá estava sua mãe Inaema vestindo um terninho azul com botões amarelos, sentado ao seu lado estava Sean o pai de Dean, moreno como o filho, braços fortes e torneados, ele vestia uma camisa social azul clara e uma calça Jeans, tinha bastantes pelos nos antebraços e com a barba por fazer sorria olhando para Pio.

Dean aproximou-se da mesa e sentou-se ao lado do pai, também estavam na mesa, porém do outro lado estava à família de Kelsea. Na ponta contrária da mesa, estava Marcia que conversava com Inaema mostrando um lindo sorriso por trás de seus finos lábios, ao seu lado estava Naomi que estava rindo das palhaçadas que o Pio estava fazendo, do lado de Naomi estava o pai das meninas, Marcos moreno, magro e com um ar de soldado, o que ele realmente era, chefe da polícia de Candena, usava uma roupa social verde bem clarinha e calças pretas, cabelos raspados. Conversava com sua filha mais velha a Kelsea que sentava a frente de Dean. Leia estava sentada na ponta da mesa, e comia concentrada um último pedaço de lanche de queijo. As garotas estavam vestidas exatamente iguais, calças moletons flare cinza clarinha, camisetas brancas e tênis também brancos, Naomi e Leia usavam um rabo de cavalo que era preso com um laço branco de cabelo, enquanto Kelsea usava seu cabelo solto, cacheado e bem volumoso do jeito que Dean gostava e Kelsea sabia muito bem disso.

- Toma Pio – Disse Dean entregando ao irmão um papel amarelo – Sua passagem, não vá perder.

Pio pegou o papel enquanto todos falavam ao mesmo tempo alertando que era hora de irem para a plataforma de embarque, no caminho, Sean andou mais devagar e puxou Dean para seu lado para conversar enquanto subiam as escadas para o andar de embarque:

- Dean escuta, é importante que saiba que estamos muito orgulhosos de você, eu e sua mãe nunca imaginamos esse tipo de façanha como a sua nos dias que se passaram, sua mãe ficou extremamente orgulhosa assim como eu – Dean olhou nos olhos do pai e logo em seguida o abraçou – Cuida do seu irmão e da sua irmã ta? E mande notícias e sempre que precisar sabe que pode contar com a gente.

- Não se preocupe pai, vai dar tudo certo, finalmente vou conhecer a Terra, vou procurar ser um soldado especial e vou dar a vocês muito orgulho!

- Sei que vai – Nesse instante Marcos se aproximou de Dean e seu pai e começaram a conversar, era difícil que Marcos falasse por ser um sujeito bem reservado e caladão, no entanto a conversa até ali fluía de maneira continua, já que discutia o quanto o governo da Lua se preocupava mais com a infraestrutura do que com a educação das crianças da Lua, estavam no corredor que dava acesso a área de embarque quando Pio avistou uma loja de jogos eletrônicos e correu para trás puxando Sean para a loja – Calma Pio, com licença senhores.

Dean e Marcos andaram mais alguns metros em silêncio, quando já era possível ver o portão que dava acesso à área de embarque e as meninas já estavam parada a frente deles Marcos pois sua mão direita no ombro de Dean que parou:

- Dean, eu sei muito bem que você vai cuidar da Kelsca, sei também que sempre teve sobre ela um amor firme – Dean arregalou os olhos e tentou não corar, sem sucesso – Sei muito bem que devido a nossa religião não ser a católica deixa Kelsea muito nervosa em relação ao que vão pensar de você em seu âmbito de comunidades católicas e sei que você teme que o mesmo aconteça na nossa religião com ela.

- Olha Marcos, eu não pretendo fazer nada que vá constranger a família do senhor e muito menos a Kelsea.

- Siga seu coração, cremos no mesmo Deus mas de formas diferentes, desde que você a ame e ela ame você, não importa a religião que vocês seguem, cremos no mesmo Deus do amor – Dean estava surpreso, não esperava ouvir isso de Marcos, ainda mais sobre a filha dele e mesmo assim não parava de pensar que agora estava livre para viver com Kelsea – Sei que deve estar achando isso estranho.

- Muito estranho, não vou negar – Dean pensou por alguns segundos – Mais já que o senhor foi sincero comigo, serei sincero contigo, tenho medo de perder a Kelsea, não vou fazer nenhuma burrada.

- Dean, todo mundo já percebeu, sério, e se eu não confiasse e não conhecesse você e sua família há anos, eu não estaria te dizendo isso – Dean sorriu e olhou para trás com o rosto corado e ao mesmo tempo viu Pio carregando uma sacola com um sorriso de orelha a orelha – Escuta, tenho que te fazer um pedido – Dean olhou para Marcos e então respondeu.

- O que o senhor quiser.

- Bom, como você sabe a minha filha adotiva é uma EFEC formada e sempre disse que alguns meninos que se acham mais que os outros pegam no pé das meninas da Lua, ela diz também que os aliens que vem de intercambio não respeitam as mulheres humanas, ajude a Kelsea a proteger as irmãs delas tudo bem? – Dean fez que sim com a cabeça – E bom, apesar da Kelsea não precisar, a proteja também sim?

- Eu prometo Marcos, vou as proteger sempre que for necessário – Ambos sorriram, e Dean não deixou de notar que Marcos tinha os formatos dos dentes idênticos aos de Kelsea, foi quando Pio veio correndo e pulou nos ombros de Dean gritando todo empolgado.

- O pai comprou pra gente o novo portátil televisivo da Nintendo! Ele comprou com um monte de jogos na memória – Os olhos de Pio brilhavam e Dean também se alegrou e carregou o irmão até o portão de embarque – Mãe o pai comprou pra mim e pro Dean o novo portátil da Nintendo!

Inaema pegou seu filho caçula das costas do mais velho e o teve em seu colo, o abraçou com força e muito amor, seria o último abraço até que seus filhos voltassem para o natal (Pio se recusou voltar de fim de semana, queria ficar com Dean, que não poderia voltar), que por sinal iria demorar já que era apenas seis de agosto, o beijou na bochecha e disse:

- Comporte-se, respeite seu irmão e seus professores, estude bastante e não pegue no pé da sua irmã heim! – Inaema estava com a voz embargada de quem iria chorar mas sendo ela muito forte se segurou.

- Ora mãe, a Helen é uma estranha, e agora eu sou também – E deu um riso idiota – Pode deixar, eu sei me cuidar sozinho e estarei pronto pra ser um super soldado junto com meu irmão.

- Você não precisa ser um soldado se não quiser – Inaema ouviu uma contra resposta de "eu quero" e prosseguiu – Ta bom, você está com seu comunicador? – Pio mostrou o pulso para a mãe com uma pulseira de ouro – Não vai perder heim, e me liga todo dia tudo bem? – Pio fez que sim com a cabeça e desceu do colo de sua mãe (o que não foi difícil já que ele tinha quase a altura da mãe) e foi abraçar seu pai – Você também ouviu mocinho, não é por que já está maior de idade que pode ignorar seus pais, cuide de seu irmão e de sua irmã e me ligue todo dia.

Dean abraçou sua pequena mãe bem firme da maneira que ela gostava e deu um beijo forte em sua bochecha.

- Cuida do velho, se cuida, amo você nega – Com um aperto carinhoso no abraço Dean deixou a mãe e saiu para dar um abraço no pai – Fica com Deus.

- Você também filho.

Dean esperou Pio terminar de conversar com o pai enquanto observava as três irmãs se despedindo de seus pais, Leia e Kelsea choravam abraçadas com o pai enquanto Naomi e Marcia riam e se abraçavam, depois as meninas trocaram e

Naomi correu para o colo de Marcos enquanto Leia e Kelsea choravam nos braços da mãe que tinha olhos cheios de lagrimas e mesmo assim ria bastante.

- Vai com Deus, se cuida e já sabe né? – Sean falava enquanto puxou Dean para um abraço.

- Fica com Deus pai, não vá se matar de trabalhar heim, e sem ficar gastando com um monte de quinquilharia inútil - Dean retribuiu o abraço do pai , cumprimentou os pais de Kelsea e então cruzou o portão, que parecia uma geleia cinzenta.

Dean nunca tinha viajado para outro planeta, conhecia toda a Lua por que fazia parte de um grupo esportivo de Melts, uma mistura de diversos esportes que era jogado sobre um piso pegajoso e viajava nas disputas de campeonatos. Era a primeira vez que Dean cruzava aquela gosma cinzenta, fria ela tinha a função de acusar qualquer objeto hostil e travar um movimento cerebral no qual os "estranhos" da EFEC eram capaz de controlar, assim que ele passou pelo portão cinzento se sentiu meio tonto, mais nada que atrapalhasse sua caminhada até onde se encontrava o portão número sete de voou para a terra com destino ao Cairo no Egito, ele esperou seu irmão e as meninas cruzarem também o portão, virando para trás acenou para seus pais e então partiram em direção do portão número sete.

Apresentaram os bilhetes e foram então direcionados para dentro de uma espaçonave do tamanho de e formato de um ônibus, a viagem iria durar duas horas apenas, uma diferença gritante se compararmos o tempo que foi levado na primeira vez que os homens viajaram a Lua. Kelsea e Dean sentaram nos últimos bancos do ônibus espacial e entre eles ocupando o terceiro banco que ficava no meio do corredor estava Pio, Dean ficou de olho em uma janela e na outra estava Kelsea, Leia e Naomi ficaram no banco a frente do de Kelsea. Quando Kelsea disse:

- É Dean estamos saindo da Lua, indo para a terra, quem diria heim – As meninas viraram para trás quando uma P.D apareceu a frente de cada banco passageiro com uma voz metálica.

"Senhores passageiros, informamos que o uso do sinto de segurança é obrigatório, os mesmos os permanecerão protegidos em caso de acidente, isso por que cada cadeira contém um motor e uma cabine de oxigênio para levar a mais alta velocidade possível para onde os senhores estejam mais próximos, de vossos destinos finais ou iniciais em caso de acidente. As cadeiras são seu único salva vidas, então, por favor, permaneçam sentados sempre que a luz vermelha no chão estiver acesa e com os cintos bem presos, esperamos que tenham uma viagem tranquila e confortante".

- Caraca Dean esse jogo é animal – Disse Pio que não prestou atenção em nada, enquanto a luz vermelha no chão se acendia, ele estava apenas ligado no vídeo game – Você tem que ver só.... Hei! – Dean colocou o cinto em Pio enquanto as meninas colocavam o cinto por conta própria

- Você é um animal seu cabeçudo, você tem que prestar atenção nas coisas – Pio fechou a cara e continuou jogando, e Dean voltou a olhar pela janela – É Kel estamos indo pra EFEC – as pessoas que estavam no ônibus olharam para trás curiosos, Dean fingiu não os ver.

- Pois é Dean estamos a caminho da Terra e para a EFEC – Kelsea percebeu o povo cada vez mais olhando para trás como se fossem anormais e então mudaram de assunto – Meninas vocês colocaram os pentes e os cremes nas malas ontem?

Dean começou a prestar atenção no jogo de Pio e era realmente interessante, pegou da sacola um controle no formato de bumerangue e conectou no vídeo game, aumentou a tela e começaram a jogar, a viagem seguiu assim, Dean e Pio jogando vídeo game e Kelsea, Leia e Naomi falando de cabelos e do que esperavam da moda na Terra, Dean sempre aproveitava as pausas do jogo para olhar pelas janelas e ver o imenso planeta Terra girando, lindo e poderoso, as vezes conseguia ver bem de longe um outro ônibus espacial ou ainda algumas naves com um formato parecido com o de borboleta, um tempo depois as luzes vermelhas acenderam de novo anunciando que estavam chegando em seu destino, ao entrarem na terra Dean ficou surpreso com o que viu, estava planando sobre as pirâmides e o porto espacial era realmente bem próximo delas. Dean tirou o vídeo game da mão de Pio e guardou dentro da sacola, o ônibus posou de forma sutil e então uma luz verde acendeu e a porta na extremidade frontal do ônibus se abriu, todos desceram por ordem de bancos, quem estava na frente descia primeiro o que culminou com Dean descendo por último. O ar da terra era diferente, era mais puro, não havia sinais nenhum de poluição e as pessoas todas tinham a aparência de felicidade ou de satisfação, foi quando Dean viu de longe acompanhada de uma senhora que aparentava ter uns cem anos a pequenina Helen, que logo que o viu saiu em disparada na direção do irmão.

Bem pequena morena e com trancinhas, a pequena Helen correu em direção do irmão a toda velocidade, tinha pequenas pernas, porém eram pernas fortes de uma criança bem alimentada e bem cuidada, sua voz era firme e alegre, vestia a mesma roupa que as meninas, no entanto na cor azul escura e com uma letra Z bordada no meio na cor vermelha, ao se aproximar pulou no colo de Dean:

- DIIIII! – Gritou à pequena e dando um abraçou bem forte, Dean a beijou na testa e a soltou – PIO – e abraçou o irmão do meio, ela era mais baixa que Pio e aparentemente muito mais sorridente – Quando a mãe falou eu fiquei super feliz e nossa – Helen se virou e viu Kelsea e suas irmãs e correu para cumprimenta-las, Naomi não conhecia Helen muito bem, tinha visto à pequena algumas vezes apenas, Leia e Kelsea já a conheciam melhor, Helen tinha ingressado na EFEC muito cedo, ela mesma nunca tinha entendido o porquê, mas amava.

A senhora apesar de parecer bem velha era ágil, poucos segundos após Helen pular no colo de Dean ela já estava parada próximo deles, a senhora usava um vestido longo roxo detalhes brancos nas bordas, era ruiva, do cabelo ondulado curto, tinha o queixo pontudo e os olhos azuis:

- Senhores – Cumprimentou Dean e Pio, a senhora com uma voz firme e fina – Senhoras – Disse ela se dirigindo as irmãs Santos – Meu nome é Alexandra Mcafell, diretora da Escola das forças especiais Cethriuxs, queiram por favor me acompanhar – Disse dando as costas e seguindo em direção a uma SUV amarela que lembrava uma caixa de fósforos semiaberta, o veículo estava estacionado ao lado de uma porta automática onde os passageiros que vinham de todo canto da galáxia adentravam, era perceptível que não era comum ter um veículo parado.

Diferente da Lua, o ônibus espacial desembarcou os passageiros do lado de fora do porto estelar ao ar livre, Dean nunca pensou que seria uma descida simples como embarcar e desembarcar de um ônibus em Candena, a entrada para o prédio do porto era a cinquenta metros de distância de onde os ônibus pousavam. Dean e companhia não chegaram a entrar no prédio, entraram na SUV que tinha um robô humanoide de cabeça quadrada a porta com o planeta terra pintada no peito com a sigla EFEC sobre o planeta. O robô abriu a porta de trás assim que a diretora se aproximou dele, Alexandra entrou, e para surpresa de Dean havia dois bancos semicirculares um de frente para o outro, Helen sentou-se ao lado da diretora e Pio a seguiu, Kelsea entrou e logo em seguida Naomi e Leia entraram, Dean entrou e não havia mais lugar onde sentar-se, o robô fechou a porta que continha um banco único onde Dean se aconchegou.

A porta da frente se abriu e o robô entrou no lugar do motorista e ligou o veículo, Dean percebeu que havia um homem sentado no banco do passageiro, achava muito estranho esse modo de agir das pessoas que faziam parte do governo, mais não questionou, percebeu então que Helen e Pio conversavam e riam, mas não conseguia entender, estava desatento, até que ouviu a voz de Kelsea no fundo de sua cabeça, logo depois seguido de um chute na canela bem dado por Pio, ele percebeu que Alexandra olhava para ele:

- Desculpa, eu hã...

- Se distraiu, percebe-se que você e Helen são mesmo irmãos – Helen abriu um sorriso de felicidade – Pio também parece ser bem desatento – Disse a senhora abrindo um sorriso de dentes perfeitos enquanto Pio protestava "Hey" – Soldado Frank, escolha um caminho legal para que eles possam ver a beleza de Cairo, e depois sigamos para a escola.

- Sim Senhora, avise-me quando ultrapassar as nuvens.

- Certo Frank, então meninos, vim pessoalmente busca-los para clarear algumas dúvidas que vocês devam ter sobre a EFEC e também explicar-lhes como funciona nossa escola – Como vocês sabem a EFEC é uma escola de formação para humanos especiais e com a inteligência aflorada, aqui vocês todos terão uma formação especifica nos campos da ciência conhecida por toda galáxia, como medicina, educação física, nanotecnologia e mais milhares de formação que vocês se interessem, e já vos aviso – A diretora olhou em direção a Kelsea – Vossas formações nas ciências "convencionais" serão rápidas e melhor que em qualquer universidade humana que exista nessa galáxia e também serão apenas como faixada e como emprego para vossas aposentadorias.

- Espera aí – Interrompeu Kelsea – Quer dizer então, que todas aquelas teorias conspiratórias em que a EFEC não se foca na formação de profissionais é verdade?

- Kelsea, não é? Vou mudar o foco da conversa e a senhorita entenderá como funciona a EFEC, tudo que eu vou falar agora será como um grande intensivo para vocês cinco que chegaram agora, é uma base importantíssima para que sigam na EFEC, tudo que vocês vão passar nessas próximas semanas, sendo duas semanas para Pio, Leia e Naomi e quatro para você e Dean será à base de todo o trabalho que será realizado aqui ao longo dos anos na EFEC.

- Eu tenho uma pergunta – Naomi estava com as mãos erguidas e com o rosto corado – É verdade que aqui vocês fazem mágicas perigosas?

- Exatamente pequena Naomi, vocês serão introduzidos a uma ciência avançada no qual a maioria das pessoas conhecem como magia, afinal tudo que não conhecemos ou não entendemos é magia. Vocês serão introduzidos nos ramos básicos da pirocinese que é o controle do fogo – Disse Alexandra ao ver que os mais novos não conheciam o significado da palavra – hidrocinese que é o controle sobre a água, aerocinese que é o controle sobre o ar, geocinese que é o controle da terra e a eletrocinese que é o controle sobre cargas elétricas – Ao ver a cara de espanto de todos ali (com exceção de Pio que estava achando tudo o máximo e de Helen), a diretora calou-se por um instante esperando a reação negativa que veio dessa vez da boca de Dean:

- Você quer dizer então, que eu posso simplesmente fazer as águas do mundo se moverem? Quer dizer que vocês trabalham com supermáquinas é isso? Algum tipo de máquinas que podem dominar matérias?

- Trabalhamos com uma supermáquina chamada de cérebro e todas as suas maravilhosas funções, você pode fazer as águas do mundo se moverem se for forte suficiente para mexer em toda essa quantidade, mais sendo um pouco mais realista, você pode controlar um copo cheio de água.

Dean olhou para Helen que deu um lindo sorriso e em seguida mexeu com as mãos de cima para baixo e um vento forte saiu de suas mãos, todos ficaram de boca aberta, se não bastasse isso a diretora fez com que suas mãos ficassem em chamas (Pio maravilhado soltou um palavrão) e as apagou com um leve balanço das mãos.

- Vocês aprenderão que seus cérebros são bem mais fortes e possuem funções maravilhosas e aprenderão a controlar essas funções nessas primeiras semanas, estudarão juntos e ao fim de cada respectiva semana final vocês serão avaliados e postos em salas conforme idade e nível, sendo de E a Z, sendo Z o nível mais alto e E o mais baixo, e a partir daí vocês buscaram vossas formações, os mais novos irão completar o estudo fundamental até que tenham idade e conhecimento mínimo para ingressarem no estudo superior, terão então mais tempo de estudo e formação, enquanto que você e a Kelsea terão que se adaptar rapidamente e escolherem ou continuarem seu curso de nível superior e buscaram se enquadrar rapidamente em alguma área que vos agradem.

Dean olhou para Kelsea que estava ainda boquiaberta, era muita informação e seu cérebro parecia não querer entender, ele então olhou para o lado de fora e viu uma cidade brilhante e cheia de carros voadores, prédios espelhados e ao fundo as pirâmides:

- Frank para as nuvens, por favor!

Capítulo Dez
A Recuperação

Era tarde, Milena estava em seu quarto, no último andar do maior prédio de Albor Tholus, tinha uma vista privilegiada de toda a cidade, toda aquela terra avermelhada, com alguns poucos pontos verdes espalhados aqui e acola, seus olhos verdes vidrados em observar ao mais longe possível no horizonte, alguns veículos voavam em alta velocidade.

Vestindo uma camiseta azul que de tão grande tornava-se um vestido Milena andou pelo quarto pequeno contendo uma pequena cama de solteiro na parede oposta da grande janela e na parede lateral um armário, de outro lado à porta. Já tinha se passado um dia inteiro desde que Downelly tinha operado e ela ainda não havia conseguido dormir de fato, Milena nunca deixou transpassar mais era perdidamente apaixonada por Downelly, fora ele quem a ajudou a fugir do pai quando este o perseguia.

O dia estava tornando-se noite, Milena não conseguia levantar-se da cama, observava algumas notícias em uma PD que comentavam sobre a economia Tracapata, ela se interessava por esse tipo de notícias, isso fazia Milena lembrar seu tempo na faculdade longe das preocupações que agora a assolavam, mas ela não tirava Downelly da cabeça, estava ficando angustiada por que não recebia notícias se podia ou não visitá-lo. Foi quando seu brinco esquerdo tremeu e fez surgir uma pequena tela de chamada a sua frente, com um movimento de mão ela aceitou e aumentou a PD e a posicionou a sua frente. Um senhor apareceu na tela, cabelos vermelhos cor de fogo que cobriam suas orelhas, usava uns óculos quadrado e de fundo de garrafa, uma monocelha grossa e também vermelha parecendo uma taturana.

    - Milena, como anda querida? – Nico estava em alguma sala branca e digitando algo.

    - Ainda com as pernas – E abriu seu lindo sorriso que realçava suas lindas covinhas na bochecha – Como ta o Nelly? Ele já está liberado para receber visitas?

    - Calma Milena, o Nelly já está liberado e pronto pra outra, depois da cadeira ele vai andar uns dias de bengala pra que seus músculos reganhem força aos poucos e já vai para outra missão.

    - Nossa e por que a demora em me avisar disso daí? Eu quero falar com ele, tem como você chamar ele aí?

    - Na verdade eu liguei a mando dele, disse que vai precisar de você amanhã à noite para uma missão.

    - Você ta de brincadeira não é Nico? Ele acabou de sair de uma missão superperigosa, sofreu um ferimento gravíssimo e....

    - Olha Milena eu não quero saber – Disse Nico interrompendo Milena – Ele disse pra você ir comprar um vestido lindo e ir como se fosse a uma festa chique e que vocês vão se passar por um casal.

    O coração de Milena disparou, se passar por casal com o Nelly não era a mesma coisa que ser um casal, mas a ideia a atraia, sem contar que se era pra ir preparada para uma festa significa que não era uma missão perigosa:

    - Levo algum armamento? Ou ele não falou nada?

    - Ele disse que não precisa levar nada, só disse que tinha que ser você, por que tinha que passar uma boa impressão, eu entendo – Nico começou a rir e seus óculos caíram - Ele quer uma patricinha pra sair haha!

Milena terminou a ligação sem responder a tirada de sarro de Nico, mesmo sendo muito explosiva e não fugir de uma pequena discussão ou de uma luta gigantesca, Milena estava perdida em seus pensamentos, estava se vendo em uma situação difícil, fazia anos que não passava uma maquiagem, não usava um vestido. Milena sentiu então que queria estar linda, Nelly não precisava saber que era para ele, ela queria apenas que ele notasse pelo menos uma vez, ela queria estar uma princesa e princesas não tem olheiras, foi nesse momento em que o sono bateu forte em Milena, ela recostou sua cabeça em seu travesseiro e em questões de segundos, apagou.

O carro que levava o grupo de Dean já havia passado as nuvens, era possível ver uma ilha flutuando no céu, a ilha era muito grande e Pio estava boquiaberto assim como todos no carro com exceção de Hellen e da diretora. O veículo superou a ilha em altura e há sobrevoou um pouco, permitindo a observação de toda a ilha, havia no centro dela uma pequena casa de sapê em uma ilhota, o pequeno lago em volta completava o que estava a sua volta, um parque onde diversos jovens andavam de um lado para o outro, mais ao extremo esquerdo do parque, beirando quase o fim da ilha estava uma casa bem grande, semicircular acompanhando os acidentes da ilha e comprida na cor verde, e do lado oposto uma casa idêntica porém na cor lilás, essas casas eram cercadas por árvores, ao norte da ilhota uma área de lazer imensa com quadras, uma pista de kart e algumas outras estruturas pintadas nas cores azuis na qual Dean não reconheceu para que era. E ao sul da casa de sapê um prédio no formato da letra C e ao lado um bem pequeno no formato da letra E:

- Senhores, estamos sobrevoando a EFEC, os prédios nas extremidades leste e oeste da nossa ilha são os dormitórios masculinos e femininos, suas coisas e quartos já estão prontos para recebê-los, vocês podem observar ao norte a nossa área de lazer que às vezes é utilizado para alguns treinamentos e aulas, a casa de sapê é nossa biblioteca, contendo todos os livros no qual vocês irão utilizar em vossas formações, ao sul temos o prédio de missões e serviços Cethriuxs que é o com formato de letra C com dez andares. Ao lado dele, um com o formato de letra E com vinte andares e uma grande área de treinamento e desenvolvimento, que é onde ocorrem as aulas.

- Desculpa – começou a falar Leia – Acho que não entendi direito, o prédio E é bem menor que o C, como ele pode ter mais andares e ainda uma área de treinamento?

- A ilha é uma nave supermoderna, e realmente grande, e contém andares no subsolo, se podemos chamar algo que está no ar assim – Todos ficaram espantados com o que a diretora disse mais ao mesmo tempo se sentiram aliviados e com entendimento de como funcionava a ilha.

Downelly acordou ouvindo o barulho da chuva olhou toda a volta de seu quarto espelhado e abriu um grande sorriso, em todo canto ele se via, estava apenas vestindo um samba canção azul escura, um pedaço de sua cicatriz estava a mostra enquanto o resto era escondido pelo samba canção que Nelly puxou para cima para observar, não era a coisa mais bonita do mundo mas o lembrava de mais uma missão completada com sucesso e era sua primeira cicatriz. Careca de rosto fino e olhos castanhos demonstravam cansaço. Nelly pressionou alguns botões ao lado de sua cama que fez com que algumas pequenas janelas se abrissem atrás da cama e na lateral. Nelly colocou o relógio que estava no braço da cama em seu punho e ele mostrou a hora, eram oito da manhã e ele já estava completamente recuperado, deu alguns saltos e sentiu uma pequena fraqueza nas pernas como o Dr Morrice avia dito um dia antes.

A cadeira de rodas ainda estava ao lado de sua cama, e ele com certeza não usaria para sair com Milena durante a noite, Nelly queria a atenção da loira, ela parecia nunca notar e ele também sempre foi muito introvertido quando o assunto eram as mulheres, para ser mais exato ele não conseguia ser ele mesmo ao conversar sobre o assunto de interesse com as mulheres que ele se interessava. Sentou na cadeira e abriu uma P.D pressionando um botão de seu relógio, acessou algumas pastas até chegar a uma que bloqueou seu acesso e disponibilizou uma P.D com o formato de uma mão na qual Nelly posicionou sua mão que encaixou perfeitamente, alguns segundos depois o acesso à pasta foi permitido. Eram diversas e diversas ligações e mensagens, cerca de 500gb de informação na qual Nelly procuraria algo sobre uma suposta máquina do tempo. Nelly abriu outra P.D que continha diversos programas, associou um programa de busca na P.D que deveria conter informações sobre alguma máquina do tempo, iniciou a busca com algumas palavras chaves como tempo, viagem e máquina. O programa iniciou a procura enquanto Nelly colocou de volta no relógio as P.Ds.

Nelly ainda não conseguia acreditar que conseguiu vencer um grande grupo de guardas sem usar nada de geocinética, perdido em seus pensamentos ele sentou na cadeira e saiu do quarto para um corredor sem portas ou janelas, ele foi até o fim do corredor com uma parede de tijolos maciços e a dividiu no meio formando uma passagem com apenas um movimento das mãos indo uma para cada lado. Do outro lado uma pequena garagem, Nelly sentiu falta de sua moto que estava sobre os cuidados de Ruy que era o mecânico do submundo de Marte, Nelly continuou andando e saiu na grande avenida agora movimentada que se localizava abaixo da terra em Marte. Nelly foi com a cadeira até a loja de doces que ficava a um quarteirão de sua casa, ao se aproximar da entrada da loja de doces Nelly tocou com seu pé direito sutilmente o chão que subiu alguns centímetros para que ele pudesse entrar na loja já que ali estava um degrau. Nelly rodou pela pequena loja que era abarrotada de prateleiras com todo tipo de doces e guloseimas, Nelly pegou algumas bolachas de morango e algumas barras de chocolate e seguiu para onde estavam as bebidas, pegou alguns chocolates de caixinha e seguiu em direção ao caixa:

    - Ora Downelly o que aconteceu com você? – Falou uma senhorinha que estava atrás do caixa.

    - Me machuquei no trabalho dona Marta, nada muito grave – Disse Nelly como se fosse um acidente de trabalho.

    - Menos mal não é mesmo? Deu dezoito Cethriuxs Marcianos – Nelly tirou uma nota de vinte na cor verde e entregou para a senhora que devolveu uma moeda de prata – Aposto que vai ficar assistindo filmes de ação o dia todo, não é?

    - O dia todo não, pois tenho um compromisso hoje à noite – Nelly se lembrou do sorriso de Milena e abriu um sorriso, Marta reparou e disse:

    - Tenha um bom encontro!

Nelly agradeceu distraído e seguiu para a porta onde parou sobre a terra e novamente com um leve toque dos pés a fez voltar ao normal e seguiu de volta para sua casa, abriu a garagem e fez novamente o mesmo movimento com as mãos abriu uma passagem pela parede onde estava o corredor, e foi para seu quarto, se levantou e deitou-se na cama, apagou as luzes e espalhou algumas P.D's por todo quarto e a sua frente posicionou uma P.D e aumentou sua resolução e tamanho e iniciou um filme, abriu um pacote de bolacha e uma caixinha de chocolate e finalmente sentiu-se relaxado.

- Kelsea, você vai ficar no quarto número cento e dezesseis que fica no primeiro andar junto com suas irmãs, estão todas ainda sem classes definidas, passarão por aulas intensivas como já foi dito para poderem se enquadrar em alguma turma da idade de vocês.

- Desculpa diretora, mas a Helen dorme com algum grupo específico de garotas? – Dean pela primeira vez na vida se sentiu preocupado com sua irmã, pensava que ela dormia com alguma instrutora, mais vendo que Kelsea e suas irmãs não teriam nenhuma se sentiu preocupado – Digo, ela tem alguma instrutora ou algo do tipo?

- Dean, sua irmã é uma aluna padrão classe Z da idade dela, algo raro de acontecer, tão raro que ela é a única a mais de dez anos, atualmente temos apenas cinco alunos nessa condição, todos com mais de vinte anos de idade e com mais de dez anos de EFEC – Alexandra percebeu o espanto no rosto de todos ali c esboçou um leve sorriso no canto da boca e então prosseguiu – Esses alunos classe Z tem o direito de dormirem em um quarto maior e separado assim como os docentes, no entanto são mais cobrados e se espera deles grandes maravilhas no futuro, seja lá qual for a área escolhida.

Helen começou a flutuar do lado de Dean e terminou no colo do irmão, todos ali ficaram extremamente impressionados, até ali nunca tinham imaginavam que um ser humano pudesse voar, foi quando Helen disse:

- Di, eu durmo sozinha em um quarto cor de rosa com um monte de coisas legais, os "A" tem função de cuidar dos andares e monitorarem e cuidarem dos outros alunos, não são muitos, masajudam junto dos professores que também são "A" monitorem todos os alunos.

- Mais se vai até o E isso quer dizer então que são muitos alunos e que muitos são extremamente fracos, digo, aposto que voar deve ser algo bem simples e que a Helen pode fazer coisas muito mais difíceis – Naomi falava imaginando as maravilhas que aprenderia naquele lugar – Então, quantos alunos têm no nível E? E afinal de contas, como fazemos pra chegar nesse incrível nível Z?

Eles estavam caminhando junto com a diretora cruzando o campus em direção à biblioteca que ficava na ilhota, e iam conhecendo cada vez mais as coisas.

- Vocês iniciam no nível E, vão fazer uma preparação intensiva e vão realizar um teste físico e psicológico ao mesmo tempo, dependente do seu resultado e idade vocês serão postos em grupos, podendo permanecer no nível E, ou indo direto para o Z, no entanto isso não limita vocês a ficarem em seus respectivos níveis para o resto de suas vidas, o irmão do senhor Kamen por exemplo iniciou no nível E e conseguiu atingir o nível Z algo extremamente difícil de conseguir – Alexandra gostava daquele tipo de conversa, sentia-se orgulhosa de ser uma das dez pessoas a atingir o nível Z antes dos vinte anos uma das noventa a ser nível Z antes dos cem anos de idade. – Bom aqui é a biblioteca onde vocês buscarão toda e quaisquer respostas para suas dúvidas adquiridas em aulas e principalmente se não quiserem ficar presos em seus respectivos níveis.

Seguiram então caminhando em direção ao alojamento masculino em silêncio, em todo canto Pio observava mágica, era dois garotos jogando água um no outro como se fossem bolinhas de neves, viu também um garoto erguer uma pedra sem tocar nela, e depois esfarela-la como uma bolacha, Pio estava maravilhado e Leia do seu lado com uma cara de desconfiada para tudo como se tudo aquilo fosse ainda uma ilusão, até que chegaram no prédio dos meninos:

    - Dean e Pio estão localizados no quarto sete, junto com um garoto chamado Rufus, ele assim como você Dean foi descoberto de modo tardio na Lua, mas de outra cidade e farão com você, Kelsea e outros quatros alunos EFEC que foram encontrados de modo tardio – Alexandra pressionou seu brinco e uma pequena P.D apareceu, ela respondeu rapidamente e então voltou a falar – Vocês estão já habituados com a ilha, se precisarem me encontrar estou no prédio C, em suas respectivas camas estão seus pertences e seus horários e salas, espero que tenham uma boa primeira noite e se divirtam e aprendam o máximo que puderem.

Capítulo Onze
Mágica ou Ciência?

Dean e Pio andaram para dentro do prédio masculino, era um corredor bem espaçoso na cor azul e amarelo, tinha um ar alegre e estranhamente aconchegante, Dean se sentia em algum lugar com muita água, nunca esteve na praia, mais imaginava que aquela era a sensação. Dean reparou rapidamente que o prédio era bem comprido e em seu centro havia duas portas de madeira e diferente das outras que estavam numeradas e eram pintadas de azul, essa porta parecia muito mais robusta, Dean reparou rapidamente que era um elevador, ele andou quase todo o corredor para chegar a seu quarto, rapidamente percebeu que o prédio tinha dez quartos por andar e que a construção não parecia ser normal.

Ao chegar à porta número sete, Pio bateu na porta suavemente e esperou que alguém atendesse, talvez esse tal de Rufus estivesse no quarto e ainda não soubesse que teria companheiros de quarto, não foi o caso já que ninguém atendeu a porta Dean a abriu e entrou no quarto. Ali seria seu quarto e de seu irmão por um bom tempo, um retângulo com três camas fixadas em armários, que faziam parte da estrutura do prédio, uma cama estava centralizada e as outras duas na extremidade do quarto, ao fundo uma grande porta de vidro para uma pequena sacada com um pequeno jardim de rosas a frente, na parede atrás da cama a direita da porta uma outra porta, Pio foi rapidamente para essa porta pensando ser um compartimento secreto, mas se decepcionou ao encontrar um simples banheiro com uma banheira, chuveiro, pia com espelho e uma privada. Dean viu suas coisas na cama do meio então resolveu abrir o armário que ficava do lado contrário da janela e servia como cabeceira da cama. O armário era realmente grande tinha quatro portas, uma com prateleiras, outra cheia de gavetas, uma com uma barra de pendurar roupas e outra ainda com alguns suportes de aço em formato de "w". Dean e Pio começaram a organizar suas coisas, repararam que o lado contrário da cama que tinha dois suporte em continuação dos pés da cama que serviam para aparar uma P.D televisiva, Dean descobriu que na cabeceira da cama havia alguns botões e rapidamente ligou-a o que fez as laterais da cama se abrirem e revelar altos falantes, Dean então conectou seu colar do lado de um botão na cama e colocou algumas músicas para tocar, a primeira da lista era "escape the pina colada" de Rupert Holmes, um cantor do século XX, Dean amava músicas antigas enquanto que Pio já achava um pouco estranho. Dean desfez as malas rapidamente e também arrumou seu guarda roupa de maneira rápida, as camisas ficaram em uma porta onde estava a barra, os shorts, cuecas, calças ficaram separadas em outra porta, a das gavetas. A porta que continha pratelciras Dean deixou seus calçados na parte inferior e nas superiorcs deixou alguns materiais e algumas coisas pessoais enquanto uma das portas ficou vazia. Pio copiou seu irmão e rapidamente instalou seu vídeo game na "televisão" de sua cama e começou a jogar e logo Dean o acompanhou. Eles juntaram suas "televisões" em apenas uma enorme P.D e jogaram a dia todo, era fim de tarde quando a porta do quarto se abriu.

Um rapaz alto 1,90 com os cabelos cacheados e tigela na cor do fogo adentrou ao quarto, usava uma camiseta cinza e uma calça jeans escura e uma bota preta, sua pele muito branca deixava aparente muitas de suas veias no corpo, o rapaz olhou assustado ao perceber que já não estava mais sozinho no quarto, ele andou até Dean e estendeu sua mão em forma de comprimento:

- Prazer Rufus – Dean apertou a mão do rapaz que percebeu que ela estava muito fria – Não sabia que vocês chegariam ainda hoje – E cumprimentou o pequeno Pio.

- Eu sou Dean e esse é meu irmão Pio, somos novos aqui.

- Ele também é o cabeção – Disse Pio – Você não ouviu o que a diretora falou? Ele é como a gente!

- Ual, você também foi descoberto de modo tardio? – Rufus tinha um largo sorriso amarelado no rosto, e um sotaque russo, ainda muito comum mesmo depois da adoção do português como idioma oficial humano.

Dean olhou para Pio com uma cara de desapontamento que foi recebida com um mostrar de língua e em seguida voltou sua atenção a Rufus:

- Sim eu fui descoberto de modo tardio também, imagino que isso nos levará a uma desvantagem bem grande em nossa formação – Dean percebeu que Rufus continuava olhando para ele e Pio com certa admiração apesar de não entender o porquê e então prosseguiu falando – Bom, você é de onde Rufus?

- Ah claro – Disse Rufus saindo do transe em que estava – Sou da megalópole Russa da Lua, Zhilishche fui recrutado depois que lutei com um valentão e congelei ele dando socos – Dean e Pio já não estranharam depois do dia que tiveram e isso desanimou um pouco Rufus – Não sei bem como fiz isso, só senti meus pulsos congelarem e queria que ele ficasse preso em uma rocha de gelo e bom, deu certo, mais e vocês por que estão aqui?

- Você deve ter acompanhado o noticiário nos últimos dias que houve um roubo de carro de um dos nossos ministros e que um garoto e uma garota evitaram a fuga do bandido – Rufus brilhou os olhos – Bom e meu irmão está aqui por que ele é um estranho.

- Uau você é o cara que saiu na mão com aquela Analtila perigosa, caraca é um prazer te conhecer.

Rufus se sentou em sua cama e pressionou um pequeno anel que tinha nos dedos, e abriu uma P.D e trocou contatos com Dean e Pio e rapidamente começaram a se conhecer, Rufus era filho único, adotado e de família rica, seu pai era um empresário de sucesso televisivo na lua, apresentando programas de exploração de planetas inabitados e com pouquíssima chance de vida, o dia passou enquanto os meninos seguiram conversando e jogando, era por volta das seis da tarde quando eles repararam que estavam com uma fome danada, Dean colocou Pio para tomar banho enquanto ele e Rufus olhavam um mapa da EFEC para localizarem onde era o refeitório, Pio saiu do chuveiro carregando um pouco de água na mão e jogou no irmão e em Rufus que se molharam por inteiro "olha o que aprendi fazer". Após todos se banharem e se arrumarem partiram em direção ao prédio E. Ao adentrarem o prédio via-se uma grande sala vazia com diversos elevadores espalhados por todos os cantos, e bem centralizado uma enorme porta de vidro onde se podia ver o refeitório, estava abarrotado de gente e bem ao fundo mesas com alguns robôs servindo as pessoas, ao se aproximarem da porta estava uma pequena plaquinha escrito "proibido uso agressivo de conhecimento mágico" ao entrarem notaram pela primeira vez como a EFEC era gigantesca, havia ali naquele momento pouco mais de dois mil alunos e professores que estavam se alimentando ao mesmo tempo, sem contar que haviam muitos que nem ali estavam.

Os garotos seguiram até a mesa onde estavam os robôs, e foram servidos pelos robôs, todos eles pareciam com um ser humano, tirando a parte que não tinham expressão e eram todos de ferro. Dean encheu seu prato com frutas e o bom e velho arroz e feijão, e estranhou o prato do amigo Rufus, ele pegou uma sopa arroxeada que estava sendo servido por um robô da mesa de trás e então encheu seu prato com um espetinho misturado com carnes e legumes. Ao saírem da mesa Dean avistou a alguns metros dali uma mesa com quatro lugares e foi até lá, Pio e Rufus o acompanharam:

- O que é isso que vocês dois comem? Parece comida de pássaro – Rufus olhava com certo desdém para o prato de Dean e de Pio que eram iguais – Isso dá sustância a vocês? Quero dizer, não parece encher a barriga.

- Isso é a melhor coisa do mundo – Disse Pio já de boca cheia – Bom e velho arroz de feijão, se bem que eu prefiro uma lasanha de presunto.

Eles passaram o jantar todo falando de comidas típicas que eram de seus países e achando engraçado as diferenças e até semelhanças dos pratos, Dean e Pio terminaram primeiro e foram até o canto do refeitório pegarem um suco, ao voltarem Rufus já tinha terminado e estava à espera deles:

- Esse Borshch estava uma delícia, vocês deveriam experimentar qualquer dia desses.

Dean viu um garoto de sua idade mais ou menos vindo em direção a mesa com um olhar malicioso e um copo cheio de um liquido verde viscoso, esse garoto fez com que suas mãos ficassem quentes, Dean podia reparar que eram elas que estavam fazendo o liquido tomar uma forma diferente, e então o garoto fingiu um tropeço e jogou o liquido em Dean manchando sua camiseta cinza, as mesas em volta pararam o que estavam fazendo para observar o que estaria acontecendo, Dean já estava de pé segurando o pequeno irmão que queria partir para cima do jovem asiático que olhava fixamente para Dean, era obvio que ele tinha feito aquilo de propósito.

O garoto então deu um sorriso amarelado e sínico e falou de uma forma inocente:

- Desculpa novato, não foi minha intenção – Dean olhou a camiseta do garoto com uma letra A estampada em vermelho e então voltou-se ao garoto de olhos puxados que eram cobertos por uma franja descolorida e cabelos brancos.

- Você fez de propósito seu cabeçudo - Urrou o pequeno Pio tentando se desvencilhar dos braços do irmão que o seguravam firmemente – Me solta Dean, esse otário ta querendo te zoar.

Dean continuou a olhar para o garoto, mesma altura que ele e uma expressão extremamente cínica acompanhavam aquele sorriso amarelado, agora todo o refeitório tinha feito silêncio e olhava para o canto do refeitório:

- Relaxa, não foi nada – Disse Dean para o garoto que tirou o sorriso da face no mesmo instante – Tome mais cuidado, você pode machucar alguém – Dean arrastou o irmão até a saída do refeitório e Rufus o seguiu, assim que cruzaram a porta Pio relaxou e Dean o soltou.

- Por que você não bateu naquele idiota? – Pio ainda estava com a respiração acelerada de tentar se desvencilhar do irmão.

- É verdade cara, ele fez de propósito, foi muito obvio todo mundo percebeu – Disse Rufus.

- Acho que eu não seria pareô para ele agora, sem contar que não gosto de confusão gratuita, então deixem isso pra lá, uma hora ele encontra o dele.

Voltaram então para o quarto conversando sobre o tal asiático e chegaram à conclusão que Dean daria uma surra nele, Dean deitou-se na cama quando seu colar tremeu, ele abriu a P.D, a mensagem era uma foto de Kelsea no refeitório com suas irmãs, Dean sentiu-se cansado e respondeu respondendo apenas um simples "amo vocês".

No dia seguinte Dean amanheceu com a luz do sol direto no rosto, era algo novo para ele já que a lua sempre era muito bem iluminada e tinha a aparência de estar sempre de noite apesar de muitas vezes a presença constante do sol, Pio e Rufus também acordaram com os raios de sol, também não estavam acostumados. Dean levantou em silencio e foi para o banheiro, tomou um banho rápido, fez suas necessidades básicas e voltou para o quarto para se arrumar deixando com que Pio entrasse no banheiro, Dean colocou um relógio e vestiu um tênis branco e o uniforme cinza da EFEC que ainda estava sem nenhuma letra, aliás seu guarda roupa tinha muito dessas roupas (Moletom Preto e camiseta cinza), Dean abriu de seu colar uma P.D e abriu um pequeno mapa que ele havia recebido em sua caixa de mensagem junto com seus horários e locais das aulas testes, teria uma aula de controle de partículas no terceiro andar da EFEC, Dean ficou pensativo então pegou a corrente de seu irmão que estava na cama e abriu a caixa de entrada de Pio, ele tinha os mesmos recados.

Pio saiu do banheiro já vestido com o uniforme e com uma cara de sono mortal, Rufus foi no banheiro mais saiu tão rápido quanto entrou, não ficou lá nem 5 minutos, vestiu uma roupa igual a deles e então saíram do quarto, Dean olhou para o relógio que apontava exatamente sete horas, eles foram até o prédio E e seguiram em direção do refeitório dessa vez quase vazio. Dean conseguiu localizar Kelsea e suas irmãs, Pio correu para a mesa onde ficavam os robôs com os alimentos e logo pegou um pão e lotou de diversos frios e encheu um copo com leite e achocolatado enquanto Dean comeu um pão com manteiga e um suco de laranja como de costume, Rufus também serviu-se de pão e leite, e então se sentaram com Kelsea e suas irmãs que já estavam tomando café da manhã:

- Bom dia – Disse Dean enquanto Rufus e Pio sentavam-se para comer – Esse é o Rufus, colega de quarto meu e do Pio.

- Muito Prazer Rufus – Disse Kelsea estendendo a mão para cumprimentar Rufus – Eu sou a Kelsea e elas são minhas irmãs Leia e Naomi.

- Muito prazer! – Rufus então se apresentou, disse que era da cidade russa da Lua e contou as meninas o que tinha contado a Dean e Pio.

- Afinal Dean, por que você não me respondeu ontem de noite? – Disse Kelsea olhando fixamente para Dean.

- Eu respondi falando que amo vocês, e logo em seguida capotei, me senti muito cansado de repente – Dean percebeu então que realmente havia dormido muito rápido.

- Hum, chamei você pra dar uma volta pela escola durante a noite, mas você não respondia resolvi ir com as meninas na biblioteca.

- Nossa Dean só tem livro louco naquela biblioteca, com imagens editadas de uns caras cuspindo fogo e de teorias de como fazer isso – Disse Naomi com uma cara de incrédula.

- Eu não chamaria esses livros de loucos Naomi, eu acho que eles devem ter muito a ver com o que vamos aprender aqui e de por que o pessoal da EFEC é chamado de estranhos.

Dean reparou que Kelsea já estava com um livro intitulado o poder do fogo, terminaram então de tomar o café da manhã e então saíram todos do refeitório e seguiram a um elevador que informava dos andares um ao cinco e entraram todos.

O elevador era transparente e ao acionar o botão de terceiro andar o elevador começou a descer, ao contrário do esperado eles conseguiram ver a sua frente uma gigantesca gama de salas de todos os tipos e tamanhos parecia um formiguciro, a porta do elevador se encaixou em algo e então se abriu, o terceiro andar era um corredor longo com diversas salas, todos seguiram o corredor até chegaram a uma porta aberta com mais três adolescentes dentro:

- É aqui a aula de controle de partículas? – Perguntou Dean já entrando na sala, uma menina loira de olhos esbugalhados e magricela respondeu:

- É sim, vocês são novatos atrasados também? – Disse com uma voz de pato – Prazer Lúcia, Italiana da Terra, esse é Albert – Disse apontando para um garoto branco nanico de cabelos espetados e pretos que estava sentado à frente da garota – E esse é Blanco – Ao apontar um garoto rechonchudo de cabelos amarelados e que lembravam palhas.

Dean e companhia se apresentaram e conheceram seus companheiros de classe, Lúcia era uma novata Italiana, Blanco um gênio francês de Marte, que também foi reconhecido tardiamente, enquanto que Albert era um aluno classe E que estava atrasado, todos se ajeitaram na sala e conversavam animados esperando a pessoa que ministraria essa aula. Em pouco tempo entrou na sala um Homem de cabelos vermelho escarlate, pouco mais de dois metros de altura, pele morena e com traços faciais do oriente médio, com uma barba bem longa e malfeita e olhos esbugalhados, vestia uma camisa EFEC com a letra S:

- Bom dia novatos, eu sou o professor Faruk, tenho como objetivo nessa matéria introdutória, apresentar-lhes o conhecimento do controle de partículas, que é o que faz a grande diferença para que vocês possam se tornar EFEC's efetivos e passar de classes até atingirem o S ou ser uma das exceções e atingir o Z. Eu sou formado Advogado pela EFEC e tenho dez anos de prática nas forças especiais que atuaram na contensão de insetos gigantes nas colônias de Perseu, fui recrutado ainda como criança na Arábia Saudita e tenho mais de trinta anos de

EFEC – Todos olhavam para Faruk com grande interesse, Pio não piscava de tanta excitação – Vejo que tenho jovens adultos na classe, então devo perguntar se algum de vocês sabem qual o princípio teórico básico para se controlar partículas? – Dean olhou para os três garotos estranhos e depois para Ralf, ele não fazia ideia e imaginava que talvez eles pudessem saber, quando Kelsea ergue sua mão – Keslea não é? Garota que veio da lua?

- Sim senhor, bom, para se controlar elementos temos que ter conhecimento mínimo sobre ele como o formato de suas partículas mais primitivas por exemplo – Todos olhavam espantados para ela agora – No entanto precisamos de um contato com esse elemento.

- Exatamente, esse contato necessário é realizado por uma matéria específica que está presente em nós, no espaço e em todas as coisas, é a chamada matéria escura, para que vocês a sintam vocês devem concentrar seus pensamentos até atingi-la dentro de ti, sentimentos fortes, concentração e foco geralmente ajudam a se conectar cerebralmente com a matéria escura para poder utiliza-la como ligação para manipular ligamentos – Faruk de repente abriu uma P.D que saiu de sua mesa e fez tocar uma música de relaxamento e voltou a dizer – Fechem seus olhos e concentrem-se apenas em vocês mesmos, quando vossos corpos começarem a formigar é sinal que seu cérebro se comunicou com a matéria escura e você já está ligado a ela.

Todos fecharam os olhos, e ouviam calmamente a música, sons da natureza, árvores e riachos e alguns pássaros, Kelsea sentia que iria dormir com aquilo, era agradável e dava a sensação de leveza em seu corpo, sua mente começou a viajar por um descampado como aqueles que ela via nas televisões, já que na lua não tinha um céu azul e muito menos um campo de aparência infinita, a sensação de alegria era imensa o aquilo não era nem real foi quando ela sentiu seu corpo formigar que ela abriu os olhos. Todos ainda estavam de olhos fechados, sua visão parecia turva, mais não estava desfocada tinha apenas aquela sensação de estar fora de si, Dean abriu os olhos e logo em seguida as irmãs de Kelsea, Rufus e Pio e por últimos os três outros alunos que ali estavam:

- Muito bem, vejo que todos vocês conseguiram ligar seus cérebros a matéria escura como o esperado, agora vocês têm condições mínimas para manipular partículas. Trouxe para vocês enquanto estavam de olhos fechados um copo contendo alguns elementos básicos, terra, água, fogo – Uma vela acesa - Um vazio para representar o ar e um que será conectado a uma tomada – Faruk fez com que todos os copos flutuassem na direção dos alunos e então prosseguiu com a aula – Cada pessoa tem uma certa facilidade com um elemento específico, o que não impede de controlar os outros quatro, no entanto esse elemento que vocês tem facilidade é o único que vocês conseguirão talvez senti-lo um pouco por hoje, cada um escolha um copo e foque nele, a cada cinco minutos trocaremos os copos por um de elemento respectivo diferente – Cada um pegou o copo e voltaram a sentar em seus respectivos lugares – O exercício é bem simples, procurem focar nas partículas que pertencem a cada matéria, procurem ver de cada matéria sua menor forma possível, ver seus átomos – Pio levantou a mão – Átomos é a menor parte de algo – Pio abaixou a mão – Sintam e então tente mexer os átomos com algum movimento, de olhos de braço, o que quiserem.

Dean estava com um copo cheio de água, não conseguia ver nada de partículas, apenas um copo cheio de água, ele tentava observar e fechava cada vez mais seus olhos e mesmo assim não conseguia observar nada, Pio do seu lado estava com um copo cheio de terra e passava o dedo nela sem sucesso, ele parecia entediado por não conseguir mexer a areia sem tocar nela, Leia também estava com um copo cheio de terra e olhava fixamente para ele, sem sucesso, Rufus olhava para a chama que o professor ascendeu em seu copo e nada acontecia, Naomi estava com um copo de água e não conseguia nada, deu os cinco minutos e os copos foram trocados, dessa vez Pio se levantou e aproximou-se de Faruk, ao segurar o copo Pio sentiu um leve choque nas mãos e continuou segurando o copo, o professor sorriu.

Capítulo Doze
O Jantar

Eram quase seis horas da noite quando Nelly decidiu que não usaria mesmo a cadeira de rodas, mas sim uma muleta, isso facilitaria o trabalho de Milena que não teria que ficar o empurrando para todo canto, sem contar que andar um pouco aceleraria sua recuperação com certeza. Nelly estava à frente da parede de sua casa esperando Milena chegar, vestia um terno vermelho com detalhes em azul escuro e usava um sapato também vermelho.

De longe ele avistou um carro prateado com aparência antiga, voava baixo e já estava para parar, ele reconheceu como o carro de Milena, um Bentley Mark VI voador, o carro foi desacelerando até parar a sua frente onde ele andou até a porta e a abriu:

- Até que enfim você chegou maior demo... – Nelly parou sua fala na metade quando viu Milena dentro do carro, toda produzida seu rosto brilhava e estava mais liso do que o comum, não aparentava as tão costumeiras olheiras, seus olhos verdes e penetrantes combinavam infinitamente com o vestido longo verde esmeralda que ela estava usando, seu cabelo solto parecia mais liso do que nunca – Que demora meu!

Milena sorriu por dentro, queria gritar de alegria e também de dor por estar usando um salto prata finíssimo para deixa-la na altura de Nely:

- Vá se ferrar Nelly, você não devia nem estar saindo de casa, eu só estou indo com você pra você não fazer nenhuma cagada e acabar morto por ai.

- E desde quando você me trata dessa maneira soldado? Sabe que sou comandante do seu grupo e posso mandar você embora ou te punir – Milena saiu voando com o carro em silêncio e de cara fechada acelerou em direção do portão para sair para as ruas de Albor Tholus – É brincadeira Milena, sabe que não sou assim.

- Vá se foder Downelly, estou falando sério quando estou te acompanhando por que você não deveria estar indo nessa missão, quase perdeu a perna e sabe que ela ainda não se recuperou.

- Você está linda.

- E sua careca brilhando – Nelly abriu um sorriso – Fala aí Capitão, onde temos de ir? Qual a missão?

- A missão é extremamente simples Mi, vamos jantar com o prefeito Asklier, estou indo como representante de uma grande empresa de construção que o governo quer fechar um acordo, o diretor Ras enviou lá da central que o grupo de terroristas podem estar querendo derrubar todos os prefeitos e políticos influentes.

- Ta mas o que isso tem a ver com o prefeito?

- Segundo um dos nossos informantes que trabalha próximo ao prefeito ele foi ameaçado pelos terroristas e pretende criar um prédio de autodefesa em volta de sua casa, Ras ao saber disso tomou o cuidado de orientar o nosso infiltrado para convencer o prefeito a contratar uma empresa chamada "Defesa".

- Essa não é aquela empresa que faz os prédios da EFEC?

- Exatamente, e iremos lá como representantes da empresa, por que para podermos iniciar uma obra pública precisamos saber de todo o porquê, claro que nossa meta é descobrir o que se passa.

- Você ainda não disse aonde temos que ir para jantar com o prefeito.

- Vai ser na casa dele, uma bem grande ao lado da prefeitura, ele está dando uma festa e pediu para os representantes irem até lá, ele acha que no meio de uma festa os assuntos fluem mais facilmente, Ras acha que existe uma pequena possibilidade de tentarem matar o cara envenenado e ele foi o único prefeito de toda marte que negou um guarda costas.

Milena acelerou um pouco mais, em cinco minutos chegariam rapidamente à casa do prefeito, Nelly disse que não precisariam de nomes falsos e que os documentos de identificação da empresa já tinham sido feitos por ele, Milena desacelerou o carro e estacionou em uma das vagas de estacionamento da prefeitura:

- A partir daqui começamos a encenar, você é minha esposa a alguns anos e trabalhamos juntos, eu sempre andei de muleta devido a uma má formação e nossa religião não permite esse tipo de cirurgia – Nelly então abriu a porta do carro e desceu demonstrando fazer esforço – Ras disse que um homem lá dentro nos entregara nossos armamentos apenas por precaução, então não leve nada.

Milena andou até Nelly deu a mão para ele e seguiram até um grande portão amarelado do outro lado da rua, a muleta de Nelly ia em sua mão esquerda, ao se aproximarem do portão um guarda pediu para eles pararem e se apresentarem, em pouco tempo já estavam dentro da casa do prefeito, nos jardins onde todos estavam. Os jardins eram compostos por muitas esculturas de grama, grandes personalidades da cidade de Tholus estavam na cidade e algumas de Elysium também estavam, Nelly e Milena seguiam em direção a uma mesa central onde estavam espalhados nela muitos alimentos, frutas e muitos pratos típicos de algumas cidades do norte da Terra. Nelly pegou um pequeno pedaço de pão e ofereceu a Milena que olhou para ele com cara feia, e então ambos se olharam por um pequeno instante quando foram chamados:

- Downelly e Milena? – Disse um rapaz alto de óculos escuros e vestindo um blazer azul escuro – Ras me deu a ordem de entregar-lhes um pequeno presente, vocês podem me seguir por favor?

Nelly e Milena seguiram o homem até dentro da casa, um saguão enorme estava abarrotado de gente tocando música eletrônica, o guarda os levou para uma sala pequeno atrás de um balcão e entrou sorrateiramente com eles e logo em seguida fechou a porta:

- Nely, atualização da missão, dois homens suspeitos foram contratados de última hora na cozinha para servirem ao prefeito, achamos que pode ser algumas pessoas por ordem dos terroristas – Deu aos dois uma pequena medicação - No entanto sem provas nada podemos fazer – O homem então abriu um armário que estava dentro da pequena sala e tirou de lá uma pistola vermelha e uma verde esmeralda e também duas facas prateadas, entregando uma para cada – Essas armas não são identificáveis e também não contém munições, vocês devem estar alertas o tempo todo.

- Posso perguntar uma coisa soldado? – Disse Milena recebendo a pistola verde e logo em seguida a faca – Quando é que vamos nos encontrar com o prefeito? Afinal, viemos para conversar com Asklier não é? O que vocês querem dele?

- A princípio querendo apenas confirmar essa história de que os terroristas querem matar os prefeitos, isso pode significar uma tentativa de golpe de estado, e o prefeito Asklier, é muito brincalhão, tem fama de falar mais do que deveria, principalmente nas festas, então se existe mesmo algum tipo de ameaça ou de uma eminente guerra ou coisa do gênero Asklier é o mais provável dos prefeitos a confirmar isso.

- E como e quando nós iremos conversar com o prefeito? – Nelly olhava apenas para a pistola.

O Soldado pressionou um pequeno brinco em sua orelha e desatou a falar "Os convidados do prefeito já chegaram, devo manda-los subir ou o prefeito vai descer?":

- Vamos eu vou leva-los até lá.

Nelly e Milena guardaram suas armas embaixo de suas roupa que tinha bolsos especiais e então seguiram o Soldado até o andar de cima passando mais uma vez pelo saguão abarrotado de gente dançando, ao subirem as escadas para o segundo andar deram de cara com um corredor bem iluminado como o de um hotel, e então um guarda que estava a uma porta do lado direito a alguns metros fez sinal para eles e abriu a porta, o soldado que estava a serviço do grupo de Nelly se despediu e desceu deixando eles com o guarda que os levou para uma sala com uma mesa de madeira no centro onde havia um homem de meia idade com cabelos apenas acima das orelhas e vestindo um roupão roxo e brilhante.

- Senhor Asklier é um prazer conhecer o senhor pessoalmente, eu sou Downelly Thompson e essa é minha esposa Milena Thompson, somos os representantes da "Defesa Ltda" Conversamos na semana passada se lembra?

- Claro, claro meu rapaz como iria me esquecer, estava ansiosíssimo para nosso encontro – Disse o homem com uma voz grossa e firme – E desculpe a minha falta de tato, mas minha família está em uma viagem de turismo no planeta natal dos Dracates – Disse olhando para Milena.

- Oras, isso não é problema senhor, viemos mesmo tratar de negócios e minha esposa só está junto de mim pois trabalhamos juntos.

- Antes de tratarmos de negócios Downelly, eu gostaria de antes de mais nada que entenda o nível do sigilo de nossa conversa, quanto devo oferecer a você e sua empresa pelo silêncio além do valor do trabalho? Uns dez milhões para você e mais dez para a empresa?

- O que é isso senhor Asklier? Nossa empresa não trabalha dessa maneira, se o senhor quer uma construção seja sigilosa nós não falaremos para ninguém seu real motivo ou interesse – Disse Milena – Além do mais, não estamos interessados em dinheiro de desvio de verba, isso pegaria mal se seu mandato for caçado algum dia.

- O que você está insinuando senhorita Thompson? Que sou corrupto? – Asklier pareceu profundamente ofendido e então abriu um leve sorriso de dentes tortos – Entendo sua linha de pensamento querida, mas não se preocupe com isso, já que não vamos contar uns os podres dos outros.

- O que quer dizer com isso? A Nossa empresa é completamente confiável – Respondeu Milena – Nunca fomos envolvidos nem acusados de nenhum tipo de corrupção!

- Mas vocês trabalham com os esquisitos da EFEC, e todos sabem que isso é proibido por lei trabalhar às escondidas para uma organização governamental sem prévia autorização do governo.

- Olha – Disse Nelly demonstrando certa falta de paciência – Vamos jogar aberto aqui Senhor Asklier, tanto nós como o senhor não estamos livres se der algum problema, mas para construir o prédio de autodefesa que o senhor quer tanto deve haver um motivo bem peculiar não acha?

- Sabem mesmo como negociar não é mesmo? Bom, vou abrir o jogo então, existe um grupo terrorista em marte chamados "Cavalos Vermelhos". São grupo de ladrões que vieram da terra quando começou a colonização e não conseguiram se sobrepor ao governo que foi implantado à época, eles juraram que um dia tomariam todo o poder.

- Isso está nos livros de história das escolas senhor Asklier, vai ter de ser mais astuto se quiser nos enganar – Disse Milena olhando para Nelly esperando um sorriso do companheiro que não aconteceu.

- Olha garota você gosta mesmo de encrenca, não é? Você...

- Asklier por favor prossiga – Disse Nelly olhando para Milena – Minha esposa não irá mais interrompe-lo.

- Espero que não, eu sei que a história está nos livros de história e parece mais um conto de fadas do que qualquer outra coisa, porém eles realmente se organizaram por anos e agora estão ameaçando todos os prefeitos de Marte, claro que a morte do prefeito de Peridier e do General do exército de Marte tem alguma coisa a ver com eles, não morre gente dessas patentes assim com tanta facilidade e além do mais, eles enviaram fotos das celebridades que estão desaparecendo, fotos delas sendo torturadas e depois mutiladas e nos ameaçam todos os dias, os outros prefeitos não acreditam que isso seja uma verdade, eles acham que é alguém sádico fazendo brincadeiras idiotas e ignoram, mais acreditem em mim, isso não tem nada de idiota, principalmente quando eles avisam que vão tomar todo o planeta no ano que vem.

Nelly olhou para cara de Milena que ainda estava com cara de quem não acreditara em uma única palavra do prefeito, Nelly já sentia algo diferente e digno de investigação, se eles existiam a tanto tempo embaixo de uma cidade por que outros não podiam fazer o mesmo? Pensou um pouco e então falou:

- Certo senhor Asklier, o projeto que enviamos para o senhor será iniciado assim que o senhor depositar o pagamento na conta da empresa que passei para o senhor em um outro dia.

- A que bom ouvir isso, vamos então, vamos jantar. Guardas avisem ao cozinheiro para trazerem nossa janta.

Em poucos minutos a mesa estava abarrotada de comida enquanto Nelly e Milena comiam e conversavam junto de Asklier, que vivia dizendo quanto sua esposa era linda e o quanto ele amava ser prefeito daquela cidade, aos poucos eles foram conhecendo o prefeito Asklier enquanto comiam e bebiam um bom vinho branco, ficaram por volta de uma hora até terminarem de jantar (O serviço era de primeira e muito educado, a comida maravilhosa, rapidamente Milena percebeu que nada estava fora do normal), então o prefeito pediu que servissem as sobremesas e novamente em poucos minutos a mesa estava cheia de bolos, doces e sorvetes:

- E então, me digam um pouco de vocês, são casados a quanto tempo?

- Recentemente, nos casamos após começarmos a trabalhar juntos – Disse Milena olhando para Nelly que estava de olhos arregalados.

- Que ótimo, devem ainda estar curtindo muito, mas isso muda quando os filhos chegam.

- Sabemos disso – Disse Nelly olhando dessa vez para Milena com uma cara de ternura – Temos uma filha pequena – Milena arregalou os olhos.

- O casamento de vocês é recente e já tem uma filha? – Asklier pareceu bem confuso e desapontado - E desculpem a minha falta de noção, mas parabéns Milena depois de uma gravidez e continuar com esse corpo, aposto que malha muito – Nelly sentiu-se enciumado e Milena riu – Qual o nome dela.

- Marcela – Disse Nelly ao mesmo tempo que Milena falava "Luciana".

- Malu é muito especial – Disse Milena rápido concertando a mancada dos dois – Desde o começo ela sempre representa o amor que eu tenho por esse homem – Milena sentiu-se quente e corada – Tanto amor que até os nomes nós escolhemos juntos e chegamos em um consenso!

Asklier achou maravilhosa a história do casal e então os convidou para descerem para a festa, logo depois de comerem a sobremesa, os três desceram rindo até chegaram lá embaixo onde o prefeito se despediu deles e foi curtir a festa com alguns amigos.

- Filhos Nelly? Depois dessa preciso beber!

- Luciana, sério mesmo?

- Acho que seria perfeito para uma menina filha de um careca e de uma loira – E virou uma taça de champanhe que estava em uma mesa – Vamos curtir e ir embora, faz quanto tempo que não íamos a uma festa?

- É você tem razão – vamos curtir.

Nelly e Milena beberam a noite toda enquanto dançavam juntos (Nelly dançava tão bem que a muleta não foi empecilho), estavam terrivelmente bêbados, quando se beijaram, talvez por força do destino ou por estarem tão bêbados que acharam mesmo que eram casados, se pegaram no meio do salão, Asklier viu de longe o casal e deu um sinal positivo para Nelly que retribuiu gritando algo parecido com "Salve o rei Asklier". Saíram então da festa de mãos dadas e seguiram até chegar ao carro de Milena, entraram:

- Bent, nos leve para casa – O carro ligou e seguiu para o Hotel onde Milena morava enquanto ela e Nelly se pegavam no banco do passageiro, o carro estacionou e os dois subiram de mão dadas e correram para o apartamento de Milena, ela o levou até seu quarto que era espelhado, lá Nelly começou a tirar o vestido de Milena deixando ela seminua enquanto beijava seu pescoço e passava a mão por todo seu corpo.

Capítulo treze
O dia seguinte

- Ah merda!

Nelly acordou nu ao lado de Milena com uma dor de cabeça horrível, e olhando para cima ele percebeu que o teto do quarto era espelhado como o seu. Ele conseguia ver a loira nua abraçada em seu corpo, ele lembrava de tudo e não sabia o que diria para Milena quando ela acordasse, para piorar a situação a P.D dela começou a tocar, ela pressionou o brinco e olhou para Nelly.

- Despertador, volta a dormir – Nelly? Ah merda!

- Milena olha o que aconteceu ontem a noite foi...

- Olha não se preocupa com isso, droga eu pensei que tava sonhando – E colocou a mão na testa – Que dor de cabeça horrível.

- Eu te amo!

Milena olhou para Nelly com cara de espanto e então percebeu que estava com a cabeça no peito dele e olhava diretamente para onde devia ter uma cueca, mas não havia:

- Nelly eu...

- Desculpa acho que não devia ter dito isso, não agora é que...

- Não, não é isso, é que eu sinto o mesmo.

- Como assim?

- Eu sinto o mesmo Nelly, acho que isso só aconteceu por que eu também sinto o que você sente

- Do que você ta falando?

- Puta merda Downelly, eu te amo cara, não seja... – Nelly fez uma "manobra" sobra a cama e beijou Milena que retribuiu da mesma forma intensa – Desde quando?

- Desde que te conheci acho, não sei bem ao certo.

- Então somos dois – Disse Milena com os olhos brilhando – Não querendo quebrar o clima Nelly, mas beijar assim que acorda depois de uma noite de bebedeira não é legal.

- Verdade, você ta com um puta bafo!

- Você ta fodido Downelly Thompson – Disse Milena se desvencilhando do abraço de Nelly dominando o ar e jogando esse ar na direção de Nelly – Quem você pensa que é pra falar um negócio desses para uma mulher?

- A sei lá, alguém que você ama muito? – E tentou saltar e sentiu dor na perna – AAAI!

Milena desceu até o chão e ajudou Nelly a se levantar, o levou até o banheiro e então disse:

- Você não está em condições de lutar, então se recupere e depois me enfrente – Nelly sorriu para sua companheira e apertou o bico de seu peito e tomou um tapa na cara – E não abusa da sorte – e sorriu – Amo você panaca.

Milena fechou a porta do banheiro e foi até seu armário atrás de um dos espelhos, colocou um roupão rosa e sentou-se na cama. Milena estava pensando no que aconteceu aquela noite, sentia-se muito feliz é claro, mas ao mesmo tempo queria que tivesse rolado de uma forma diferente, não foi nada romântico e nem próximo do que ela imaginava, ela sempre imaginou que um dia ela teria coragem de falar para ele o quanto o amava e que ele a abraçaria bem forte e diria o mesmo que sempre cuidaria dela, ela sempre soube que teria de dar o primeiro passo, Nelly era extremamente tímido e nunca escondeu isso de ninguém ainda mais quando o assunto se tratava de mulheres.

- Milena – Gritou Nelly lá do banheiro – Traz uma toalha pra mim por favor?

- O chuveiro tem um secador Nelly, só ativar ai no botão!

- E já estou seco, mas preciso sair do banheiro não é mesmo?

Milena sorriu, abriu seu armário e pegou uma toalha branca, olhou para o espelho e ainda se via toda descabelada, deu um belo sorriso, a quanto tempo ela não acordava assim, depois de uma noite de diversão?

- Você dorme nu comigo, acorda nu, luta nu e tem vergonha de sair nu do meu banheiro capitão? – Disse Milena com um ar de comédia – Pelo amor Nelly!

Nelly abriu a porta do banheiro e pôs apenas uma mão para fora, Milena aproximou-se e posicionou um de seus seios nas mãos de Nelly que rapidamente tirou a mão e fechou a porta.

- Milena olha, eu não sei se o que fizemos foi certo, não que eu esteja reclamando, você foi maravilhosa – Milena abriu um sorriso discreto enquanto ouvia Nelly falar atrás da porta – Sei lá, eu fico com medo que pense que eu só fiz isso por que estava bêbado e me aproveitei de você ou que penso que você é uma vadia ou coisa do gênero.

- Você pensa isso? – Milena compartilhava do mesmo medo, mesmo conhecendo Nelly, seu sentimento por ele não deixava ela raciocinar direito – Pensa que sou uma vadia ou coisa do gênero?

- Não, claro que não – Milena sentiu-se aliviada e encostou na porta enquanto Nelly tremia do outro lado – Só acho que as coisas não aconteceram como deveriam sabe, ou melhor eu não sei se você queria que acontecesse.

- E você queria que isso acontecesse? – Nelly ia abrindo a boca para responder, porém, Milena continuou antes dele – Eu e você, termos...algo?

Nelly estava de frente para o espelho que ficava na porta, era sua chance real de se abrir com Milena, de dizer o que sente por ela e nesse momento Nelly travou, era tudo tão fácil e ao mesmo tempo difícil, era agora ou agora e mesmo assim o medo do não travou Nelly por completo.

- Nelly você travou, não é? – Milena começou a rir e então abriu um pouco a porta e entregou a toalha rindo – Cara qual o seu problema? Você luta contra a polícia, invade prédios consegue se passar por meu marido como disfarce e não consegue me dizer se queria ou não que nós dois acontecesse?

- Eu sempre quis – Nelly abriu a porta e já estava com a toalha enrolada envolta de sua cintura – Eu só não tinha coragem, eu tenho medo de que você não aceite.

- Você é um idiota Nelly, mas tem razão em achar que eu não aceitaria, eu sempre achei que teria que eu mesmo te amarrar e obrigar a viver comigo

Nelly então abraçou Milena de maneira firme:

- Eu vou sempre te proteger, e te respeitar, e....

- Não me venha tratar como menininha sua anta, eu também sou um soldado seu panaca.

- Você não vai mudar seu jeito de agir comigo, não é?

- Você sabe que não, eu espero que você também não, gosto de você assim!

- Bom saber pirralha – Disse Nelly empurrando Milena para o lado e pegando suas roupas no chão – Aprendi amar essa mulher turrona, acho que não aguentaria viver com uma princesa.

- Idiota não me chama de pirralha – Nelly então deixou a toalha cair e fez com que Milena paralisasse, colocou uma roupa e então se virou para ela – Trouxa.

Nelly pegou do bolso uma pulseira e colocou-a em seu braço, ela brilhava e mostrava a data treze de agosto de dois mil, cento e noventa e nove, oito horas da manhã.

Capítulo Quatorze
Magia

Era claro que o que estava acontecendo na sala deixou todos meio perplexos, o pequeno Pio fazia com que faíscas saísse do copo eletrocutado por Faruk, ele sorria e então tentou uma manobra mais arriscada, mirou o copo em seu irmão e tentou jogar um raio na direção dele, o raio saiu do meio do copo, mas não chegou a atingir seu irmão, não teve força suficiente e se dissipou antes de chegar em Dean:

- Eu consegui – Pio então sentiu então um choque em seu braço – Ei eu pensei que agora era imune a choques elétricos – Disse indignado.

- Nada disso, você apenas conseguiu controlar a energia elétrica proveniente do copo em seu corpo, coisa que não é tão difícil fazer já que nosso próprio corpo tem condução elétrica que fazem o sistema nervoso funcionar!

- Isso que eu ia perguntar, energia elétrica geralmente tem a ver com íons e elétrons, não é? Teríamos que imaginar o que? Partículas de cobre? – Perguntou Lúcia para Faruk.

- Geralmente vocês verão mesmo a eletricidade através do cobre, porém conforme vocês evoluírem no controle da eletricidade vão aprender em um certo momento a gerar energia elétrica a partir do próprio corpo – Todos olhavam para Faruk espantados – Claro que isso vai demandar mais energia de vocês e que provavelmente apenas o pequeno Pio aqui consiga chegar a esse nível já que demonstrou uma afinidade com a eletricidade, mas não desistam, e vocês chegarão aonde desejam.

Dean estava agora com um copo vazio em mãos, não conseguia sentir nada, e também não conseguia ver nada, Albert conseguiu fazer com que um copo de água mexesse e depois joga-se água em sua própria cara fazendo todos na sala rirem, Pio falhava miseravelmente em mexer em outro copo com água, Naomi segurava um copo vazio quando seus cabelos foram jogados para trás como mágica:

- Eu consegui – Disse Naomi fechando as mãos e olhando para as irmãs que foram abraça-las – Eu não sei como, sei que vi umas bolinhas flutuando bem dentro do copo e aí pensei em joga-las para trás de mim e aí meus cabelos começaram a se mexer, foi o máximo.

O tempo passou, e Blanco conseguiu mexer um pouco de terra, Leia também conseguiu controlar a eletricidade, Rufus também mexeu terra enquanto Lúcia conseguiu bagunçar um pouco com vento, apenas Dean e Kelsea não estavam conseguindo, Kelsea olhava e se emburrecia cada vez mais, diferente de Dean que era extremamente paciente e apenas tentava sem dar nenhum tipo de reação enquanto que Kelsea parecia cada vez mais brava:

- Bom, algum de vocês não passaram pelo copo de fogo ainda? – Disse Faruk que teve como resposta os braços de Dean e Kelsea levantados – Ora Ora, logo os dois que não conseguiram nada até aqui? – Todos olharam para os dois, Kelsea sentia-se extremamente constrangida enquanto Dean nem se importava com a situação – Devo dizer a vocês que o fogo é diferente, o fogo é uma energia que libera luz e calor ao mesmo tempo, possível de criar do próprio corpo quando usamos ele de combustível para gerar o fogo, é o elemento mais difícil de se controlar e também o que mais tem gastos energéticos.

Dean se aproximou do copo com a chama e fixou seu olhar para a chama, ficou ali por alguns minutos deixando a sala entediada passou a mão no fogo, porém, nada que tentasse dava resultado e então desistiu, foi quando Kelsea ficou de frente para a pequena chama do copo, alguns segundos que ela se concentrou a chama reagiu. Kelsea se conectou com a chama assim que a viu, sentiu o calor e deixou que esse calor tomasse conta de seu corpo, ela passou a mão no fogo e não sentiu sua mão queimar, e então como se o fogo fosse uma bola de tênis ela tirou a chama do copo e aparou em sua mão, em seguida ela devolveu a chama para a cera dentro do copo e caiu para trás sendo aparada por Dean:

- Oras isso é magnifico! – Disse Faruk demonstrando uma excitação muito grande – Isso é algo realmente magnífico.

- Me desculpa professor – Disse Lúcia – Eu me lembro que os outros professores disseram que ter afinidade com fogo era coisa dos Dracates e que o ser humano nunca teve afinidade com o fogo!

- Você tem razão Lúcia, ou melhor tinha por que a senhorita Kelsea acaba de nos mostrar o contrário – Todos olharam para Kelsea nos braços de Dean que tentava se levantar – Garoto leva a menina para a enfermaria fica no quinto andar inferior, classe dispensada!

- Pio, Naomi e Leia, vão indo para a sala de artes das lutas – Disse Dean amparando Kelsea e saindo da sala com ela, ele olhou seu relógio que marcava dez horas da manhã, ele a levou até o elevador e esperou que todos os alunos entrassem, entrou com ela e pressionou para ir ao quinto andar.

Kelsea tinha aparência pálida, seu corpo estava frio e aos poucos esquentava, Dean a abraçou firme procurando passar seu calor para o corpo dela, rapidamente ele sentia que ela esquentava mais rápido, o elevador parou no quinto andar e a porta se abriu:

-Você viu mô? – Disse Kelsea se desvencilhando dos braços de Dean e saindo do elevador (enquanto Dean protestava e a segurava de novo) – Eu consegui controlar o fogo, foi uma sensação tão maravilhosa!

O corredor era bem iluminado e menor, continha apenas uma porta dupla à frente na cor azul com uma cruz vermelha entre as duas portas, Dean abriu as portas e deu de cara com uma pequena recepção, um balcão com uma televisão atrás e alguns bancos a frente do balcão, no fundo uma porta a direita marcada pediatria e outra à esquerda marcada consultórios:

- Posso ajudar? – Disse uma moça de cabelos curtos e avental branco que estava atrás do balcão mexendo em uma P.D.

- Moça, ela estava na aula do professor Faruk, somos novatos aqui – Começou Dean a falar quando foi interrompido.

- Ah, você é a garota do fogo? – Disse a mulher se levantando e fechando a P.D – Por favor queira me acompanhar? – Dean e Kelsea andaram até a porta de consultório junto da mulher – Desculpe garoto, só ela tem a consulta, aconselho que você siga para sua aula, assim que ela estiver em condições normais ela irá lhe encontrar tudo bem?

- Mas moça ela... – Dean tentou argumentar quando foi cortado outra vez.

- Ela vai ter uma consulta com uma doutora especializada nesse tipo de assunto, vai ter suas energias recuperadas e voltara para as aulas.

- Não se preocupe Dean, eu te mando mensagem assim que sair daqui tá bom?

Kelsea e a mulher entraram na sala enquanto Dean subiu pensativo para a sala de aula, não gostou nada de deixar Kelsea sozinha em um lugar em que eles mal conheciam, no entanto sabia que nada de mal aconteceria com ela, pelo menos era o que ele esperava. Enquanto isso Kelsea seguiu por um corredor cercado de salas e com muitas enfermeiras dentro delas, e muitas das salas estavam ocupadas. Um pouco mais a frente ela e a mulher chegaram a uma sala de espera:

- Kelsea não é? – Começou a mulher – Olha a Doutora Flora já já vai atende-la, não precisa ficar assustada nem nada, você será examinada para ver se não sofreu nenhum dano cerebral – Kelsea arregalou os olhos – Procedimento de rotina quando novos alunos conseguem dominar o fogo.

- A faz sentido, eu tinha lido isso no livro sobre o fogo, aliás eu li também que quando as pessoas controlam o fogo elas chegam a ficar alguns dias de cama, por que?

A porta no fundo dessa nova sala de espera se abriu e saiu de lá uma senhora, baixinha e de cabelo vermelho cor de fogo, usava um jaleco branco e por baixo uma roupa preta, seus cabelos ondulados chamavam toda atenção para si e seus olhos azuis penetrantes transformava o rosto da senhora extremamente aconchegante:

- Isso acontece por que o cérebro as vezes acaba utilizando mais energia do que o necessário para controlar o fogo e acaba precisando de muito tempo para se recuperar por completo, deixando o corpo em uma espécie de coma induzido – Disse a senhora de cabelos vermelhos – O que torna a senhorita algo extremamente raro em nossa espécie – A senhora indicou a porta a Kelsea e pediu para que ela entrasse, Kelsea adentrou ao consultório e se surpreendeu com o que viu lá dentro, não tinha nenhuma mesa nem nada, apenas dois Puffs em uma sala circular, a doutora ofereceu o puff com um gesto das mãos para Kelsea se sentar, o puff era extremamente macio e Kelsea se sentiu engolida pelo objeto, a doutora também, se sentou e observou Kelsea:

- Querida pode ficar tranquila, não vamos realizar nada que lhe constranja – Disse a doutora olhando todo o corpo de

Kelsea – O que aconteceu hoje naquela sala, não foi nada normal e temos de ser claros com a senhorita.

- Como assim não é normal? – Começou Kelsea desconfiada – A menina do balcão disse que era um procedimento padrão para quando se controla o fogo!

- Menina? Ah – A doutora riu e então prosseguiu – Você quer dizer a Androide22!

- Aquela menina era um androide? – Kelsea estava incrédula – Não tinha sido proibido construir robôs com aparência confundível com a de um ser humano?

- Kelsea, vamos ser amigas tudo bem? Vamos passar um bom tempo juntas devido ao que aconteceu hoje com você – Kelsea levantou as sobrancelhas demonstrando curiosidade – Aqui na EFEC qualquer que seja suas dúvidas sobre a nossa política e forma de agir pode me perguntar e eu a ajudarei a compreender.

- A senhora poderia então começar por me explicar por que aqui vocês parecem estar sobre a lei – O rosto de Kelsea exibiu um sorriso sínico – Começando pelos androides.

- A EFEC está sobre as leis por que ela é a antecessora de qualquer que seja a ameaça, descoberta ou algo que impactara a vida e a sobrevivência da raça humana em toda a galáxia, os androides você aprenderá a identificar com o tempo pelo modo de agir e falar deles, fazem parte de um estudo para serem armas de guerra e para fazer trabalhos futuros que ninguém vai se interessar, tentando gerar nos futuros humanos uma identidade e vontade com tal profissão, esses androides funcionam muito bem na área de trabalho, graças a eles a profissão de lixeiro não acabou!

- Você quer dizer que os androides já agem? E que eles combatem o fim de profissões? – Kelsea parecia confusa.

- Todos os robôs podem evoluir de um momento para o outro, por isso não podemos deixar que os humanos percam suas capacidades e informações para algumas profissões – Kelsea parecia perdida em seus pensamentos – Bom vamos ao que interessa, a senhorita é um caso muito raro na espécie humana, já que ninguém jamais teve afinidade com o fogo, não sabemos como proceder no seu caso e vamos acompanhar seu treinamento de perto.

- Mas como a androide disse que era procedimento padrão? Estou confusa sobre isso ainda, já vi algumas pessoas controlando o fogo por aqui hoje, então não sou a única.

- Você realmente não é a única, por isso o procedimento pra quem manipula o fogo é padrão, todos nós podemos manipular o fogo, porém, o fogo é um elemento no qual demanda muita energia e muita ação cerebral, como eu disse anteriormente, tem gente que demora muito tempo para a atuação cerebral possa voltar ao normal.

- Ainda não entendo por que eu sou especial já que todos podem controlar o fogo.

- Você é especial por ter afinidade com o fogo, na EFEC apenas uma pessoa passou do nível três de controle do fogo, e mesmo assim tem uma dificuldade gigantesca em controlar o nível quatro, geralmente as pessoas com afinidade podem controlar e levar seu elemento ao máximo da sua capacidade cerebral sem se comprometer, então, é esperado que você atinja o nível cinco e a partir daí podemos ter uma noção de como elevar os ensinamentos sobre o fogo para podermos melhorar o controle do fogo por quem não tem afinidade por ele.

Kelsea finalmente entendeu o que havia acontecido até ali e a importância daquilo tudo, um sorriso passou pelo seu rosto, e um peso pairou sobre seu cérebro, ela começou se sentir como se fosse uma pedra preciosa, apesar de ainda não saber exatamente o porquê. Ao lado do puff da doutora uma pequena fenda se abriu no chão e saiu alguns papeis impressos, ela os observou por um tempo e levantou a sobrancelha direita apenas mostrando uma excitação e extrema curiosidade:

- Você já pode voltar para suas aulas Kelsea, seus exames não deram nenhum tipo de alteração e mais, seu cérebro parece está a todo vapor!

- O que isso significa?

- Deve ser o por que seu cérebro tem afinidade com o fogo, não sabemos o que significa – A doutora pegou um dos papeis e entregou a Kelsea – Esse papel tem os horários das nossas consultas diárias, sempre das quatorze horas até as quinze, nosso androide já observou seus horários e esse é o único livre antes das dezoito.

- Por que não pode ser após as dezoito? – Kelsea coçou a testa – É alguma outra regra que não me foi dita? – Kelsea se levantou e suas pernas bambearam junto dela a doutora levantou e a amparou e disse alarmada.

- Quase me esqueci, preciso ajudar a suas correntes elétricas a acelerarem – E pondo as mãos sobre os ombros de Kelsea disparou pequenas cargas elétricas, Kelsea sentia como se tivesse tomando pequenos choques de quando se põe a mão em um registro de chuveiro com defeito e logo em seguida começou a sentir seu corpo se fortalecer como se tivesse acabado de dormir oito horas após um longo dia de exercícios.

- O que foi isso? Você me deu choques e eu estou bem e curada?

- Eu utilizei cargas elétricas do seu próprio corpo com meu cérebro para fazer com que seu organismo funcionasse mais rápido e você se recuperasse – A doutora abriu um sorriso com o espanto de Kelsea e então disse – Os antigos que conseguiam fazer isso eram chamados de magos brancos, eu prefiro chamar de medicina de suporte avançada.

Dean estava em uma sala de aula sentado no chão junto com seu irmão e suas cunhadas, o homem falava e falava sobre a história da EFEC, Dean se interessava muito por história, tanto que percebia que o que lia na internet era realmente verdade, seu irmão estava quase dormindo, tudo bem que a história era envolvente e interessante, mas a maneira que o professor baixinho de óculos escuros a explicava não trazia interesse nos mais novos como Pio e mesmo Dean não sentia interesse por estar preocupado com Kelsea, Naomi e Leia. A sala de repente ficou escura e ascendeu novamente, deixando ali os novatos confuso fazendo o professor explicar que esse era aviso de fim de aula e dispensou a sala. Dean se levantou e saiu da sala ouvindo Pio e as meninas reclamarem da aula muito chata que acabaram de ter e esperavam que as próximas fossem melhores, Dean abriu uma P.D onde Kelsea o avisava que os esperava para almoçar, aproveitou para ver sua grade de horários, eles teriam uma aula de artes marciais, e ficou imaginando o que poderia ser, pegaram o elevador e chegaram rapidamente ao térreo onde Kelsea os esperava em uma fila enorme e acenava para eles que foram em sua direção.

- Oi amor – Disse Kelsea esboçando seu lindo sorriso deixando Dean muito mais calmo – Antes que você me pergunte está tudo bem!

- O que aconteceu Kel? – Disse Naomi ainda preocupada com a irmã – Você desmaiou deixou a gente preocupada!

A fila finalmente andou quando as portas do refeitório se abriram, enquanto eles iam as mesas buscar suas refeições Kelsea contava o que havia acontecido, algumas pessoas em volta olhavam para ela e apontavam como se soubessem ou adivinhassem quem era ela, sentaram-se em uma mesa próxima a porta do refeitório e começaram a comer enquanto Kelsea contava o que a doutora fez utilizando o poder de controlar eletricidade. Pio abriu um sorriso imaginando-se usando o raio para curar alguém, Dean almoçava quieto, tentava não demonstrar insatisfação por não conseguir manipular nenhuma das cinco matérias, no entanto talvez em artes marciais ele se desse melhor e afinal de contas era apenas o primeiro dia. Dean terminou o almoço enquanto ouvia seu irmão falar da ansiedade para jogar vídeo game quando o dia terminasse, Leia e Naomi conversavam desdenhando da aula, não queriam aprender a lutar, Kelsea parecia ansiosa mas já estava ficando de saco cheio, de repente todos os olhares começaram a focar nela, eles se levantaram e começaram a caminhar para a saída:

    - Dean espera – Era Rufus correndo em sua direção – Eu não sei aonde é a aula de agora – Rufus olhou assustado para Kelsea por um tempo – Posso ir com vocês até lá?

    - Só se você não ficar olhando para minha namorada – Disse Dean tirando uma com a cara de Rufus que ficou vermelho, quase da cor do próprio cabelo – Claro que pode cara, relaxa.

    Eram quase uma hora da tarde e a aula começaria as duas da tarde, mesmo assim o grupo de Dean ia para a sala de Artes Marciais de maneira lenta, entraram no elevador que estranhamente não continha o andar da sala, Pio olhou um pouco e apertou um botão um pouco maior que os outros que tinha um desenho de um punho e o elevador iniciou sua caminhada:

    - O que você ta fazendo pirralho? – Disse Dean olhando para Pio com o rosto fechado – Vai nos pôr em encrenca mano!

- Claro que não cabeção, só pode ser a sala de lutas ué, deve ser um andar inteiro destinado pra isso – Disse Pio dando de ombros.

A surpresa foi enorme quando o elevador desceu abaixo ainda das salas que eram visíveis (uns vinte andares) e parou em uma área com uma recepção, a porta do elevador se abriu e eles estavam em uma sala quadrada ao meio que era aonde os elevadores ficavam, várias escadas davam acessos a diversas salas, uma mulher estava sentada em um canto da grande sala, a loira sorriu para o grupinho e fez um sinal com as mãos para se aproximarem.

- Primeira vez na EFEC certo? – Disse a moça com uma voz suave – Eu sou a Androide45 e a reconheci assim que a vi senhorita Kelsea – Todos ficaram muito surpresos por estarem falando com um androide e nem desconfiarem, mais surpresos ainda por Kelsea ser reconhecida e não estar surpresa – Vocês chegaram bem cedo, querem que eu ensine a vocês como funciona nossos andares de lutas?

É – Todos disseram ao mesmo tempo causando um riso na turma, até mesmo no androide.

O androide andou até uma das janelas, de onde todos puderam ver diversos tatames "flutuando" e também era possível ver entre as salas o céu em algumas partes com nuvens outras limpo.

- Os andares de lutas funcionam de maneira bem simples, elas não têm elevador e sim escadas que levam para cada tatame, nossos tatames são ajustáveis para todas as artes marciais conhecidas pelos seres humanos, vocês saberão qual sala deverão ir ao pressionar seus polegares no painel – E apontou a painéis que estavam bem à frente de cada elevador, sustentado por um pé de ferro – Ao saber de suas salas, as escadas estão marcadas por uma pequena plaquinha – E apontou para uma plaquinha amarela com letras pretas – Cada escada se divide em quatro que leva a quatro salas diferentes, aqui na recepção temos oito escadas e cada uma delas levam a quatro salas diferentes, se quiserem utilizar uma sala é só reservar e vir no horário reservado.

Dean andou até o painel e pressionou o painel um pequeno holograma flutuou contendo os dizeres "Sala 28", todos fizeram e receberam o mesmo holograma, e seguiram para uma escada na extremidade contrária que indicava a Sala28, ao começaram a descer as escadas todos ficaram extremamente surpresos, a escada tinha paredes de vidro, era possível ver o céu, de dentro o chão das escadas era ligeiramente transparente e dava uma sensação de liberdade, ao chegarem na sala destinada a surpresa foi maior ainda, o tatame era enorme e podia ser dividido em vários, do tamanho de um campo de futebol o tatame ainda parecia estar flutuando já que suas paredes eram feitas de vidro, com insulfilm mais ainda sim com vidro:

- Caraca Dean que lugar legal! – Pio estava correndo no tatame – Se eu pular e tirar foto vão falar que eu to voando.

Dean estava parado no lugar de mãos dadas com Kelsea, ele sentia que ela se agarrava cada vez mais a ele e suas irmãs já estavam abraçadas.

- Meu, que medo – Disse Kelsea olhando para as janelas – Mas é lindo.

- Agora entendo o que a Helen quis dizer quando falava que amava treinar luta por que se sentia no céu – Gritou Pio lá do outro lado do tatame.

- Sério que ela falou isso? – Disse Naomi se desgrudando da irmã e arriscando alguns passos no tatame – Nossa Leia é macio, sem sapato deve ser maravilhoso!

Rufus estava olhando de uma janela tentando ver algo abaixo da sala, parecia desapontado, Dean e Kelsea se sentaram no tatame e tiraram o sapato, Dean acarinhou os cabelos de Kelsea que logo em seguida deitou-se em seu colo, Rufus se aproximou deles e começou a contar coisas de sua infância, Naomi, Leia e Pio brincavam de correr uns atrás dos outros, o tempo passou e de repente um homem de estatura baixa, asiático com cabelos oleosos e brancos entrou na sala, barba longa e olhos verdes, usava um quimono verde com a letra S no meio, todos olharam para ele e pararam o que estavam fazendo:

    - Por favor todos, deixem seus pés nus e saiam do tatame, por favor!

Capítulo Quinze
Um ano em uma hora

Dean foi o último a entrar no tatame, em sinal fez um comprimento como uma vênia de respeito e pisou com o pé direito, o professor havia explicado minutos antes a importância do tatame para os praticantes das artes marciais em geral.

- Agora que já entraram adequadamente no tatame e entendem um pouco de artes marciais vou me apresentar para vocês – O velho tinha uma voz rouca e falava muito devagar – Sou o general de Artes Marciais da EFEC e professor coordenador da matéria que estão aqui agora, Gael Nakamura, sou japonês e sou o responsável por fazer com que as aulas e treinamentos das artes aplicadas na EFEC sejam eficientes e muito mais rápidas do que a maneira comum de como são ensinadas.

O professor deu uma pequena aula de história sobre a criação das artes, de maneira rápida passando por cada continente.

- Devo alerta-los que nosso treinamento é diferente de tudo que já fizeram em suas vidas, os mais velhos vão aprender os fundamentos, histórias e filosofias dessas lutas em cerca de dezesseis dias – Disse Gael olhando nos olhos de Rufus que parecia assustado – Os mais novos vencerão o déficit de aprendizado de acordo com suas respectivas classes, sendo o garoto – Olhou em uma pequena P.D que estava em seu braço – Pio em oito dias e então ira rumar para aulas da grade normal e a mesma coisa a garota mais velha Leia, enquanto a mais nova Naomi precisará de apenas seis dias.

- Desculpe a minha intromissão professor Gael, mas eu já pratiquei lutas na escola quando era mais nova, e bom demora muito mais do que um ano para que possamos realmente saber tudo de uma Arte Marcial específica – Kelsea tinha os olhos meio fechados em demonstração de dúvida – Como isso é possível?

Dean e Rufus se entreolharam e ergueram as sobrancelhas, a capacidade de fazer pergunta de Kelsea sempre os surpreendiam. Gael pôs uma das mãos em um bolso e tirou seis pequenos objetos que se pareciam com pontas de canetas esferográficas, porém, mais finas.

- Esses chips respondem a sua pergunta senhorita do fogo.

"Poxa todo mundo já sabe?" Pensou Kelsea.

- Eles servem para fazer o nosso cérebro acelerar de uma maneira que tudo que fazermos e aprendermos e estudarmos seja automaticamente fixado, por exemplo, se a senhorita não sabe fazer um mortal, utilizar esse chip em seu cérebro e eu demonstrar como fazer esse mortal, você logo em seguida consegue realizar o movimento de maneira perfeitamente igual eu fiz.

- Mas mesmo que eu consiga realizar isso não me faz um gênio do movimento, claro que é difícil, no entanto não é algo tão incomum – Falou Rufus.

- Imagina isso por uma hora? – Todos se espantaram – O chip funciona uma hora sem interrupções, e temos uma máquina que embernam vocês por uma hora e te passam treinamentos derivados de um ano inteiro de diversas modalidades de artes marciais, uma tecnologia incrível que vocês conhecerão hoje na aula, no entanto essas pílulas servem para aperfeiçoar e aprender movimentos, a história e cultura e a filosofia de cada arte!

- Mas se vamos estar dormindo não vamos aprender nada, não é? – Pio estava coçando o queixo tentando entender.

- A máquina passara diversas imagens em suas mentes, filmes para ser mais exato, de aulas programadas pelos melhores professores que existiram, tanto na EFEC como no mundo todo, a máquina fará com que vocês estejam, presentes nas aulas, e logo em seguida a uma hora, conseguirão executar os movimentos com sucesso.

Todos na sala estavam no mais absoluto silêncio, o professor andava de um lado para o outro com ambas as mãos para trás, ele tirou de seu bolso uma caneta, tirou a tampa e começou a escrever no ar, a ponta da caneta deixava um rastro laranja e chamativo no ar que permanecia como se fosse uma lousa, ele escreveu algumas modalidades no ar, "Kung Fu" "Karatê" "Capoeira" "Krav Maga":

- Essas quatro modalidades de Artes Marciais são obrigatórias na EFEC, todos os estudantes, soldados e agregados da EFEC sabem tudo dessas artes marciais. Lutar, suas filosofias e suas histórias, geralmente em um ano de EFEC elas são concluídas para que os estudantes possam focar em outras artes de luta.

O silêncio era mortal, ninguém falava um A, o professor abriu um leve sorriso e então com um leve passar de mãos ele apagou as quatro modalidades e começou a escrever de novo "Katana" "Kunai" "Shuriken" "Broadsword" "Wakizashi"

- A mesma coisa ocorre com essas armas brancas, são extremamente importantes para o desenvolvimento tanto muscular como para combate de curta distância, e para o complemento das artes, as mulheres não usam Broadsword e os homens não usam Wakizashi no sentido obrigatório, mas podem aprender como extracurricular.

Ele apagou novamente o nome das espadas e começou a escrever novamente, Dean que estava estranhando (apesar de estar gostando) que com toda tecnologia disponível a EFEC usasse espadas, deixou a estranheza um pouco de lado quando leu o que o professor escreveu "Pistola" "Espingarda" "Rifle de assalto" "Rifle de precisão":

- As armas de fogo que vocês terão porte após concluir como usa-las, elas têm duas modalidades, municiais puras e municiais vazias.

- Municiais vazias? – Perguntou Dean sem entender – Puras? Eu nem imaginava que existia esse tipo de munição.

- As munições puras são as munições naturais das armas, seja ela elétrica, pólvora, laser ou outro tipo de munição, já as munições vazias não são munições, é o controle sobre as matérias utilizando as armas para disparar, o que vai ser algo legal de se ver a menina de fogo fazer.

- Desculpa senhor eu ainda não sei controlar o fogo, estou tão surpresa quanto todos aqui – Disse Kelsea impaciente.

O professor deu um leve sorriso e entregou para cada um o pequeno microchip, logo em seguida abriu uma P.D e deixou ela em tamanho gigante, comparada a uma tela de cinema, um vídeo começou a ser executado de uma maneira bisonhamente rápida, era possível ver borrões de cenas, e então Gael parou a execução e a imagem mostrava pessoas com Quimonos, Pio pareceu achar aquilo engraçado apesar de não ter entendido nada. Gael tirou de seu bolso pequenas capsulas que pareciam pequenas pilhas e as entregou aos presentes na sala:

- Essas são as capsulas da máquina aceleradora cerebral, vocês usarão em diversas aulas de diversos professores, é só apertar o botão na parte de cima – Ele pressionou o pequeno botão e deixou a capsula no chão, ela se desdobrou como se fosse um papel algumas vezes e começou a tomar formato até ficar parecida com uma cadeira de dentista com um capacete transparente – Por no chão e voilá, aí está a máquina.

Essa aula deixava cada vez mais Leia e Naomi espantadas e ansiosas, eram tecnologias que não conheciam ainda, assim como Rufus, Dean e Kelsea, parecia algo saído de um desenho animado, Dean não conseguia entender como uma cadeira estava dentro de uma pequena "pilha", todos fizeram e as cadeiras apareceram e sentaram-se nelas e diziam como eram confortáveis, logo em seguida Gael deu ordem para que eles colocassem o chip dentro de uma das orelhas como se fosse um cotonete para logo em seguida mandar que eles descessem os capacetes das cadeiras sobre suas cabeças. Logo que Dean fez isso ele viu Gael mexer novamente na P.D que reiniciou o vídeo que estava na outra P.D e então caiu em um sono profundo.

Dean parecia estar em um sonho real, ele fazia aulas de Kung Fu, vestia um quimono branco, fazia diversos movimentos e ouvia muito seu professor falar, ele falava muito rápido, mais Dean entendia tudo claramente sobre a filosofia e a história, seu cérebro parecia estar em chamas e alerta de uma maneira extremamente especial, tudo que o professor falava fixava-se diretamente em sua área cerebral da memória, estava tudo tão rápido e divertido que ele nem reparou no mês que passou, e cada vez mais ficava mais divertido e mais interessante, o Budismo tinha ensinamentos maravilhosos, Dean conseguia ver a beleza dos ensinamentos de Deus apesar de ele não ser budista, Bodidharma era uma lenda interessante, o nascimento do Wushu depois de domínio da arte na China segundo o professor foi diversificada em famílias formando várias áreas e estilos, Dean percebeu que sua faixa era a laranja e seu professor o elogiava por ele ser um atleta diferenciado no aprendizado e na prática.

Dean acordou sonolento, ele estava deitado na cadeira de dentista que havia recebido de presente a um ano atrás na EFEC, ele olhou o relógio no pulso e se tocou que se passou apenas uma hora, ele olhou para o lado e viu seu irmão acordando, era incrível como ele sentiu-se passar um ano todo, estava feliz, ele se levantou da cadeira e andou em direção de Pio, conhecendo bem o irmão sabia que ele atacaria, o que realmente aconteceu, o irmão utilizou o golpe garra de águia e Dean se desviou como um bêbado, ele não acreditava no que havia acabado de acontecer. Ele e seu irmão se moviam como lutadores de Wushu, as meninas acordavam de suas máquinas e também se moviam com certa facilidade, e riam e se surpreendiam do que agora eram capazes de fazerem.

- Muito bom isso cara – Disse Dean enquanto se desviava de seu irmão de maneira exímia – Pena que achei isso meio infantil, digo as aulas foram sei lá lúdicas.

- Claro que foram Silva – Disse Gael que estava descendo as escadas e entrando no tatame – Que eu me lembre, você estava em educação física na Universidade na Lua não? Deveria saber que crianças mais novas como seu irmão e as irmãs da senhorita Santos aprendem melhor assim e as vezes até vocês aprendem melhor assim.

Dean sentiu-se mal pelos reais argumentos do professor, gostava muito da educação física e sempre pensou em trabalhar da melhor maneira possível seja lá qual faixa etária ele trabalhasse e o professor tinha total razão em seu argumento.

- Mas se adiantamos um ano em aprendizagem quer dizer que eles aqui terão que em certo momento entrar no auto nível e abandonar o método lúdico? – Perguntou Kelsea focada na importância do lúdico para as crianças – Digo você disse que eles precisarão de oito dias, isso darão oito anos no Kung-Fu não?

- Na verdade senhorita Santos, eles farão dois anos de cada luta principal, para juntarem-se a sua idade natural e seguir o método tradicional até chegarem em seus dezoito anos aonde começarão a utilizar esse método para atingir um patamar conhecido como pré-perfeição, sendo essa a perfeição dos movimentos para a modalidade, história e filosofia enquanto que a única diferença entre eles será puramente de habilidades.

- E como nós faremos essa recuperação em apenas dezesseis dias? – Disse Dean percebendo que em dezesseis dias de duas modalidades pudesse fazer sentido, mais para quatro era muito pouco.

- Os chips podem ser usados duas vezes no mesmo dia – E então se virou para os pequenos – Para quem tem mais de dezesseis anos é lógico, então vocês que são menores podem subir que na recepção um homem chamado Daniel está esperando vocês para ensinar o caminho para a próxima aula – Pio olhou para Dean que fez sinal para que ele subisse – Não esquece a cadeira garoto – E apertou um botão embaixo da cadeira e ela se dobrou até virar novamente a pequena capsula, as meninas repetiram o gesto, esperaram a cadeira se dobrar e então saíram subindo as escadas olhando desconfiadas para a sala – Enquanto que vocês irão entrar em uma viagem agora pelo Krav Maga, arte de defesa corporal Israelita que surgiu no anos 1940 – Disse o professor entregando novamente o chip para Rufus, Kelsea e Dean – Caso estejam se perguntando onde está o outro chip ele foi absorvido pelo cérebro tornando-se liquido cerebral o que ajuda no aguçamento da memória.

Gael mexeu novamente na P.D gigante enquanto os três se posicionavam na cadeira para iniciar a sessão, Gael ordenou que colocassem o chip e descessem o capacete da cadeira, Dean sentiu a sonolência bater de novo, sentiu seus olhos perderem o foco e então adormeceu.

Magicamente ele estava lá, na aula de Krav Maga aquele tempo passava lento e logo ele esqueceu que estava na máquina, o professor fala da história que se iniciava no meio do perigoso conflito dos anos 1940 pelas mãos de Imi Lichtenfeld para ajudar na sobrevivência das pessoas, o professor disse que isso ajudaria na proteção contra pessoas armadas, ataques terroristas e até situação com reféns, aos poucos a filosofia foi aparecendo, mostrando a Dean ideias e sentimentos, gerando uma auto competição para se conseguir na vida as coisas por seu próprio mérito, ao iniciar os treinamentos Dean sentia a necessidade de cada vez mais se superar, ele já tinha isso, mais no Krav Maga isso se acentuava muito. Dean estava aprendendo a se defender de diversas maneiras, aos poucos as aulas pediam cada vez mais de Dean, coragem, equilíbrio emocional para controlar o medo, paciência para saber os momentos certos, não só para a arte mais para a vida e o respeito seja de si próprio ou dos outros. Aos poucos foram introduzidos elementos do mundo real nas aulas, assaltos e violência gratuita e como se defender e contra-atacar, o que deixava os movimentos rápidos e curtos.

Dean acordou sentiu-se com os músculos mais fortes, porém sentia-se cansado, levantou-se e procurou andar até onde estava Kelsea que também se levantava, ele notou que tinha algo em suas costas e aplicou um golpe ainda com alguns erros de movimento deixando ainda a arma virada para seu corpo, mesmo assim ele conseguiu desarmar o que ele percebeu ser um robô, ele então notou que Gael mandou diversos robôs e alertou Kelsea e Rufus, eles seguiram uma hora desarmando e contra golpeando alguns robôs, utilizando muito do aprendido em aulas. Gael então deu ordem para os robôs que se posicionaram em um canto da sala e se tornaram pedaços do tatame, Dean sentiu-se socado na boca do estomago.

- Muito bom por hoje, vocês estão liberados, todos os dias nos veremos, de manhã a partir das dez horas vocês podem vir junto com os pequenos – Dizia Gael enquanto desmontavam as cadeiras e as recolhiam em seus bolsos – E de tarde as dezesseis horas iniciamos a segunda aula, venham sempre preparados certo?

Dean saiu do tatame e começou a vestir seu tênis, quando reparou que seu relógio piscava avisando que tinha uma mensagem não lida, ele olhou para Kelsea que abriu um sorriso e já estava respondendo a uma P.D, Dean abriu e então a sua e não resistiu e riu alto.

"Dean, eu pensi que tava livre da escola, acredita que das duas as sete eu vou ter aula normal? Poxa, eu odeio matemática, que inveja de vc, ate dpois."

Dean abraçou Kelsea e começaram a subir as escadas juntos com Rufus, eles discutiam as filosofias e os golpes e diferenças e semelhanças entre as lutas, aos poucos eles iam percebendo que as filosofias iam mudando seu jeito de pensar, nada político nem religioso, mais de ação e principalmente o entender e respeitar, Dean mesmo sentia-se muito mais paciente, e ao mesmo tempo com muita vontade de se superar " Amanhã vou manipular os cinco clementos"

Capítulo Dezesseis
Conhecimento

Dean acordou sentindo-se cansado, sua P.D tremia avisando que ele teria novamente ir para uma aula, ele continuou mexendo na P.D, essas semanas ele teria apenas aulas de lutas, manipulação de matéria, história e uma ainda que ele não teve que era a de profissões. Dean ficou se imaginando o que poderia ser essa matéria, ele não teria junto com os mais novos, seria uma classe provavelmente com Kelsea e Rufus apenas, talvez ele se encontrasse com os outros dois novatos, mas eles já estavam terminando a preparação para ingressão na grade normal da EFEC. O despertador de Rufus tocou, uma música eletrônica da atualidade, com muitos exageros tendo duas baterias na música, Rufus acordou num pulo como se tivesse tomado um susto, Pio acordou junto já que ao levantar Rufus chutou o pé da cama e soltou um palavrão em russo, acontecia as vezes mesmo o idioma Cethriuxs oficial sendo o português.

Os meninos saíram do quarto depois da rotina de higiene e trocas de roupas e seguiram para o refeitório, lá como de costume encontraram as meninas, aos poucos eles iam percebendo que Rufus era um grande palhaço, vivia fazendo piadinha com tudo ao redor.

- Dando sequência na aula de ontem – Disse Faruk na sala – Vocês têm copos aos quais vocês tem afinidades, com exceção de Dean que ainda tem os cinco copos na mesa e deve tentar se conectar com alguma das cinco partículas – Dean sentia-se um pouco deslocado – Antes disso, porém, vou ensinar a vocês como funciona o gasto energético corporal e neural que envolve o controle de partículas.

"As partículas são divididas em cinco níveis, muitas delas muito difícil de se atingir, todos os seres humanos têm inato o controle básico sobre essas partículas, basta que tenham conhecimento de como controla-las. O nível dois é adquirido por todos após muito treinamento, geralmente se demora em média oito anos, depende de cada pessoa, de cada afinidade e de cada elemento, o nível três é conseguido geralmente por tenentes e capitães EFEC, demora em média vinte e sete anos após o domínio do nível dois para se conseguir, e é onde geralmente todas as pessoas param, o nível quatro geralmente só é acessado o controle da partícula na qual se tem afinidade, em média trinta e quatro anos depois do controle total do nível três, algumas poucas pessoas conseguem dominar mais de uma matéria no nível quatro, geralmente os mais idosos conseguem atingir o nível quatro com mais de uma matéria dominada, os idosos e os diferenciados. O nível cinco já é algo a parte, poucas pessoas no universo as conseguem, os odoygartianos tem cerca de quatrocentos deles que conseguem atingir o nível cinco, a maioria é idosa e mesmo assim só chegaram no nível cinco com a matéria de afinidade, os analtilus tem cerca de cinquenta ou cem, assim como nós seres humanos, no mesmo estado dos odygartas, Kamen é o único que atingiu o nível cinco com menos de cinquenta anos e mesmo assim apenas com a matéria de maior afinidade dele que é a Água, em média são mais cinquenta e oito anos após o domínio do nível quatro"

A aula seguiu normal, o exercício era simples, eles tinham que dominar seu elemento sem parar o máximo de tempo possível, Kelsea era sempre a mais observada pelo professor, ela sempre fazia do fogo uma pequena esfera, não conseguia segura-lo por um minuto e se cansava, e tentava novamente, Pio e Leia tentavam cada um manter uma pequena lâmpada acesa o maior tempo possível, Blanco e Rufus ficavam jogando uma esfera de terra um para o outro sem encostar nela, apenas batendo o pé no chão, Naomi e Lucia tentavam fazer cada uma com que uma bola flutuasse por mais tempo, Dean ainda não conseguia nada, e mesmo assim estava bem calmo, ele não sabia dizer o porquê. O tempo passou com Faruk dando diversas dicas a Dean todas sem sucesso, os outros na sala tiveram uma melhora significativa do controle de suas partículas, tanto que foram liberados a treinar fora da sala desde que seguissem as regras da nave mãe.

Dean seguiu para sua aula de luta junto com Kelsea e Rufus, enquanto os mais novos seguiram para conhecerem suas salas e seus companheiros da grade normal, Naomi ia para a mesma sala de Helen. Chegando lá Gael os entregou o costumeiro chip, e os anunciou que as aulas da manhã eram de duas lutas diferentes, e que como apresentação seria as duas de uma vez, as cadeiras foram montadas a P.D montada e o chip implantado.

Dean estava na rua ouvia o mestre falando, a história de uma luta que teve sua origem em diversos lugares mais tomou mesmo forma no Brasil, a capoeira tinha origem nos escravos africanos e foi se consolidando na parte pobre e nos morros do Brasil, o mestre ensinou então o gingado, as aulas passavam rápido enquanto o professor falava da filosofia de respeito e a formação de valores humanos e éticos, na liberdade e na socialização através do trabalho que valorizam a cultura do povo, a capoeira ensinava o valor do caráter do praticante e no seu auto valor, aos poucos ele foi aprendendo golpes e esquivas, uma luta muito acrobática que utiliza muito das pernas e pés, aos poucos o mestre ensinava os movimentos mais complexos e ágeis, Dean não acertava seus companheiros na maioria das vezes, a luta lembrava muito mesmo uma dança.

Dean acordou e ouvia ao fundo um som de berimbau ele Rufus e Kelsea começaram a movimentar-se, por apenas cinco minutos já que Gael parou com o berimbau e pediu que eles se posicionassem de novo na cadeira, entregou-lhes o chip e novamente Dean sentiu o sono o levar para outro lugar.

Dean estava em um tatame rodeado por bonsais, o mestre falava aos caratecas a história do caratê, a artes de mãos vazias tinha sua história pautada nas mãos de grandes mestres, não se sabe quando foi criada ao certo, o mestre disse que a sistematização da arte foi no Japão no século XV, nos dias que seguiram, os gritos e golpes em equilíbrio eram ensinados assim como a autodisciplina, atitude positiva e propósitos de elevada moral, Dean conseguia perceber que sua respiração estava cada vez melhor a cada treino que ele realizava, se sentia mais equilibrado e mais preparado para agir conforme as dificuldades criadas, seu equilíbrio não era só corporal mas também mental, sentia uma leveza que jamais sentira, cada golpe seguido de um grito era libertador, o ano passava cada vez mais rápido e Dean ficava cada vez melhor, o mestre estava surpreso com a evolução de Dean, quando ele acordou.

O tempo foi passando, eles foram almoçar, Dean tinha tempo livre para treinar até as quatro da tarde, Rufus sumiu depois do almoço e Dean não viu mais seu irmão e as irmãs de Kelsea, Dean passou até as duas da tarde junto com Kelsea tentando ajudar ele a controlar alguma matéria, o resultado foi assombroso, ele ainda não conseguiu manipular nada, enquanto Kelsea descobriu que já conseguia manipular água. As duas da tarde Kelsea seguiu para o consultório da doutora Flora e Dean resolveu descer para os tatames e treinar movimentos das aulas aprendidas recentemente. As quatro da tarde lá estava Kelsea enquanto Dean pingava suor de tanto treinar, Rufus chegou correndo poucos minutos depois de Gael e teve que pagar algumas flexões, nada que o Russo não fizesse sem dificuldades. O tempo passou assim, uma, duas semanas e Dean ainda não conseguia controlar nenhuma matéria, enquanto que todos os outros já conseguiam o básico das cinco, até mesmo o fogo o pequeno Pio conseguia controlar por um período de tempo, todos conseguiam, porém nenhum deles conseguia controlar tanto o fogo quanto Kelsea que já conseguia por mais tempo e uma quantidade maior. Pio, Leia e Naomi foram submetidos a testes e passaram sem nenhuma dificuldade e se integraram oficialmente nas grades normais de ensino da EFEC e não teria mais aulas com Rufus, Dean e Kelsea. As aulas de profissões substituíram as aulas de história, e eram tão chatas quanto, no final dela eles teriam que escolher qual área EFEC seguiriam, Dean já sabia que queria ser soldado, mais como não conseguia manipular nada já pensava em uma segunda área que era a de ensinar lutas aos mais novos, enquanto que Kelsea estava entre ser médica do exército ou pesquisadora na área do fogo, Rufus que a cada dia que se passava tornava-se mais amigo de Dean não sábia o que queria ser, apesar de demonstrar interesse em ser um soldado.

As aulas de lutas estavam ficando extremamente especializadas, Blanco e Lucia agora faziam parte das aulas, e elas envolviam sempre combates, todos já usavam os movimentos das lutas misturados com a manipulação de matérias, jogando água, fogo, terra, eletricidade e ar a distância, Dean sempre se sobressaia mesmo sem nenhuma "magia", era extremamente ágil e utilizava-se bem da mistura das artes para enfrentar os oponentes, as aulas de educação física e sua prática de esporte ao longo de sua vida até ali misturadas com seu empenho levava a ele essa vantagem, as armas brancas foram introduzidas nas aulas a partir da terceira semana, e Dean começou a se sobressair mais ainda apesar dos outros alunos usarem "magia", sua habilidade de lutar impressionava Gael que o desafiou para lutar sem utilizar os elementos. Dean aceitou e a luta não durou muito, Gael imobilizou Dean usando golpes rápidos e misturados das quatro artes, e disse que mais algumas aulas e Dean estaria no nível técnico das artes igual a Gael e que a qualidade nos combates dependeria única e exclusivamente dele. Na quarta semana as armas de fogo foram introduzidas nas lutas, enquanto que nas aulas de manipulação de matéria era ensinado como controlar os elementos ao mesmo tempo e dessa vez com o uso do chip, para Dean a aula estava um porre, ele usava o chip e sua frustração aumentava muito, Rufus era a salvação de Dean fazia ele rir o dia inteiro e Kelsea fazia a vida do namorado a mais contente possível sempre que podia o beijava e tentava fazer cócegas em Dean, seu ponto fraco com Kelsea.

Eram dois chips por aula de manipulação, Dean estava ficando doido, Rufus e Kelsea sozinhos não conseguiam ajuda-lo, porém os tempos de vídeo game com Pio e treinos individuais no tatame ajudavam muito Dean a relaxar, as armas de fogo fizeram Dean ter um combate mais igual com Rufus que era muito bom no rifle automático. Dean ainda não conseguia entender por que todos eles conseguiam se desviar de balas e quando elas acertavam apesar de não serem reais os projeteis não os machucavam tanto quanto deveriam. E então chegou o último dia, o dia de testes, e a primeira notícia que Dean recebeu no dia era que se não conseguisse manipular as matérias (ao menos uma) teria de seguir por um caminho separado e não poderia seguir para ser soldado. O dia amanheceu chuvoso, o primeiro teste seria o de combates já que necessariamente não precisava saber "magia" para lutar, Dean soube que lutaria contra Kelsea no meio da bancada de oito generais, incluindo os governadores Donovan, Kamen e Brown (que apareceram espontaneamente), a diretora Alexandra também estava presente, Gael fazia parte da mesa, assim como Faruk, Flora e um homem baixinho de terno azul e careca que Dean não sabia quem era:

- Eu desafio todos de uma vez só, e quero a Kelsea como meu apoio.

- Desculpa senhor Silva, isso não é permitido – Disse Gael sentado à mesa – Você deve enfrentar o adversário que foi lhe atribuído.

- Eu me recuso, quero lutar com outra pessoa.

- Senhor Silva, não é? – Disse Donovan olhando para Dean com cara de repreensão – Você é o garoto que não conseguiu manipular nenhuma das matérias ainda, acha mesmo que consegue enfrentar todos eles sozinho?

- Desculpe senhor, não é que quero me mostrar, não quero enfrentar a Kelsea por que ela é minha namorada, não quero desferir golpes contra ela – Kelsea já ia abrindo a boca então Dean continuou – Não que eu vá ganhar dela, ou de todos, mais é que eu quero enfrenta-los também para mostrar para os senhores que mesmo que eu não consiga fazer as mágicas, eu posso ser um soldado.

A mesa se entreolhou, conversaram entre si por um minuto, Dean estava ali ao lado de Kelsea, segurava uma espada que ele havia recebido de Gael, uma Broadsword leve como uma Katana e tinha na cintura um cinto e preso a ele uma pistola branca. Kelsea estava com um Chakram nas mãos, arma essa que ela descobriu ter mais facilidade nas aulas de lutas, e na cintura também uma pistola:

- Certo, chamem os outros lutadores, vamos explicar como vai funcionar a luta – Disse Gael contrariado, um homem subiu as escadas do tatame e chamou Rufus, Lucia, Blanco e Albert entraram cada um deles portando sua arma, Rufus estava com um Rifle pendurado nas costas junto com uma Broadsword, Lucia e Blanco estavam ambos com uma espingarda em mãos, Dean lembrava que Lúcia era muito bom com a Kunai – Vocês quatro irão enfrentar o senhor Silva e a senhorita Santos, todos ao mesmo tempo, não são permitidos golpe na cabeça ou no pescoço com as armas, as roupas de vocês absorvem o impacto e evitam que os membros de vocês sejam cortados ou perfurados, mas transmitem a dor real do golpe sofrido, todas as formas de manipulação de matéria estão liberadas, vocês devem apresentar tudo que aprenderam nesse pouco tempo, aqui será avaliado a condição física e inteligência de vocês para entrar no exército e integrar a EFEC como um soldado, podendo fazer parte ou não das forças armadas que entra em combate e defendem a nossa raça.

Gael pressionou algo em sua P.D e a sala toda se modificou, em questão de segundos a sala virou uma área montanhosa, com pedras gigantes por todos os lados, um pequeno lago, e tochas espalhadas por todos os lados, algumas árvores, postes de luz e muita terra, Dean acelerou para trás de uma pedra puxando Kelsea, Gael deu um sinal de início e Dean puxou a pistola, Kelsea ficou atrás dele com a Pistola aposta, de repente Dean ouviu passos e logo em seguida a pedra começou a esquentar, ele saltou por cima da pedra e deu de cara com Lucia que jogava fogo de uma das tochas em direção a pedra, uma armadilha que fez Dean sair de trás da pedra e ser atacado pelas Shurikens de Blanco, Dean com um movimento rápido jogou a pistola para cima e sacou sua espada e derrubou algumas Shouriken e desviou-se de outras, olhando para trás ele viu Kelsea se desviar de um golpe de Lúcia e jogar fogo na direção dela que foi atingida e caiu. Dean sentiu um chute lhe acertar por traz, era Albert e logo atrás dele Rufus veio em alta velocidade, as espadas se bateram, Albert encurralava Dean junto com Rufus usando golpes rápidos de caratê, Dean se afastava para tentar escapar dos golpes, usava tudo que tinha conhecimento, já estava começando a se arrepender da escolha que fez, talvez ele realmente não fosse capaz de ingressar o exército da grande EFEC. Kelsea fez com o fogo um escudo para se proteger dos ataques de Blanco e Lucia, mas Lucia usava o ar para dissipar o fogo a frente de Kelsea enquanto que Blanco usava a terra para tentar apagar a chama, Kelsea já estava começando a fadigar, seus músculos entravam em ação e ela apagou a chama e começou a se esquivar e se defender usando o Chakram, enquanto que do outro lado Dean foi derrubado e saltou para trás se levantando o mais rápido possível, um jato de água veio em sua direção e ele foi atingido no rosto, logo em seguida ele sentiu um punho pesado acertar-lhe a barriga, sequencialmente uma pedrada foi acertada na sua cabeça.

Dean viu Kelsea se desvencilhar de alguns golpes e correr cambaleando em sua direção jogando fogo e água na direção de Rufus e Albert, Blanco fez a terra que estava abaixo de Kelsea se despedaçar e ela caiu, Dean tentou levantar e Rufus o acerto com um chute na barriga e o jogou alguns metros de distância fazendo ele bater a cabeça em um poste de ferro que estava ali. Dean sentiu algo estranho e olhou na direção de Kelsea, ela tentava desviar dos golpes de Lucia sem sucesso, Rufus tentou acertar Dean com um golpe de espada em seu peito, Dean defendeu com a espada e então sentiu suas costas sofrer um choque e fez com que esse choque percorresse seu corpo na direção de Rufus, ele não sabia como tinha feito, só sabia que tinha feito. Ele então se levantou e jogou na direção de Albert algumas pedras que estavam próximas do garoto acertando sua cabeça e o derrubando, ele correu em direção de Kelsea que tentava usar a chama de uma tocha que estava próxima dela, ao atira-la na direção de Blanco a chama de repente ganhou uma força absurda, Kelsea se surpreendeu e ao olhar do lado viu Dean controlando a chama junto dela, Lucia jogou algumas Kunais em Dean que como mágica saiam de sua direção graças ao vento forte que estava em sua volta, Dean controlava os elementos sem nenhuma dificuldade, ele conseguia senti-los agora, e de repente ele se viu pisando em água, ele a colocou em volta de todo seu corpo e atacou Blanco, sua espada acertou a barriga dele e o derrubou, em seguida ele viu sua pistola no chão e a pegou. Ele atirou da pistola uma rajada de vento que jogou Lucia longe, Kelsea se levantou e Rufus tentou ataca-la, Rufus se surpreendeu quando Dean apareceu do seu lado e acertou-lhe um chute no estomago, Albert tentou ataca-lo no mesmo momento, e foi surpreendido por que Kelsea entendendo a situação passou por baixo do golpe de Dean e acertou a barriga dele fazendo ele cair para trás. Aos poucos o tatame foi voltando a aparecer e todos eles iam levantado, Dean olhou cm volta e viu as pessoas da mesa olhando para ele, ao olhar para o lado ele viu a mão de Rufus muito próxima de sua cara, o ruivo sorria e deu um abraço no amigo, Dean sentiu um peso sair de seu ombro e pairar em sua cabeça, estava realmente cansado, mais estava pronto para outra.

A mesa se reuniu enquanto Dean e Kelsea se abraçavam e começaram a conversar:

- Você conseguiu amor, conseguiu, controlou e todos de uma vez.

- Eu queria saber qual eu tenho afinidade – Disse Dean rindo – Nossa to muito cansado.

- Imagino que esteja mesmo, a doutora Flora me disse que quando se controla o fogo a primeira vez o cansaço é enorme, imagina você que fez tudo de uma vez.

- Rufus, você me deu muito trabalho mano – Disse Dean olhando para o amigo – Você bate muito forte.

- Oras amigão, o que você esperava de um russo? – Disse Rufus sentando ao lado de Dean – Lembra que eu congelei um cara de tanto bater nele?

- É verdade, mas você tem afinidade com a terra, não é? – Disse Kelsea franzindo a testa.

- Quando eu dobrei fogo a primeira vez eu perguntei isso para doutora Flora e ela disse que pode acontecer, não é raro.

Dean ficou pensativo, será que aquilo era só o acontecer? Mais ele tinha certeza que tinha controle do que estava fazendo, para não ter dúvidas ele se concentrou na terra onde estava sentado e ela se elevou abaixo dele na forma de um quadrado onde ele permaneceu sentado, Kelsea e Rufus o imitaram e então viu o outro trio conversando, eles se aproximavam por ordem de Gael e doutora Flora que foram os únicos que permaneceram na sala enquanto os outros subiam as escadas, Flora pôs sua mão sobre a cabeça de Dean, ele sentiu algo frio em sua cabeça e Flora fez sinal para que ele ouvisse:

- Parabéns pessoal, estão todos aprovados no quesito de controle de matérias e também de lutas, a bancada decidiu que estão aptos mesmo sem o teste de controle de matéria que foi bem observado nessa batalha, Blanco, Lucia e Albert foram classificados como estudantes B, Rufus e Kelsea estão classificados como S – Uma P.D surgiu da cabeça de Dean onde estava a mão de Flora, ela tirou a mão de Dean e checou a P.D e fez sinal positivo para Gael – Dean também está classificado como S, vocês três estudarão com a turma S e A que se prepara para o teste de campo que vai acontecer no final desse ano em algum lugar da África. Preciso que vocês me digam até segunda-feira qual profissão querem seguir, ao chegarem em seus quartos seus novos uniformes estarão disponíveis junto com uma carta oficial da EFEC, cada qual para seu respectivo nível, com direitos e deveres.

- Desculpe perguntar professor, mas eu queria saber se minhas irmãs já foram classificadas também – Kelsea parecia ansiosa.

- A sim, as pequenas senhoritas Santos foram classificadas como Z – Ao perceber que Dean ia falar Gael prosseguiu – A peste do senhorzinho Silva também foi classificado Z.

Capítulo Dezessete
Direitos, deveres e treinamentos

Faziam duas semanas que Nelly e Milena estavam saindo, haviam tido poucas missões nos últimos dias, Nelly e Milena se aproveitaram nos dias que passaram, já que trabalhavam juntos em um escritório monitorando ações de terroristas, que tiveram sua frequência de ocorrência bem baixa. Eles suspeitavam que poderia estar vindo algo grande por aí depois de descobrirem as ameaças sobre os governantes, um pequeno batalhão estava de prontidão desde que as ameaças começaram a acontecer, o sábado estava terminando, eram oito horas da noite quando Milena resolveu comentar de um e-mail:

- Olha isso Nelly – E jogou a P.D na direção dele que a aparou - Um garoto dominou os cinco elementos de uma vez, nem sabem qual deles ele tem afinidade.

- Nossa que loucura, deve ser um prodígio.

- Mais do que isso, ele é da turma da garota que tem afinidade com o fogo, olha, minha época na escola da EFEC não era assim não, era bem menos animada.

- Aposto que esse garoto e essa garota vão rapidinho para portes de comando, devem ser acima da média.

Eles ficaram mais um pouco na sala redonda e então desligaram tudo e saíram da sala, mais um dia de trabalho havia terminado.

Dean já dormia, Rufus jogava videogame com Pio no quarto, na cama de Dean uma carta estava ao seu lado aberta, Dean havia lido ela cerca de nove ou dez vezes, ele mal acreditava no que lia. A carta continha direitos e deveres de um EFEC oficial, Dean tinha lido a carta diversas vezes sem nem mesmo acreditar, havia mandado mensagem para Kelsea para saber se ela havia recebido a mesma carta, e ela respondeu que sim.

" A EFEC tem a honra de saudar um membro efetivo de nível S caracterizado por suas habilidades e recursos, como um membro do esquadrão sendo maior de 18 anos o senhor torna-se automaticamente um soldado de terceira classe, o que equivale a um coronel de qualquer outro país, tendo em vista que você não tem direito de interferir em nenhuma estrutura a não ser que faça parte dela ou por ordem de um superior oficial da EFEC. Sua formação dirá qual seu emprego quando aposentar ou se pedir dispensa do esquadrão especial. Raramente você se verá livre para trabalhar no mercado – comum – já que a EFEC precisa de seus soldados em todos os lugares para manter segurança e alertas para o bem da população, visando a liberdade de expressão e os bons costumes.

Como soldado o senhor tem como dever seguir ordens e entende-las para que não cometa um crime por negligência ou ser enganado por alguém com más intenções. Tem como direito viajar para qualquer planeta que tenha como bandeira maior à bandeira da Monarquia Humana de Cethriuxs apenas se apresentando como soldado EFEC. Se você não ser exemplo, ser pego furtando, roubando ou abusando de seu poder será julgado primeiramente pelo País, Planeta ou relativos e sequencialmente pela EFEC se condenado. Se condenado a EFEC tirara seus direitos e o aprisionará de acordo com as leis na qual você foi enquadrado.

Aprecie o final de seu ano letivo, termine seu curso superior escolhido, informe-nos em que área gostaria de trabalhar para a EFEC, no final do ano você será levado para algum lugar da África para treinamento final de campo, dependendo de seu desempenho, você poderá ou não seguir em sua área escolhida. Boa sorte, bons estudos, esperamos você para proteger e levar a Monarquia Cethriuxs a um novo patamar.

Louvado seja nosso Senhor Jesus Cristo.

No dia seguinte Dean amanheceu com sua P.D piscando, era sinal de mensagem que continha as aulas que ele teria a partir de agora, o manual completo de um EFEC agora estava a sua disposição e um documento digital provisório do governo. A turma S tinha aula de campo na segunda de tarde, manipulações específicas todas as manhãs, as terças-feiras de tarde aula de combates especializados, quarta era livre e quinta de tarde era treinamento livre, na sexta aulas de estratégias, Dean se sentiu meio louco e desatualizado, tinha ideia do que era alguma das matérias mais não tinha ideia do que aconteceria nelas, como era segunda de manhã ele levantou-se e rumou para a biblioteca. Ele teria sua primeira aula de campo, tinha colocado que gostaria de seguir como soldado, provavelmente agora ele teria aulas voltado para a preparação de sodados. Ao chegar na biblioteca Dean se deparou com uma sala circular e gigante, era o tubo no centro da ilha, a biblioteca que levava o nome de um antigo professor de história da EFEC era abarrotada de livros em estantes circulares e mesas espalhadas no meio dela, Dean desceu alguns andares até chegar no que continha livros de manipulação de matérias. Dean lembrava que era possível se recuperar fisicamente utilizando a manipulação, sendo ela de qualquer elemento, mas ele procurava algum livro que pudesse ajuda-lo a controlar melhor suas matérias ao mesmo tempo, ele passou um bom tempo até encontrar o livro que lhe pareciam adequados, começou a ler e fazer anotações para tentar depois. Eram quase dez horas quando Dean resolveu descer para os tatames. Ao chegar no andar de lutas ele observou sua irmã por uma das janelas, treinando Karatê junto de Naomi, a turma era S em sua grande maioria e existia menos de cinco Z's, Naomi e Helen se faziam de espelhos, Dean ficou feliz em ver as duas pequenas que pareciam se divertir, ele esperou a aula delas acabar. Helen e Naomi subiram as escadas conversando e rindo, Helen ao ver Dean saiu correndo e saltou no colo do irmão.

- Pensei que nunca ia vir me ver, me viu treinando com a Naomi? Viu como a gente luta super bem?

- Vi sim neguinha, vamos almoçar juntos hoje? – A pergunta de Dean deixou Helen de sorriso de orelha a orelha, Helen sempre foi muito apegada ao irmão mais velho.

- Com certeza, vamos com a gente Naomi?

- Ah, ta bom né!

Helen deu as mãos com Dean e seguiram caminhando até o refeitório, ele mandou mensagem para Kelsea esperava almoçar com ela, no entanto sua namorada estava na ala médica com a doutora Flora, ele ainda não entendia o porquê de ela ter que ir todos os dias para lá, e sempre nos mais variados horários agora. O refeitório estava relativamente vazio, Helen correu para a mesa e se serviu de frango frito, Naomi parecia ser bem mais comportada que Helen.

Dean se serviu e sentou-se ao lado das meninas, era incrível como ele ouvia Helen e se via nas palavras despojadas da irmã, ela parecia-se em suas falas e ações muito mais com Dean, enquanto Pio tinha muito da aparência do irmão. Dean amava conversar com Helen, prestativa e ansiosa ouvia tudo que o irmão tinha a dizer, apesar da pouca idade debatia quando achava que algo não estava certo, acontecia pouco já que ela era muito parecida com Dean:

- Vai ser o máximo você vai ver, você vai conseguir se tornar um Z também Di e vai ter um quartão pra você, e espero que o Pio consiga também – Helen parecia muito ansiosa.

- Falando nisso Helen, eu e o Pio não mudamos de quarto ainda, sabe por que? – Dean não havia pensado nisso até o momento.

- Oras, vocês passaram a prova a poucos dias, provavelmente vão ocupar um quarto nos últimos andares – Helen estava com um pedaço de frango na boca – Logo muda.

- Não fale com a boca cheia menina, você sabe que é feio – Naomi ria do lado, uma risada tímida.

- Deixa de ser chato – E mostrou a língua para o irmão.

O refeitório de repente começou a se encher, afinal já eram meio dia e as aulas já haviam acabado, Dean viu o garoto que tentou arranjar confusão com ele em seu primeiro dia na EFEC, ele estava indo para a mesa e usava uma camisa com um S, Dean sentiu-se desanimado por um instante, o garoto parecia ter ganho um nível e fariam aulas juntos. Dean não tinha notado ainda, mais viu Pio pegando seu prato de comida e localizando o irmão, ao caminhar ele passou do lado do rapaz que olhou fixamente para o copo dele. Pio chegou todo animado e Dean ficou de olho no copo do irmão.

- E aí Helen bobona – Disse Pio para a irmã.

- Bobão é você, seu estranho.

- Ah não, poxa vida congelei o suco de novo – Dean olhou para o irmão que estava se levantando para pegar outro copo, o segurou pela camisa e pediu para esperar – Qual é Dean eu to com sede – Na última semana Pio vinha congelando seu copo e consequentemente seu suco todos os dias mesmo sem saber como, Dean achava isso muito suspeito.

Dean olhou em volta no refeitório e viu o rapaz asiático terminando de fazer seu prato enquanto esboçava um sorriso no meio de dois garotos bem altos, Dean puxou um pouco na memória e percebeu que Pio sempre passava perto do rapaz antes de se alimentar, e o olhar do rapaz para o copo de Pio não era coincidência. Dean pegou o copo do irmão e se concentrou esquentando suas mãos e separando as moléculas do suco umas das outras e fez o suco voltar ao normal "Obrigado Dean, hey" disse Pio ao perceber que Dean pegou o copo e pôs no chão. O rapaz vinha andando na direção de Dean distraído, Dean chutou o copo de lado quando o garoto se aproximava e reaproximou com a mente as moléculas do suco fazendo assim ele congelar enquanto estava esparramado no chão, o resultado foi o rapaz asiático escorregando e se espatifando no chão deixando a comida cair sobre ele, o refeitório todo rio e Dean virou fingindo estar surpreso e tentando ajudar.

- Você está bem?

- Não me venha com essa Calouro, eu sei muito bem que foi você.

- Qual é cara, eu nem sei o que aconteceu estava terminando de almoçar com meus irmãos e minha cunhada – Pio rolava de rir na cadeira e Helen o acompanhava, Naomi continuava com um riso tímido, porém ria muito.

- Escuta aqui seu otário, hoje de tarde eu vou acabar com você na aula me entendeu bem? Ninguém me faz passar vergonha o futuro imperador do Japão!

Dean ergueu suas sobrancelhas, era por isso que o garoto era todo pomposo, era da família real Japonesa. Dean abriu um sorriso, sentiu-se alegre.

- Desculpa vossa majestade – Levantou-se e saiu rindo com um sorriso estampado no rosto, andou até a mesa de alimento e pegou um copo de suco para Pio, quando voltou o rapaz não estava mais lá e Helen limpava a sujeira que o irmão mais velho tinha feito.

- Poxa Di, você acabou com o Jinmu, mais precisava fazer toda essa bagunça? –Disse a pequena terminando de limpar o chão – Mas foi o máximo, aquele menino é muito chato.

Naomi e Helen terminaram de almoçar e saíram do refeitório, Dean ficou conversando com o irmão e quando ele terminou de almoçar foram para o quarto se arrumarem, Kelsea mandou uma mensagem para Dean avisando que estava no refeitório, mais Dean já tinha saído e não tinha visto ela. Dean ficou jogando videio game com seu irmão enquanto não dava a hora de ir para sua aula de treinamento, era verdade que ele estava ansioso, seu relógio tocou uma e meia e nesse exato momento Rufus entrou no quarto:

- Mano perdi hora, onde é a aula?

- Na área de treinamento aqui em cima.

- Ual, estava conversando com uma menina lá no último andar – Rufus parecia um pimentão – Caraca, é a francesa mais linda que já vi na minha vida.

Dean e Rufus andaram pela escola até chegarem na área de treinamento, era estranho ver uma turma de trinta alunos na EFEC, pelo menos para Dean era, até ali quase não tivera aula com tantas pessoas. A área de treinamento era um terreno acidentado do tamanho de um campo de futebol, tinha tuneis por todos os lados, e em algumas áreas haviam trincheiras, Dean analisou o terreno, Jinmu estava ali, olhava fixamente para Dean, estava armado com uma Kunai, ele se mostrava para algumas pessoas que estavam em volta dele fazendo objetos de gelo e os cortando como se fossem papeis finos e logo em seguida encarava Dean dando um sorriso desafiador.

Para surpresa de muitos ali um Dracate de pele bem avermelhada apareceu voando em direção a turma que já estava do lado do portão, seu rosto tinha marcas de cortes profundos que cortava os dois olhos em forma de V, Dean não imaginava que teria aula com um Dracate, ele achava que na EFEC apenas humanos ministravam aulas e treinamentos, parece que havia se enganado. O Dracate sorria, cumprimentou alguns alunos, tinha a voz suave e simpática, Dean reparou que Kelsea já estava dentro da área de treinamento, estava tão focado no Dracate que nem viu a garota chegar, andou até ela:

- Oi para você também – Disse Kelsea sem paciência – Obrigado por notar que eu cheguei ou dar algum sinal de vida.

- Desculpe mô, estava distraído.

- Percebi.

Dean conhecia bem Kelsea para saber que não adiantaria puxar assunto e que ela já havia se irritado:

- Senhores, eu sou o general de reserva do exército Dracate, Galeon – Dean nunca sabia quando um Dracate era ou não idoso – Participei de combates e conquistas de alguns planetas com subespécies perigosas e malucas, me aliei aos Cethriuxs depois do combate da Mardavinas no braço de Cisne onde conheci Kamen, amigo de longa data – Os cochichos começaram a se espalhar, as batalhas de Mardavinas eram contadas como contos para as crianças, mais na EFEC Dean a estudou de fato e soube que não era nem um pouco conto, ou lenda – Depois de me aposentar Kamen me convidou para ministrar os treinamentos de estratégias da EFEC, já que ele era o responsável e foi eleito para governar o povo. Claro que vocês não me conhecem ou não tinham nem mesmo me visto, eu dou esses treinamentos para o exercito de fato e não na escola, nesse momento estou realizando um favor a Kamen.

"Para quem não sabe, eu e Kamen desenvolvemos métodos de treinamentos e estratégias para as guerras da Mardavinas no longo em que trabalhamos juntos, era um império de robos que estava crescendo exponencialmente e ameaçava tanto os Cethriuxs como os Dracates. Nessas aulas eu tenho como obrigação ensinar a vocês tudo o que sabemos e desenvolvemos nesses anos, usando tanto estratégias criadas como estratégias que já existiam através dos séculos pelas raças de nossa galáxia"

- Então para hoje quero dividi-los em grupos, quero que se separem em soldados de apoio, soldados de frente e soldados especiais de combate - A turma se separou conforme o pedido, toda a turma parecia não acreditar que estavam tendo aquela aula, Kelsea foi para o grupo de apoio, que era o menor, Rufus se juntou com soldados de frente e Dean foi para o especial de combate junto com Jinmu – Quero que esses grupos se dividam em dois cada e depois se juntem com grupos diferentes.

Fazendo isso a classe estava dividida em duas, o grupo de Dean, Rufus e Kelsea procuraram se juntar, Jinmu se separou de Dean, queria mesmo enfrenta – lo. Galeon mandou o grupo de Dean para as trincheiras e o de Jinmu para os rochedos, ele andou até o rochedo e lá passou instruções para aquele grupo:

- Poxa meu, vamos ter aula com o Galeon eu nem acredito.

- Nossa inacreditável, imagina o quanto vamos aprender.

- Eu acho estranho ele não passar esse tipo de informação para os Dracates, você não acha?

Dean apenas ficava em silencio, estava junto de Kelsea, que carregava seu Chakram e esperava o professor ansiosa, logo ele veio planando:

- Quero saber aqui desse grupo, quem é o líder?

Todos deram um passo para trás, menos Dean que ao perceber acabou dando um passo à frente:

- Dean senhor, soldado classe S pronto para serviço – Galeon abriu um sorriso de dentes afiadíssimos.

- O senhor tem a missão de fazer sua equipe atravessar a região dos rochedos e atingir o campo, dentro daquele baú, estão as armas que os senhores utilizarão nessas aulas, cada uma com suas peculiaridades e suas preferências, cada arma contém o nome dos senhores, se armem e preparem-se no meu sinal – Galeon deu cinco minutos tempo que foi suficiente para eles se organizarem, Dean deixou Rufus protegido nas trincheiras para fazer o papel de Sniper, ele separou alguns soldados de combates para irem pelas laterais do campo de batalha, metade de um lado e metade de outro, atrás de cada lado um soldado de apoio, no meio espalhados por moitas os soldados de frentes e atrás deles o restante dos soldados de apoio, Dean tomou a frente e Kelsea seria sua sombra.

- Galera seja lá qual for a estratégia deles, ataquem, mirem nas pernas para imobiliza-los e depois renda eles, se não for possível abatam eles.

Um tiro foi dado para o alto, Dean se abaixou e uma luz acertou seu braço de raspão, era inesperado o que aconteceu ali, Dean estava com uma dor excruciante no braço, mais nada havia acontecido, não houve impacto e nem nada parecido, Kelsea esquentou sua mão e colocou no ombro dele que aos poucos foi aliviando a dor.

- CONTINUEM, NÃO MUDEM DE POSIÇÃO – Dean gritou, ele conseguia ver os soldados passando – Kel, ande até aquela pedra, eu te dou cobertura – Kelsea correu enquanto Dean acertava alguns soldados, assim que Kelsea atingiu o lugar Dean correu até ela que agora o cobria.

As coisas estavam andando relativamente bem, Dean derrubou mais um soldado inimigo com sua espada e seguiu seu caminho em direção ao gramado, ele conseguia ver sua tropa começando se aproximar do gramado, eles encurralaram a tropa inimiga, ele viu o caminho livre para o gramado, Kelsea atingiu primeiro e quando ele estava chegando Jinmu saiu de uma moita e o atacou, Dean se desviou por pouco do Japonês que o atacou com uma velocidade e técnicas impecáveis, Dean tinha dificuldade para se desviar dos ataques do inimigo, ele deu um pouco de distância fazendo a terra tremer, Jinmu tentava encurralar Dean que procurava uma brecha nos golpes inimigos, ser pego de surpresa estava deixando Dean com dificuldades, ao ser derrubado Dean fez o chão sobre os pés de Jin subir, ele ficou no alto parado, estava um andar acima de Dean e pulou para ataca-lo de cima para baixo, no meio do movimento ele foi paralisado como pedra, uma luz o acertou no peito, Dean olhou para traz, era Rufus, preciso como um Sniper deve ser, Dean se levantou fazendo sinal para Rufus vir para a região ocupada, só faltava ele para atingir a área (com exceção dos abatidos que estavam no chão) Dean pegou o Rifle de Jin no chão e deu cobertura para Rufus que corria com uma pistola na mão ganhando terreno, ao se aproximar de Dean ambos passaram correndo conquistando o objetivo.

- Muito bem, muito bem, parabéns senhor Dean pela liderança, podem ficar tranquilos, as armas de laser simulam um golpe real mais não causa lesão tudo bem? Espero que tenham gostado da primeira aula, ela é a única que vocês têm essa liberdade, a partir das próximas teremos sempre algo teórico antes.

O tempo passou as aulas ficavam cada vez mais difíceis e interessante, Jinmu criou uma raiva por Dean, mais por inveja do que por qualquer outra coisa, Dean se situava cada vez mais com aquele mundo, Kelsea ficava brava com mais frequência e chorava também, sentia muita falta de casa, Dean sempre estava lá para ela, os passeios noturnos aconteciam com muita frequência, e Dean esperava ansioso pelo seu primeiro feriado, para descer na terra, EFEC estaria sobre Paris.

Capítulo Dezoito
A Torre e a casa

As aulas ficavam cada dia mais interessante, Dean sempre se saia muito bem em aulas de estratégia e que envolviam a prática, já começava a chamar atenção dos professores, Kelsea por outro lado estava passando cada vez mais tempo com a Dra Flora, as aulas na EFEC já estavam chegando a um fim para eles, depois iriam para treinamento de campo, Kelsea havia decidido trabalhar como médica de apoio de soldados EFEC e posteriormente ensinar na EFEC, estava tomando gosto pelas matérias principalmente as específicas no qual ela conseguia conduzir suas matérias para a recuperação dos companhciros:

- É importante notarem que quando vocês manipulam matéria conseguem fazer com que essas partículas acelerem brutalmente o organismo sem causar quaisquer danos colaterais, como já havíamos discutido, no entanto cada grande elemento específico tem uma forma de ser aplicado, e isso nós já atingimos um patamar interessante na qual vocês podem se preparar melhor e se quiserem podem se especializar na arte da cura, no entanto também é possível causar danos da mesma maneira que causamos uma recuperação astronômica apenas alterando o comportamento do organismo.

Dean achava as aulas de manipulação específica de matéria recuperativas as quartas de manhã um porre, Kelsea já tinha mais facilidade e interesse, Dean procurava saber o básico, estancar sangramento (com cada grande elemento sempre), curar fraturas e até a se defender de magias que causavam como dizia Dean "Status negativo". Kelsea, no entanto tinha um domínio total de habilidades recuperativas, com o fogo então ela se destacava por ter um controle absurdamente grande de recuperação, recuperando de pequenos cortes e até mesmo conseguindo recuperar membros decepados (que ela realizou com um paciente que havia perdido o braço em um treinamento), essas evoluções que foram acontecendo no tempo em que eles ficaram na EFEC fez Kelsea aumentar sua autoestima, já não chorava mais todos os dias e sempre estava sorridente. Dean e Kelsea se viram obrigados a parar com os passeios noturnos conforme chegavam os dias avaliativos, de acordo com a especificação escolhida por cada um eles eram avaliados durante toda a semana. Dean não teve problema nenhum em batalhas e nas teorias de estratégias, no entanto o controle recuperativo e suas teorias deram muito trabalho a ele. Kelsea não era chamada de nerd pelo seu namorado à toa, não teve nenhuma dificuldade nem em batalhas como apoio e a teoria e muito menos no controle recuperativo.

- Pelo amor de Deus eu não aguento mais esse negócio de recuperação, é muito chato.

- Para de reclamar Dean, você que não estudou e praticou quando teve tempo, só pensa em treinar e treinar e bater, precisa saber de mais coisas além disso.

- Você fala isso por que não quer ser uma soldada de linha de frente, ou especial, senão você iria ver como é difícil.

- Pois é, mas eu vou ser uma grande médica e também não é nada fácil estudar o tanto que eu estudo.

Dean e Kelsea se preparavam para o feriado, as provas haviam acabado e eles teriam uma semana para descansar antes de entrarem no último estágio e antes ainda do teste de campo que aconteceria na Africa. Dean havia decidido descer para visitar Paris, que era aonde a escola estaria parada acima das nuvens, Pio estava ansioso também para conhecer Paris, pesquisava dia e noite como era a vida na capital francesa, Dean queria sentir um pouco do ar da terra lá do meio de uma grande cidade, ver pessoalmente as estruturas que fizeram daquelas cidades famosas ao longo dos anos. Kelsea, no entanto assim como suas irmãs estavam com muita saudade de casa e decidiram que iam passar a semana em casa na Lua, eram muito apegadas com os pais, Helen que já conhecia paris (havia decido para uma missão no ano anterior) iria para casa junto com as meninas, para ficar junto dos pais.

- Promete para mim que não vai aprontar muito e nem vai se apaixonar por uma francesa? – Kelsea tinha em seu rosto um medo escondido

- Ah pelo amor de Deus Kelsea, eu me apaixonar por uma mulher que não seja de você? Só se for uma filha minha contigo.

Eles se abraçaram e se beijaram profundamente antes de Kelsea embarcar no ônibus na estação central de Paris. As meninas todas dentro do ônibus e ele partiu em direção ao céu até que não era possível mais observá-lo:

- Pronto pro role maninho? – Dean estava vestindo uma camisa branca com o símbolo da EFEC sobre o lado esquerdo do peito.

- Vamos pra torre Eiffel? Ou para o Arco do triunfo?

- Vamos primeiro a Missa lembra? Cristo sempre vem primeiro. – Dean viu o rosto do irmão mais novo se abrir em um sorriso imenso

- Verdade, ver a igreja do Quasimodo. – Pio assim como o irmão gostava de desenhos antigos, e o Corcunda de Notre Dame era um dos seus preferidos.

Dean andou até a rua em frente à estação central de Paris, de lá ele e Pio partiram com um táxi para a catedral de Notre Dame, depois da missa Dean e seu irmão correram por todos os cantos de Paris, era incrível como a cidade era extremamente movimentada, existia todos os tipos de pessoas dentro daquela cidade, eles foram a lojas, compraram roupas, sapatos novos e Dean comprou um pingente de ouro com uma letra D e um com a letra K, para presentear Kelsea. Passaram também em uma loja de vídeo games e compraram muitos jogos, Dean nunca havia gastado tanto dinheiro com bobagens, mas agora que recebia bem por ser um membro da EFEC ele estava aproveitando e não se sentia culpado. Dean e Pio pararam para almoçar e comer o tão famoso escargot, que por sinal eles odiaram.

- Caraca Dean, to cansado hein - Pio estava sentado na praça da torre Eiffel, olhando para cima com pouco interesse.

- Qual é panaca, vamos subir a torre, e saltar lá de cima – E riu ao ver a cara de espanto do irmão.

- Você acha que consegue? Digo, não deve ser algo fácil controlar o ar de uma altura dessas para planar né?

- Realmente deve ser algo bem difícil, vamos esperar que nem eu nem você precisemos fazer isso alguma vez.

- É não deve ser algo agradável de se fazer.

Longe dali, em marte Milena trabalhava incansavelmente na busca de um nome, Dante Mabel, as buscas dela e de Nelly resultaram nesse nome, provável líder da facção que estava ameaçando os governantes de Marte. Nelly estava dormindo na cama ao lado da mesa no quarto de Milena, tinha acabado de voltar de uma tarde inteira buscando uma pista falsa sobre Dante, no final das contas era mesmo uma loja clandestina com o nome de Dante. Milena colocou um fone de ouvido, recolheu as P.D's em sua pulseira e saiu para andar ouvindo um rap. Ela desceu de seu apartamento e andou em direção a um cemitério que era próximo à entrada da cidade subterrânea, lá ela foi em direção ao túmulo de seu pai, estava lá também o túmulo de sua mãe e sua irmã. Milena achava totalmente injusto que o assassino estivesse no mesmo túmulo que suas vítimas, ela se ajoelhou, sempre foi muito religiosa, apesar de não seguir uma religião específica, ela simplesmente acreditava em Deus e nada mais. Milena tinha sido bombardeada com perguntas após a morte do pai que era um general respeitado. Ela ainda sentia angústia por ter matado o próprio pai. No entanto Milena ficou extremamente rica com a morte dele, todas as suas posses foram para ela, já que era a única pessoa viva de sua família, Milena tinha a sensação que ele tinha matado todos os outros membros da família.

Ela se levantou e saiu do cemitério, não estava exatamente feliz e ela sabia disso, seguiu para a casa do pai, tinha posse da chave mesmo e precisava ver o que o homem tinha lá. Ela voltou para o apartamento para pegar a chave, ao chegar em seu apartamento Nelly estava em pé se olhando no espelho, sem camisa e vestindo uma jeans azul clarinho:

- Onde é que você vai careca?

- Lugar nenhum, não posso ficar pelado o tempo todo na casa de uma dama.

- Careca, já falei pra você parar de tratar como uma menininha – Nelly andou em direção de Milena para abraça-la, ela rapidamente o empurrou – E não vem com essa não careca, tenho um compromisso, estou indo na vila das forças armadas, na casa do velho ver o que tem lá de bom.

- Sério? Você vai querer voltar naquele lugar? – Nelly parecia preocupado – Você nunca gostou daquele lugar, desde que éramos pequenos.

- E por que você nunca voltou lá Nelly?

- Eu fui expulso lembra? Por que agredi seu pai, aí meus pais adotivos acreditaram no seu pai e me expulsaram, a minha sorte foi que um cara da EFEC disse que eu acertei seu pai com um controle de pedra, e eu fui pra lá – Nelly ficou pensativo, e deu um belo sorriso olhando para Milena que esperava ele concluir – Bons tempos, bons tempos gata.

- Podemos ir senhor certinho? – Milena parecia visivelmente irritada – Quer dizer, eu vou, se não for o problema é seu, só não sei se consigo encarar isso sozinha. E temos uma viagem vindo aí, não quero deixar pra arrumar as malas de última hora.

Nelly tentou abraça-la, Milena pegou a chave dentro de uma gaveta e saiu na porta ignorando o careca de braços abertos, Nelly riu e a seguiu, o carro de Milena seguiu para o outro lado da cidade, ainda sim um pouco mais afastado, era um dos lugares onde a terraformação já havia sido concluída, as casas tinham um padrão, tinham todas elas dois andares e suas entradas eram frontais, todas as casas por fora eram exatamente as mesmas, todas pareciam com a letra A. Era absurdamente rico quando morava ali relembrava Nelly, Milena então parou o carro em frente à ultima casa de uma rua antes de ela se tornar um balão. Dean olhou para o outro lado e viu sua antiga casa, Milena desceu do carro e Nelly a seguiu.

- Eu apanhei tantas vezes nessa rua Nelly, você lembra? A maioria das vezes eu nunca soube o motivo, ele chegava em casa e inventava uma desculpa para me bater – Milena tinha seus olhos marejados – Era por que não lavei a louça, por que eu estava descalça, por que eu era uma vadia que brincava com meninos.

- Olha Mi, não precisa...

- Mais eu preferia assim, lembro que antes de ele me bater, ele batia muito na minha mãe Nelly, eu sempre falava pra você, a única pessoa que acreditava em mim, enquanto para os outros eu tinha que dizer que estava doente ou com dor.

Nelly seguiu Milena sem falar nada, ela abriu a porta da casa, apesar de tudo, Nelly nunca havia entrado na casa de Milena, a sala era redonda como era a sua, mais era toda vermelha, havia uma bandeira de um país antigo e extinto, a União Soviética, pendurada em uma parede, abaixo da bandeira uma mesa com uma vela, Milena olhou para a vela, a acendeu e fez o folgo saltar para a bandeira que começou a queimar lentamente.

- Ele tinha um amor por essa bandeira maior que o amor que ele tinha pela sua família, isso se ele amasse alguma de nós.

Ela seguiu até a cozinha e deixou a bandeira queimando, Nelly olhou bem aquela bandeira, teve de estudar sobre ela, aquele país comunista, Nelly sentia sua liberdade sendo sugada só por olhar para aquela bandeira. A cozinha era bem clara, com azulejos amarelos por todo canto, tinha apenas uma geladeira e uma mesa, Milena se sentou em uma cadeira e desatou a chorar, Nelly sabia exatamente o porquê:

- Foi aqui nessa cozinha, quando vi a pior cena da minha vida, depois disso eu nunca mais consegui ter paz na minha vida e nem entrar nessa cozinha sem sentir um calafrio e chorar, muitas vezes discretamente – Milena limpo o rosto molhado em sua blusa e continuou – O filho da puta sabia que eu odiava essa casa, que eu odiava essa cozinha, que eu odiava profundamente ele, por isso todas as surras de não lavar a louça eram "justificáveis" por que eu evitava ao máximo entrar aqui.

Nelly sabia que tinha sido ali naquela cozinha que a mãe de Milena havia morrido, mas nunca teve coragem de perguntar:

- Olha Mi, não tem nada aqui que você queira, doa essa casa pra alguém, nós...

- Você sabe como a mulher que me criou morreu Nelly? – Milena se levantou – Como ela foi assassinada? Aquele monstro bateu nela por que quando ele chegou a janta não estava pronta e eu estava na rua de novo, brincando com um bando de meninos, que eu iria ser uma futura vadia, eu lembro que ouvi ele gritando essas coisas quando entrei em casa...

- Milena você não precisa me contar, eu sei que...

- Cala boca e ouve Downelly – chorou Milena se jogando nos braços de Nelly – Eu preciso que você me escute.

" Eu entrei na cozinha, ele me viu e me deu um tabefe na cara que me jogou no chão e em seguida me chutou, até ali eu nunca tinha apanhado dele na cara, minha mãe que sempre apanhava se revoltou, e partiu pra cima dele quando viu que ele me chutou, ela enfiou a faca nas costas dele, ele me chutou de novo e se virou para ela, estava cego de ódio, ele gritava que ia matar a vadia da minha mãe, mas que antes ia ensinar uma lição a vadia da filha que ele tinha, ele esmurrou minha mãe até deixa-la quase inconsciente, e então veio e me chutou mais algumas vezes, minha mãe tentou se levantar e caiu, ele a colocou de volta na mesa, rasgou suas roupas e ... a tentou estupra-la na minha frente enquanto gritava nome da minha irmã, eu estava horrorizada, minha irmã ao me ver no chão da cozinha gemendo e chorando correu até mim e ao erguer a cabeça viu meu pai tentando estuprar minha mãe ela ficou paralisada, minha mãe seria abusada a qualquer momento, ela não tinha mais forças, ele ao ver minha irmã arrancou a faca das próprias costas e começou a perfurar o peito da minha mãe que gritava e sedia a força dele, o monstro ainda tentava estupra-la, minha irmã gritava que não me deixaria ver aquilo e partiu pra cima dele, acontece que eu vi tudo, minha irmã, foi esfaqueada na minha frente, minha mãe também, numa luta desigual por ele ser muito forte, nesse instante o telefone tocou, e eu me lembro dele largar minha mãe já morta na cozinha e minha irmã ainda agonizando para atender o telefone e passou do meu lado e disse que elas não serviam nem pra sexo mais"

- Milena eu...

- Eu não sei de onde tirei forças para fugir e dizer que minha mãe e minha irmã tinham sido assassinadas, ao chegaram na minha casa – Milena se levantou e fez toda a cozinha rachar – Meu pai coberto de sangue chorando com um cara morto no sofá, ele disse que o vagabundo tentou acabar com a família dele e ainda saiu como o herói que conseguiu salvar sua pequena filha, que tinha sido um assalto.

Milena se levantou e seguiu para o segundo andar, ela foi logo para o quarto maior, abriu um guarda roupa, pegou vários quadros que estavam escondidos atrás de algumas roupas do exército, que o pai dela usava quando vinha alguma visita para disfarçar que era um bom pai de família, ela fez a limpa nesses tipos de coisas, procurou documentos, porém, nada que ela já não havia visto com sua pesquisa pela EFEC, até que ela entrou em seu velho quarto. Não entendia por que o quarto continuava intacto, ela pegou suas coisas e deitou-se sobre a cama:

- Me sentia tão solitária nessa cama, tão sem esperança, tão... fraca – Milena chorou de vergonha por conhecer o que era aquela casa de verdade, chorou até suas lágrimas acabarem, Nelly apenas a abraçava – Tão rica e tão pobre ao mesmo tempo.

- Vamos Mi, temos que ir embora, não tem por que ficar remoendo mais esse lugar.

Eles estavam saindo quando Milena viu um papel com a caligrafia do pai na janela, ela voltou para pegar Nelly parou e Milena abriu um sorriso de orelha a orelha e entregou o bilhete para Nely.

"Dante achou a vadiazinha atraente e a quer como escrava, Mabel disse que pode tirar informações de uma EFEC fraca como ela, próximo natal será quando eu a entregarei em troca do comando do exército geral de Marte."

- Nem tudo nessa casa me trouxe tristeza sabe? Eu conheci você aqui Downelly – e deu um beijo profundo no único homem que esteve com ela em todos os momentos possíveis da sua vida.

Capítulo Dezenove
Final de um Ciclo

Era bem cedo quando Dean acordou, suas aulas de manipulações específicas estavam ficando interessante, ele finalmente estava aprendendo a ter um controle maior dos elementos, faziam armas, faziam elas serem funcionais, aprendiam combinar os elementos, as possibilidades eram imensas, aprendia fazer armaduras com os elementos e muitas outras habilidades. Era imprescindível que eles aprendessem aquilo, Rufus e ele tinham muita dificuldade com controle elemental, como não tiveram aprendizagem durante os anos, eles tinham certa dificuldade em controlar, as vezes as coisas saiam do controle, diferente de Kelsea, que apesar de ter passado pelo mesmo treinamento, não tinha dificuldade nenhuma, parecia feita para aquilo, quando se tratava do fogo então, parecia que ela fazia do elemento extensão de seu corpo.

Aos poucos as aulas foram ficando mais complexas conforme as semanas iam passando, Dean encarava suas últimas semanas na EFEC, as matérias cada vez mais complicadas e de certa forma cada vez mais abstratas, a manipulação de matéria agora apresentava manipulações específicas que estavam sendo ainda estudada e pareciam, mesmo para quem já realizava absurdas. No entanto nessas ultimas aulas houve uma que deixou todos, mesmo aqueles com muitos anos de EFEC totalmente boquiabertos:

- Então, como vocês percebem, anatomicamente conforme vocês têm um melhor controle das manipulações, a pele e a musculatura de vocês desenvolve uma camada ultrafina de um tipo de escudo, o que faz a pele e a musculatura de vocês ser muito mais resistente a qualquer tipo de impacto, o que permite vocês resistirem a golpes com mais eficácia, junto disso com as armaduras ultra resistentes e dissipadoras de impactos vocês ficam duzentos ou trezentas vezes mais resistentes a qualquer impacto, seja de uma bala de fogo, uma arma branca – Todos olhavam atordoados para Dra Flora que falava sem parar, ao mesmo tempo passava na tela de uma sala tudo o que falava com especificações e demonstrações anatômicas – No entanto apesar de passarmos a ter duas defesas opcionais, nosso cérebro continua naturalmente pensando na melhor forma de economizar energia.

- Dra Flora desculpe a intromissão – Disse um garoto no fundo da sala - Mais qual a necessidade de se guardar energia se já temos esse controle cerebral conosco? E pelo que sei, ataques com armas de fogo e armas brancas perderam a qualidade alcançada do golpe do inimigo, no entanto a manipulação, como a do fogo por exemplo, atinge com mais "impacto" diretamente aos músculos, isso não torna a defesa útil apenas para golpes mais simplificados?

- Na verdade senhor Humpkins, as defesas musculares são muito mais eficazes contra os ataques de manipulação, veja bem, isso não significa que ela não seja eficiente contra uma espada, no entanto não será tanto eficiente como o "escudo" na pele e vice-versa.

Estudar a anatomia e fisiologia dessas defesas, observar de onde ela surge e intender como ela funciona para poder recria-la caso ela seja perfurada em algum momento passou a ser a prioridade de todos, como era de se esperar, Kelsea estava à frente de todos e já estudava como fazer essa proteção em outras pessoas, coisa que segundo os outros professores eles seriam introduzidos caso fossem aprovados no teste de campo. As aulas chegavam ao fim e junto chegava a ansiedade dos alunos da EFEC que iriam para o teste de campo. Dean percebeu que todas as áreas de treinamento estavam começando a ficar absurdamente cheias já que o ano chegava ao fim e junto também chegava as provas e testes dos alunos mais novos. Até mesmo a biblioteca que era aonde ele sempre ia encontra com Kelsea também estava mais cheia e com mais burburinhos dos alunos estudando manipulações que Dean percebeu ao ouvir eles discutindo, como realmente os estudos da EFEC eram absurdamente diferenciados. Ele não teve muito tempo e estava completando oito meses de EFEC e nesse pequeno tempo ele tinha adquirido anos de informações e práticas que em qualquer outro lugar que ele tinha conhecimento seriam impossíveis além de parecer um mito, o que o grupo de alunos que aparentavam ter quinze anos falavam de manipulação da matéria:

    - Caraca, eu cheguei aqui na EFEC ontem comparado com esse pessoal que está aqui c cu já sei tudo isso que eles estão estudando faz um bom tempo – Disse Dean se levantando para sair da biblioteca com Kelsea.

    - Claro mo, nós tivemos aquele monte de aulas na máquina que acelera o tempo, lógico que aprendemos muito mais rápido que eles que aprendem naturalmente com o tempo.

    Outubro chegou e junto com outubro as provas finais dos mais novos, Dean se surpreendeu com o tanto que ajudou seu irmão a estudar para as provas, parecia tudo tão fácil, e ajuda-lo na parte prática era prazeroso, já que isso ajudava Dean a treinar também seu controle sobre as matérias. Dean percebia que não podia estar mais no nível um da manipulação da matéria, tinha um controle muito alto e superior ao de Pio, com exceção talvez da eletricidade que Pio tinha uma facilidade muito grande. Kelsea ia cada vez com mais frequências a sala da Dra Flora, voltava sempre mais confiante e ao mesmo tempo aparentava estar sempre muito quente. Kelsea passou o dia todo estudando e esperando suas irmãs voltarem das provas.

A anos luz dali, em uma pequena colônia militar de dracates estava ocorrendo um teste de coragem e inteligência entre soldados experientes na colônia. Voavam com suas grandes asas sobre um rio quatro dracates, sendo um com escamas azuladas, um com escamas avermelhadas, um com escamas amareladas e um com escamas arroxeadas. Eles voavam em alta velocidade e ganhavam lentamente altura, conforme uma floresta começava a se formar a frente, com árvores enormes com vinte a trinta metros de altura, algumas delas aparentavam ser ainda maiores por nascerem do meio do lago. O dracate amarelo acelerou a frente de todos obrigando todos eles a ganharem velocidade para acompanha-lo, conforme o lago ficava cada vez mais cheio de árvores uma grande placa que com dizeres "para baixo" em um idioma dracate fez com que todos descessem o mais rápido possível para não bater nela, ficando próximo das águas. Eles começaram a se desviar, ficava cada vez mais difícil manter a velocidade, quando outra placa cobria o caminho a frente e tinha o mesmo dizeres da última obrigava eles a se jogar dentro do lago, o último a entrar foi o dragão com as escamas amarelas, que sentiu que a água estava absurdamente quente, aquilo relaxou sua musculatura enganando seus sentidos, ele sentou no fundo do lago, parecia o lugar mais confortável do mundo, o que interessava o oxigênio quando você tem uma temperatura perfeita banhando sua mente? De repente ele sentiu algo agarrá-lo e tira-lo da água a força, sentiu-se infeliz e logo em seguida aliviado, podia respirar, havia sido um tolo.

Mais à frente os outros três dracates prosseguiam pelo rio, a cada dez metros grandes bolsões de ar como bolha dentro do lago permitia que eles prosseguissem sem ter a necessidade de sair do lago que gradativamente tinha queda em sua temperatura, o dracate roxo começou a sentir que sua pele endurecia nas águas que estavam ficando absurdamente geladas, ele tentava manter a temperatura de seu corpo sem nenhum sucesso, ele via a sua frente o dracate vermelho e azul com uma aura alaranjada em volta de seus corpos e suas asas jogavam uma água com uma temperatura mais amena em sua direção que ficava cada vez mais distante, de repente ele sentiu que seu corpo começou a travar absurdamente rápido, e então sentiu-se puxado para fora da água, falhara, esquecera de manter a temperatura com medo de sucumbir à loucura.

Os dracates azul e vermelho saíram da água e seguiram em velocidade dessa vez correndo por um longo deserto que era aonde o lago terminava, corriam por que voar queimava suas asas com um ar gélido e perfurante, cerca de quatrocentos metros dali já era possível ver algumas construções avermelhadas e muitos dracates dentro de um domo de energia que os esperava, acima deles uma nave se direcionava e pararia dentro da redoma ao mesmo tempo que eles chegassem, quando o dracate vermelho olhou para o azul e disse:

- Conseguimos Tud'Ar, superamos todos os obstáculos – Disse com uma voz rouca e feminina e com uma felicidade abobada.

- Não se engane Fy'Fy, nossas chamas têm que conseguir queimar o domo – Respondeu Tud'Ar com uma voz rouca e que parecia estar ficando sem ar.

Fy'Fy pareceu acordar com um estalo e ao ver Tud'Ar recrutar o ar a sua volta que era possível ver entrando e assumindo uma coloração alaranjada ao aproximar-se de sua boca, e começou a imitá-lo, cerca de dez metros de distância do domo eles cuspiram uma enxurrada de fogo no domo que assumiu uma cor alaranjada que ficava cada vez mais forte conforme eles se aproximavam ainda correndo, cerca de cinco metros a porção do domo na direção de Tud'Ar se rachou e se desfez como pó e ele entrou correndo, a porção de Fy'Fy apenas rachou, ela parou e continuou cuspindo e parecia que seus olhos saltariam da orbita, Tud'Ar olhou atônito e preocupado, Fy'Fy parecia exausta e como em um último suspiro o fogo saiu de sua boca e de suas narinas como uma bola de fogo que bateu no domo e fez sua porção sumir como pó, Fy'Fy andou para dentro do domo e caiu dura, Tud'Ar se aproximou dela antes dos médicos dracates chegarem neles e ela disse:

    - Consegui.

    No dia seguinte Kelsea acordou cedo e rumou para o laboratório da Dra Flora nos andares inferiores da EFEC, não antes claro de passar no refeitório para tomar um café da manhã básico, Kelsea diferente de Dean já conseguia diferenciar os androides apenas no olhar, e também no sentir a energia que emanava deles que era apenas elétrica e não emanava a energia da vida, Kelsea não sabia como era essa energia, mais ela sentia em todos os seres vivos. No elevador Kelsea esperou observando toda a cadeia de salas como em uma teia gigante de aranha, no começo ela se assustava, mais depois de ter tido diversas aulas em diversas salas (como salas congeladas parra controle da matéria de água, ou com ventiladores enormes para o vento entre outras) ela achava graça que existia algo assim dentro de uma nave apenas. Ao chegar no corredor da ala médica Kelsea seguiu até a porta da Dra Flora e bateu na porta, uma voz lá dentro pediu para ela entrar. Kelsea entrou naquela sala que continha apenas um puff e sentada nesse puff estava a Flora, com seu cabelo em forma de coque, e um jaleco azul escuro e digitando algo em uma P.D:

    - Bom dia querida, como você está?

    - Bem doutora, só um pouco ansiosa, logo estaremos indo para os testes de campo na África.

- Ora, você não terá problema nenhuma, suas habilidades médicas são muito boas, com o fogo principalmente e é isso que você precisa, para ser uma soldado de apoio ou uma médica, falando nisso, você concluiu medicina já nas máquinas, não é? Lembro de assinar seu diploma.

- Sim, terminei, vou aproveitar esse mês pra fazer educação física também, alguma coisa me atrai lá.

- Que legal, aproveite não vai se arrepender – Flora digitou algo e então como de costume uma máquina começou a subir de um buraco que se abriu no chão – Vamos prosseguir então?

- Vamos, acho que dessa vez podemos fazer as duas horas direto, é a última vez que nos veremos, não é?

- Acredito que sim querida, não tem mais por que estudarmos você, o seu avanço rápido até esse nível foi realmente inesperado, e pode nos render ótimos resultados para melhora no tratamento e na aprendizagem do fogo, no entanto você sabe que você está apenas treinando a algumas semanas e nossa máquina não faz mais o efeito necessário para sua evolução.

Kelsea entrou na máquina que se fechou, o vidro a frente mostrava um número em graus, a temperatura dentro da máquina, a máquina iniciava a quinze graus célsius, e foi subindo a cada minuto um grau, Kelsea e Flora conversavam sobre a aplicação da manipulação da matéria na medicina, apesar de doenças serem quase extintas (com exceção de algumas gripes e reações corporais contra ela e mal-estar) fraturas e lesões musculares entre outras ainda eram muito comuns, o tempo passava rápido, uma hora depois Kelsea se calou, começava a se concentrar para resistir o calor, a máquina já estava a setenta e cinco graus célsius, os braços de Kelsea já estavam em chamas e os pés também ficavam em chamas, ela olhou para seu corpo e abriu um sorriso, apesar do calor e do fogo aquilo não queimava, era até prazeroso, mas nem sempre foi assim, no começo Kelsea estava se lembrando, aquilo era um pesadelo, com cinquenta graus ela já não aguentava mais, o treinamento e os estudos a fizeram amar o fogo, como se ela fizesse parte do fogo, como se ela fosse o fogo, e hoje ela tentaria duas horas diretas na máquina, tentaria quebrar o recorde de cento e vinte graus e chegaria a cento e trinta e cinco graus, o tempo passou e conforme a temperatura aumentava o fogo ocupava mais partes do corpo de Kelsea, com cento e vinte graus apenas o tórax e a cabeça de Kelsea não estavam em chamas.

Esse tipo de resistência ao fogo foi o teste proposto por Flora e os outros professores da EFEC em conjunto para buscar entender como o corpo reagia ao fogo, o fato de ela ter afinidade com o fogo diminuía em quinhentos por cento a probabilidade de Kelsea ser tostada viva, além é claro de ser um treinamento para a garota, porém, hoje isso não era mais um teste, apenas um treinamento. A máquina já marcava cento e trinta graus quando Kelsea começou a ter a sensação de derretimento e queimadura, o calor já estava começando a ficar insuportável e o tempo parecia não passar, e a cada minuto a temperatura aumentaria, ela fez sinal para Flora que estava atônita e com uma P.D em mãos, acionou e em volta da máquina que Kelsea estava uma redoma de energia apareceu, faltavam apenas dois minutos, o corpo de Kelsea implorava para ela expulsar aquela energia de seu corpo, mais Kelsea era forte e resistia contra seu próprio corpo, o fogo começou a acelerar em direção a sua cabeça, Kelsea fechou os olhos, o último minuto foi como uma tortura, seu corpo parecia que estava derretendo como um sorvete dentro de um micro-ondas e Kelsea sentia que ia perder o controle, quando a máquina se abriu sinalizando que as duas horas haviam acabado, Kelsea expulsou imediatamente aquele enorme acumulo de energia que foi drenada pela redoma de energia a sua volta e provavelmente espalhada pra gerar energia a EFEC:

- Incrível, você suportou as chamas por todo seu corpo!

- Para quem não suportava o calor, acho que está bom, não é? – Kelsea deu um belo sorriso cansado, era estranho como no começo ela sentia-se revigorar e no final sentia-se exausta – Por que eu me sinto tão cansada no final?

- Por que seu corpo não se adaptou ainda a essa temperatura querida e para ser bem sincera, acho que nunca irá se adaptar, acredito que não seja normal nem para você.

- Eu estava pensando, os Dracates tem afinidades naturais com o fogo, eles não sentem calor, por que eu sinto?

- Aí que você se engana querida, o nosso professor Galeon odeia o calor, ele prefere o frio e sempre disse que a sua vinda para a Terra era por que o clima aqui é mais ameno, no entanto ele sempre dizia que no planeta natal dele a temperatura média era de cinquenta a oitenta graus, mais em dias excepcionais quando a temperatura passava dos cem eles gastavam energia e o calor era insuportável – Kelsea estava boquiaberta – Isso são histórias que contamos para crianças, até hoje não sei o porquê.

Conforme os dias e as semanas iam se passando cada vez menos pessoais estavam presentes na EFEC, as provas iam terminando e os alunos iam sendo liberados para passar as férias em suas respectivas casas, como os alunos mais novos tinham menos conteúdos suas provas aconteciam primeiro e suas notas saiam antes também. Pio, Naomi e Leia haviam partido para casa a dez dias no dia dezessete, suas notas sendo as mais altas de toda a turma, ficando atrás apenas de uma menina dinamarquesa chamada Emilia. Helen já tinha ido a quinze dias, com todas as notas máximas, Pio não admitia que a irmã "estranha" fosse tão inteligente e continuava a chamado de estranha.

Os dois dias que antecederam a viagem foram melancólicos para Rufus, mulherengo ele passava quase todo o tempo atrás de meninas, como agora os números estavam reduzidos ele tinha que se contentar como ele mesmo dizia para Dean "apenas com as do dia-dia". Dean passava quase o tempo todo com Kelsea, rara as exceções quando estavam dormindo, já que não podiam dormir no mesmo quarto, o namoro dos dois sempre foi muito igual, eram muito amigos, se atracavam facilmente quando estavam sozinhos, mais nunca haviam ido para a cama juntos, ambos esperavam o casamento, a castidade apesar das religiões diferentes, era compartilhada..

No dia da viagem todos os alunos do último ano acordaram com uma P.D insistente que não parava de fazer barulho as seis horas da manhã, Dean acordou e deixou a P.D tocando e foi tomar banho, Rufus ainda dormia feito uma pedra. Ao sair do banho Rufus já estava acordado e lendo a P.D com cara de quem havia tomado um susto, Dean resolveu abrir sua e para sua surpresa eram suas notas, as notas das estratégias de guerras e lutas de campo todas notas máximas, as de manipulação de matéria defensiva estavam acima de oito e as de ataque também, as de cura no entanto ficaram bem na média, Dean não esperava outra coisa já que nunca se dedicara de verdade a elas, a P.D piscava em laranja indicando que havia uma outra página depois dessa com um assunto importante, Dean guardou suas notas dentro do colar deixando a outra página amostra, era uma missão:

" EFEC, céus de Lagos, 31 de outubro de 2199"

Soldado Dean, temos o prazer de anunciar sua primeira missão oficial pela EFEC, como conclusão para seu tempo de estudos. Você deve seguir à risca todas as ordens dada a essa carta até atingir seu destino, onde você então receberá ordens direta de um comandante. Em sua cama no pé direito inferior existe uma pequena gaveta, você deve conectar seu computador a ela e destravá-la com a senha 1406.01, dentro uma capsula contendo uma mochila de compartimentos de guerra, você deve levar nessa mochila duas armas brancas, duas de fogo não sendo elas suas principais e guardadas em capsulas, uma troca de roupa de interno da EFEC e o que mais achar necessário, a bolsa contem compartimento para cantis de água (6), que não devem ser ocupados e um compartimento para capsulas que não deve ser ocupado sem ordem prévia.

Seus pertences devem ser deixados em seus respectivos quartos com uma Página Digital magnética (P.D.m) contendo informações básicas (Nome, endereço, Colônia) para que sejam enviados para suas respectivas casas.

Todos os soldados devem se apresentar as 7 horas da manhã do dia 31, na cantina vestindo material de combate (uniformes dissipador de impacto), equipado com sua arma branca e de fogo principais, além da mochila recentemente adquirida e equipada, em seguida ao café da manhã todos devem se apresentar as respectivas aeronaves que forem registrados (E, D, C, B, A, S E Z) as 8 horas onde receberão instruções!

Boa sorte!

John Mayer — Diretor executivo EFEC.

Dean seguiu à risca, nunca havia reparado na pequena gaveta no pé da cama, ao pegar a mochila se engasgou de surpresa ao tirar ela dá capsula, uma mochila esverdeada, rodeada de bolsinhas para cantis de água e com dois ziperes, um grande e um bem pequeno e interno com algumas capsulas,

Dean colocou a troca de roupa, e levou o rifle e, uma submetralhadora como armas de fogo, as brancas ele levou uma Kunai e uma Broadsword, levou uma roupa de troca, toalhas e roupas intimas, se trocou e colocou sua espada principal na bainha das costas e a pistola na cintura, ajustou seu colar e esperou Rufus se aprontar, e saíram em direção a cantina. Lotada com os alunos do último ano que iriam para a missão Dean procurou por Kelsea, não foi difícil encontrá-la, vestida com as mesmas roupas das outras meninas, parecidíssimas com as roupas masculinas (Calças poliéster pretas e grossas, camisas também pretas de Dry, com uma jaqueta também de Dry) no entanto a diferença era que sobre a calça havia uma pequena saia preta. Dean cumprimentou Kelsea e foram tomar café, dez para as oito seguiram para o avião S e Z, não se falaram, parecia que seus estômagos davam nó, ao entrarem no avião Dean percebeu que o aquele ciclo chegava ao fim.

Capítulo Vinte
O Plano

Brown dirigia tranquilamente pelas ruas de Candena, depois da captura da Analtila o ambiente que o congresso enfrentava se acalmou, era, no entanto, monótono não poder fazer muita coisa além de apenas administrar toda a situação, Brown preferiria mil vezes estar diretamente ligado nas buscas dessa máquina do tempo do que esperando seus subordinados da EFEC trazerem a ele informações. Sem contar que ser solteiro era um problema a mais quando não se tem o que fazer, Brown tentava ainda conquistar o coração de Joana, mais depois de perder o almoço que haviam combinado no fatídico dia que a ladra roubou uma porção anti-matéria, Brown teve de se afastar de Joana, ela fazia muitas perguntas, e como não era uma EFEC e muito menos do alto escalão do governo (apesar de ser uma futura candidata) poderia comprometer toda as buscas e espalhar para a mídia que aproveitaria para causar uma encrenca já que o ano que estava para vir era ano de eleições.

Era verdade que a captura de uma ex capitã do exército Analtila que estava trabalhando com um grupo de espécies que infringiam as leis da viagem no tempo não resolvia nenhum dos problemas que ainda cercavam as viagens no tempo, o grupo ainda permanecia ativo e em algum lugar ainda desconhecido, para piorar a situação, ainda tinha de ser resolvido a situação da segurança falha do prédio do congresso, a Analtila tinha chegado nos últimos andares sem ser reconhecida ou acusada pelos diversos meios de seguranças instalados, inclusive os guardas muralhas. Já eram quase dez horas da noite, Brown voltava para casa depois de passar o dia literalmente "moscando" na sua sala já que não conseguia encontrar informações nenhuma sobre o grupo que estava com a máquina do tempo, Donovan tinha dito que ficaria até mais tarde para averiguar uns papeis diplomáticos de uma nova colônia terrestre próxima ao planeta dos Lautalanos, isso poderia ser resolvido depois, mas como Brown sempre dizia, Donovan tinha probleminhas. A P,D de Brown começou a tocar loucamente:

- Olá Querida – Disse Brown atendendo a P.D que resultou sendo Joana em sua sala no Congresso.

- Brown, vem pra cá agora, eu tenho certeza que vi um odoygarta entrando no prédio carregando algo sem autorização e depois ficar invisível, ele parecia carregar algo invisível, ou manter alguém invisível – Joana falava de maneira desesperada, como se as coisas que ela falassem parecessem loucura – Eu sei que parece loucura Anderson, mais eu sei o que eu vi, por favor vem pra cá, estou com medo.

- Joana, fique tranquila – Brown deu meia volta em seu carro e subiu novamente para a estrada de alta velocidade – Estarei aí em cinco minutos, seja lá o que for, não chame a polícia, finja que está indo embora e me espere na entrada do Congresso – Brown olhou para a P.D, o rosto de Joana aparentava apreensão, suas grandes bochechas estavam avermelhadas – O que você viu não tem nada de loucura, conversamos quando eu chegar aí.

Brown disparou o mais rápido que pode, o prédio era visível, ele já tirava uma capsula de dentro de seu bolso, ela se desdobrou até se transformar em duas pequenas adagas, de dentro de um compartimento secreto na porta do carro ele tirou uma pistola amarelada e a colocou na cintura de sua calça que a prendeu magneticamente. Brown foi descendo o carro até a entrada do Congresso, se identificou e parou seu carro na sua vaga de sempre, e andou como se nada estivesse acontecendo até a entrada, as poucas pessoas que estavam ali já estavam acostumadas com Brown andar armado, ele sempre que estava a noite no congresso estava armado, dizia ela por segurança, mais era para causar impressões fortes, ao se aproximar da porta Joana vinha a seu encontro.

- Brown, eu tenho certeza do que vi, era um Odoygarta, não estou ficando louca, é sério.

- Calma, não duvido de você, vamos indo até minha sala – E segurando uma das mãos de Joana adentrou ao prédio.

- Por que estamos de mãos dadas? – Joana pareceu confusa – Você não acha mesmo que te chamei aqui pra chamar sua atenção não é?

- Para ser bem sincero eu bem que gostaria, só que eu acho que temos um espião de dentro do congresso e aqui as paredes e câmeras tem ouvidos, quanto mais próximos e baixo falarmos e melhor disfarçarmos menor a chance de sermos descobertos.

Joana ficava cada vez mais confusa com o que ouvia, parecia que ela estava fora do plano em que ela vivia, aquilo parecia uma cena de filme indie com péssimas referencias, ao adentrar no elevador Brown soltou a mão de Joana e começou a falar:

- Joana, seja rápida e mais clara possível, o que você viu? Não esconda detalhes seja lá o quão estranho eles soem.

- Eu estava descendo para o saguão principal lendo para ir embora, foi um dia bem cansativo, na verdade eles sempre são quando as eleições se aproximam. Eu aproveitei pra descer alguns andares acima, para poder descer uns lances de escada para me exercitar um pouco, acontece que quando eu estava nas escadas de frente com a entrada do salão principal eu vi um odoygarta meio que transparente, achei que estava apenas cansada mas mesmo assim resolvi verificar, fui andando devagar até me posicionar atrás da estátua da fonte, foi quando eu percebi que não estava ficando louca, ou que estava não sei bem dizer, a silhueta do odoygarta aparecia cada vez que ele passava em frente a uma das janelas do alto do salão e parecia que eles estava acompanhado por algo muito grande, ou carregando algo muito grande ao lado dele, não consegui identificar, quando chegaram bem perto de mim para entrar no elevador era como se não estivesse ali, a porta nem se abriu, e o elevador também não se moveu, quando abri ele estava ali parado, foi quando resolvi te ligar.

Brown olhava para Candena atentamente como se não tivesse prestado atenção a nada que Joana houvesse falado, mais se concentrava totalmente em cada palavra que a loira tinha dito, seu cérebro raciocinava rapidamente o que aquilo poderia ser, era claramente um uso da manipulação da matéria, estranhamente o Odoygarta manipulava a luz, ou a escuridão, ele não soube responder, ele ficava mais intrigado ainda era o fato de Joana ter visto algo tão avançado em manipulação de matéria sem ao menos conhecer do assunto.

O elevador parou no andar do escritório de Brown, e eles saíram andando novamente de mãos dadas, Brown silenciosamente colocou sobre eles sem que Joana percebesse uma esfera de ar, para que ninguém pudesse ouvi-los, ele temia que algo tivesse acontecido com Donovan e caminhou para a sala do companheiro de trabalho, fez sinal para que Joana se agachasse e permanecesse em silêncio, a porta de Donovan estava entreaberta:

- Eu ainda acho que é perigoso e devemos agir logo antes que nos descubram Marduk, Kamen não é um homem qualquer, uma única brecha e ele nos descobre – era a voz de Donovan que eles ouviam – Por que o mestre se interessa tanto por ele?

-Não faça perguntas idiotas Donovan, os motivos do mestre cabem somente a ele, se quer que ele cumpra com a parte dele de te dar o poder e o comando de todo esse braço da Via-Lactea deve fazer o que ele te ordenou – Joana abriu a boca para falar, Brown fez novamente sinal para ela manter o silêncio, ele também perceberá que a voz fina e calma soava como a de um Odoygarta – Ele tem um interesse especial nesse braço da Via-Lactea, diz que existe uma proteção muito forte nela, nunca me revelou, mas disse que você é uma grande arma para conquista desse braço, porém disse que Kamen precisa perder os poderes, ou morto.

- Eu já te disse que não dá simplesmente para matar o Kamen, o velho é absurdamente sábio e forte, eu já o vi em ação uma vez, e aposto que ele não usou muito de seus poderes e nem da sabedoria.

- Deixe que eu o enfrente que eu esmago ele – Disse uma voz diferente que mais parecia um rugido enfurecido, Brown percebeu ao mesmo tempo que Joana que o Odoygarta estava escondendo na verdade um Tracapato ("Tracapato" disse Joana sem emitir som nenhum).

- Não fale besteira Abel, se Kamen fosse assim tão fraco o mestre já teria derrotado ele de alguma maneira, ou mandado assassinarmos ele direto, mas pelo visto ele quer que evitemos que o homem nasça ou que evitemos que a EFEC seja criada, o problema também é que não sabemos exatamente onde a EFEC foi criada ou onde esse homem nasceu e quando ele foi para a EFEC, os documentos sobre Kamen estão errados – Disse Donovan – E não dá para perguntar pra ele sem levantar muitas suspeitas e ele parece não ter nenhum amigo da época vivo.

- Ele parece que foi plantado diretamente na EFEC, é estranho, no entanto temos uma pista de um soldado que viajou no tempo na época do nascimento de Kamen e disse que tem revelações bombásticas e que farão do plano do mestre um succsso – O odoygarta de repente parou de falar, devia estar mostrando algum sinal de triunfo – Bom Donovan, você tem suas ordens, espero que não se atrase, irei em direção à máquina do tempo no local que me indicou – Brown aumentou a intensidade da bolha de ar.

- Não consigo mais ouvi-los, o que aconteceu?

- Joana preste atenção – Brown falava apressadamente – Vai embora daqui o mais rápido possível, vou te dar minha P.D, entre em contato com Kamen pela chamada de emergência e diga tudo que ouviu, não se identifique de maneira nenhuma por favor, em seguida vá para sua casa e me espere lá – Brown deu seu relógio para Joana e antes que ela protesta-se prosseguiu em um tom alarmantemente sério, o que era raro de se ver – Tiro todas as suas dúvidas assim que eu resolver o problema com esses três, agora vai.

A rajada de vento mais forte que Brown usou chamou a atenção do trio que estava na sala de Donovan, ele saiu da rajada de vento e se concentrou em controla-la ao mesmo tempo que fez uma barreira de fogo para que seus inimigos não vissem Joana indo para o elevador, Joana estava assustadíssima e não entendia nada do que acontecia, seguia cegamente as instruções de Brown, acreditava que era sua única salvação. Os três indivíduos saíram da sala e deram de cara com Brown já armado de suas adagas e a parede de fogo atrás dele.

- Ora Brown o que faz aqui, e para que essa hostilidade toda? – Donovan se adiantou com as mãos a frente, porém foi atacado por uma rajada de vento que saiu de trás das chamas – Ora seu...

- Seu traidor desgraçado, você não merece ser ouvido seu lixo – Brown estava absurdamente raivoso – Como você ousa trair seu povo, e tentar matar o Kamen?

- Você realmente acha que eu estou preocupado com essas idiotices humanas? Eu vou ser o dono dessa porra toda.

Brown percebeu que atrás de Donovan estava o tracapato Abel, empunhando um machado enorme, o odoygarta não parecia presente.

- Humano, o senhor Marduk está indo embora pela janela, acompanhe ele, eu derroto esse humano mirradinho.

- Certo – Donovan abriu um sorriso – Boa sorte Brown, aparecerei no seu funeral para dar as condolências – Donovan voltou para sua sala, Brown tentou segui-lo mais Abel tentou corta-lo a longa distância com o machado.

Brown se viu em desvantagem, naquele pequeno corredor contra aquele gato gigante segurando um machado também enorme, ele se preparou ao perceber a intenção do inimigo de investir-se contra ele, Brown se animou, gostava de uma boa briga, Abel partiu para cima dele com o machado em riste e tentou acertar sua cabeça, Brown usou uma das adagas e parou o pesado ataque de Abel sobre sua cabeça, e com a outra arrancou o braço do tracapato com um único movimento, o machado caiu ao lado de Brown, com dor o felino saltou alguns metros para trás, deu uma forte pisada no chão que formou-se uma onda e partiu em direção a Brown. Brown tinha afinidade com a terra e chutou a onda no meio fazendo-a partir em duas pequenas ondas de pisos. Brown correu em direção de Abel parou na frente dele, jogou uma das adagas para cima, e com uma mão em chamas acertou em cheio um soco no rosto de Abel, que caiu desmaiado:

- E você ainda queria enfrentar o Kamen? – Brown pegou a Adaga antes que caísse e entrou na sala de Donovan que estava com a o vidro que dava para fora do gigantesco prédio do congresso quebrada – Piada pronta – Brown correu e saltou para fora do prédio.

O vento batia fortemente em seu rosto, Brown caia do prédio como uma bala em direção ao chão, ao sentir o forte vento começar a cortar sua pele Brown concentrou-se e utilizando suas habilidades com o vento começou a frear sua queda, a queda ainda seria muito brusca, então ao conseguir observar o chão com clareza Brown esticou suas mãos em direção ao chão que pareceu derreter, Brown se ajeitou para que caísse em pé, ao relar no chão ele sentiu como se tivesse caído em um colchão d'água, o chão se deformou todo e logo em seguida voltou ao normal e Brown saiu em disparada sem que ninguém o percebesse.

Ao chegar em seu carro Brown notou três carros saiam em disparada, um para o norte de Candena e outros dois para o sul aonde ficava o porto espacial, Brown não teve dúvida que quem ia para o Norte era Joana que com certeza já havia se comunicado com Kamen, Brown entrou e acelerou seguindo os outros dois carros, como se tratavam de quatro carros oficiais não houve perseguição por parte dos guardas, Brown tentou seguir os dois carros sem chamar atenção, ambos pararam próximos ao aeroporto e entraram e seguiram para um galpão onde havia dezenas de maquinas de teletransporte, Brown correu até lá e viu o Odoygarta se teleportando, arremessou uma de suas adagas na máquina que Donovan tinha entrado fazendo ela quebrar:

- Seu desgraçado, como ousa tentar atrapalhar os meus planos – As poucas pessoas que estavam no galpão pararam para olhar a discussão e correram com medo quando Donovan jogou uma rajada da máquina quebrada na direção de Brown que se defendeu com a outra adaga – Você morre aqui seu merda.

Donovan partiu para cima de Brown jogando raios em sua direção, Brown se esquivou dos raios mais não foi veloz o suficiente para escapar do soco de Donovan que o arremessou alguns metros para trás, Brown se manteve em pé e fez um gesto com as mãos como se jogasse algo para cima, e duas grandes pedras do tamanho de cocos se desgrudaram do chão e flutuaram sobre suas mãos. Donovan ergueu suas mãos e começou a puxar a eletricidade das lâmpadas que foram se apagando e deixando o Galpão sem energia e em uma escuridão total, Brown fechou as mãos fazendo com que as pedras se quebrassem em milhares de pedacinhos, e em seguida fez com que elas ficassem a sua frente formado um escudo de pedrinhas, Donovam o atacou jogando muitos raios em sua direção, as pedrinhas entravam a frente dos raios fazendo com que eles desaparecessem, e as pedrinhas quebrassem em grãos de areia, os raios iluminavam o galpão piscando em um tremendo show de luzes azuis, Brown se preparou para a escuridão, porém a P.D de Donovan tocou no modo Emergência, e a voz de Abel saiu do nada:

- Humano, estou perseguindo aquela garota loira, tenho certeza que foi ela que nos viu e avisou esse humano mirradinho – Brown e Donovan trocaram olhares – O que eu faço?

- O de sempre Abel – Donovan abriu um sorriso, sabia que era sua chance de escapar sem realmente lutar – Mata ela.

- Seu filho de uma...

- Minha P.D informa que ele ta indo atrás dela já, se você pegar o seu carro ainda dá tempo – Donovan sabia que Brown gostava de Joana e que não pensaria duas vezes. A escuridão caiu sobre o lugar, Donovan ficou em uma posição pronto para se defender de qualquer golpe ao ouvir passos, aos poucos a luz foi voltando conforme a energia chegava no galpão, Donovan estava sozinho, Brown já tinha ido atrás de Joana.

Capítulo Vinte e um
Mithril

Brown tinha sido absurdamente inocente, seu desespero em proteger Joana o deixou cego a ponto de simplesmente deixar Donovan escapar, Abel não foi atrás de Joana e enganou Brown que caiu como um patinho. Brown tinha certeza de que a ideia devia ter sido do odoygarta e não do tracapato, ele era muito burro para isso. Dormiu na casa de Joana no intuito de protege-la, o que não foi necessário, no entanto ela tinha combinado de Kamen ir na casa dela para tratarem das recentes informações. Era natural que Joana estivesse assustada e sem entender nada, Brown explicou para ela tudo o que podia explicar até que Kamen chegasse, Joana estava estupefata, Brown fala de coisas que ele entendia como magia, parecia mentira ainda mais quando ele tentava explicar algo fora dos cinco elementos principais (pelo menos era isso que ela tinha entendido).

- Você quer dizer então que o Odoygarta podia fazer mágica com a luz e por isso que ele ficava invisível e conseguia deixar o tracapato invisível?

- Exato, e aí quando ele passou em frente as janelas do Congresso ele não conseguiu manter a quantidade necessária da manipulação da Luz e por isso você conseguiu ver silhuetas.

Brown olhou pela janela do apartamento alaranjado de Joana, à frente da janela um grande relógio dourado marcava nove horas, Kamen ainda demoraria uma hora para chegar, Brown olhou Joana que estava pensativa no sofá, e começou a sonhar acordado.

O avião da EFEC do esquadrão S descia em direção a uma enorme Clareira no meio de uma floresta, ao longe podia-se ver do avião uma pirâmide branca, e no caminho para lá diversas clareiras. Todos estavam maravilhados e com muito interesse de ir para essa pirâmide, Dean no entanto não parecia se importar muito com a pirâmide, estava mais focado em uma Torre ao longe, ela parecia estar escondida, e Dean não tinha certeza se era mesmo uma torre, ele olhou de lado para pirâmide e ao voltar o olho para a torre ela havia desaparecido. O avião S e Z pousou suavemente como um helicóptero, Dean se tocou o quão grande era a floresta e sentiu-se preocupado, esperou todos descerem e desceu junto de Kelsea que estava com o corpo realmente quente, Dean tinha reparado que ultimamente quando Kelsea ficava nervosa sua temperatura aumentava ridiculamente.

Nelly olhava os garotos que descia dos aviões S e A, do avião Z desceu apenas uma moça, Nelly não sabia que um soldado nível Z estaria na missão, apesar de estarem em formação, soldados nível Z eram absurdamente acima da média em combate (seja na forma de apoio ou ofensivamente). A moça tinha um ar de soberba que exalava de suas narinas e de seu queixo fino, olhava para os outros que desciam dos aviões S e A com um ar arrogante, seus olhos azuis em seu rosto branco perfuraram ao longe uma garota morena de cabelos cacheados que estava de mãos dadas com um garoto moreno. Nelly sabia que em algum momento do treinamento final que viria, ali aconteceria uma confusão, ele deu um grande sorriso e fez sinal para que todos se aproximassem dele. Dean que estava de mãos dadas com Kelsea percebeu que a garota de nível Z olhava para ele e Kelsea, estupido Dean fez careta como se tivesse comido alguma coisa azeda, tinha algo de errado com aquela moça:

- Meus caros, sejam bem-vindos a essa selva no meio de lugar nenhum da Terra, eu sou Downelly e sou o oficial que vai guiar vocês até a entrada do grande centro de treinamento Terrestre da EFEC, vocês que são dos escalões mais altos vão ficar na pirâmide da evolução, ela está localizada a cerca de vinte a trinta quilômetros daqui, vocês irão caminhando, serão divididos em três grupos de sete pessoas, os seus instrutores já decidiram quais serão os dois líderes que comandarão os grupos em que eu não estiver.

O Silêncio bateu naquela orla, eles não tinham ideia do que enfrentariam e agora sabiam que dois grupos não teriam a presença de um EFEC formado, Dean ficou dividido entre gostar e não gostar da ideia, ele gostava de fazer as coisas do seu jeito, mas ao mesmo tempo gostaria de ver um EFEC formado em ação. Kelsea sentia-se extremamente desconfortável, a garota de nível Z não parava de olhar para ela (ou para Dean, o que deixava Kelsea sentir um ciúme lá no fundo), gostaria muito de não ter que cair no grupo da garota.

- Os líderes dos grupos serão, Dean Silva formando EFEC S e Natalie Jay formando EFEC Z, cada um de vocês devem escolher seis companheiros, os que sobrarem irão prosseguir comigo – Natalie olhou para Dean e abriu um sorriso perfeitamente branco e seu ar de superioridade aumentou drasticamente eles andaram até Nelly, Kelsea ardeu de raiva e ao mesmo tempo abriu um grande sorriso, Dean tinha um certo costume desde pequeno de acabar com a soberba das pessoas, ensinando a elas uma lição, a derrota – Entregarei os mapas com os caminhos que devem seguir, são trilhas e no meio dessas trilhas existem armadilhas, robôs de guerra armados e Androides que devem evitar que vocês cheguem a seus destinos, nem que tenham que matar vocês, o objetivo é exatamente esse, chegar até a pirâmide.

Todos ficaram de olhos esbugalhados, até mesmo Natalie ergueu uma de suas sobrancelhas bem delineadas, Nelly sorria com certo prazer, aquilo deixava todos ainda mais apreensivos.

- Por favor Senhorita Natalie, escolha seu grupo.

Natalie andou até a frente e se virou para seus companheiros, ela apontou primeiro para Kelsea com um sorriso de alegria pura, Dean olhou pelo canto do olho para sua namorada, que andou com passadas firmes em direção a outra garota. Natalie escolheu dois garotos de porte físico avantajado, Leona que era uma menina miudinha com óculos fundo de garrafas e cabelos ruivos e embaraçados e outras duas garotas que tinham o mesmo ar que a própria Natalie.

- Sua vez Dean Silva.

Dean andou até a frente e olhou para todos que estavam ali, quase todos os S foram pegos por Natalie, Dean olhou para seu amigo Rufus, achou estranho que Natalie não tinha pego ele, já que era maior que os brucutus escolhidos por ela:

- Rufus, Melchior – Um garoto com um A no peito e com pouco mais de um metro e meio esbugalhou os olhos ao ser escolhido por Dean – Mirian – Uma moça bonita e pequena, carregando uma broadsword quase do tamanho dela saiu do meio da galera – Alvarez – Um garoto de pele avermelhada e um bigodão, veio em direção a Dean – Clara e Jinmu.

As pessoas que estavam ali ficaram boquiabertas, Jinmu mais ainda, por que de todas as pessoas era improvável que Dean escolheria o seu rival na EFEC, isso fez com que Clara, uma linda polonesa passasse despercebida. Jinmu andou até Dean olhando com cara de ódio mortal, ele achava que Dean estava usando a oportunidade para mostrar-se superior.

- Bom agora que os grupos estão prontos, vos entrego os mapas – Nelly passou uma p.d para Dean e Natalie – Um grupo irá pelo Oeste e outro pelo Leste, enquanto eu irei pelo Norte no caminho mais curto, cada caminho tem suas próprias armadilhas e testes, a partir do quilometro vinte os caminhos se juntam, porém, fiquem tranquilos, poderão se juntar se por um acaso se encontrarem durante a trilha.

- E qual é a dessa prova idiota? Já não fomos avaliados? – Uma voz firme e arrogante, Natalie parecia sentir prazer em ser daquela maneira.

- Simples, é a parte final dos testes, se vocês não forem capazes de chegar, seja por falta de capacidade física, mental, não souber lutar ou por burrice e arrogância – Natalie ergueu uma das sobrancelhas e Kelsea abriu um sorriso – Ou ainda por morte, é que vocês não estão aptos para tornarem-se EFEC's oficiais e serão delegados para funções mais simples na sociedade, ou para a vala.

O silêncio permaneceu enquanto Nelly sorria e sua careca brilhava no sol escaldante da selva africana, ele fez sinal para o grupo que sobrou e seguiu ao Norte em direção a uma trilha, Natalie fez o mesmo e seguiu a Oeste.

- Se você está pensando que vai me dar ordens seu negro escroto está redondamente enganado – Jinmu andou em direção a Dean com o intuito de ameaça-lo

- Se você pensa em me ofender pela minha cor de pele está perdendo seu tempo, e eu sei que você não é racista, e eu não me importo de ser chamado de negro já que sou um.

- Mais por que você escolheu o babaca do Jinmu cara? – Rufus falou o que todos queriam falar, ninguém ali gostava dele – O cara é um mala.

- Qual é comuna tá querendo apanhar?

Tudo aconteceu muito rápido, Rufus partiu para cima de Jinmu, no entanto Mirian elevou a terra entre eles criando um muro.

- Não me chame de comunista seu porco.

- Escutem aqui – Interrompeu Dean – Eu escolhi o Jinmu por que o cara é bom soldado, precisamos trabalhar juntos para chegarmos até a pirâmide, se por um acaso vocês não saibam sempre morrem pessoas nesses testes – Dean havia escolhido bem as palavras, pois conseguiu atenção imediata de todos – Jinmu vai à frente do grupo, assim eu posso observa-lo a todo momento e por que você tem uma percepção melhor do ambiente, assim consegue pressentir o perigo antes, atrás dele irão Rufus e Miriam, são os mais fortes e mais brutos por isso acredito que devam aguentar e encarar de frente máquinas e o que vier por ai, Melchior, Clara e Alvarez andarão juntos atrás de Rufus e Mirian, vocês serão os cérebros e primeiros socorros do grupo e eu cuidarei da retaguarda e serei o cérebro da missão, quero a opinião de vocês a todo momento para que eu possa tomar a melhor decisão para que cheguemos ao nossos objetivo.

Jinmu fechou a cara e seguiu a Leste com uma passada aberta, os outros não tiveram escolha a não ser segui-lo já que Dean não o impediu, o que na verdade o agradava, quanto mais rápidos fossem mais rápidos terminariam, correram seis quilômetros em uma hora sem parar, Jinmu estranhava a falta de desafio até ali, a floresta parecia muito calma, ela se fechava cada vez mais, parecia não ter nenhum animal no caminho e a fome aumentava a cada passo.

Kelsea seguia de perto Natalie atrás do grupo que corria a sua frente, parecia estupido que todos ficassem a frente e derrubassem o que aparecesse, Natalie parecia estar feliz com a presença de Kelse ali, de repente o grupo a frente de Natalie parou, um enorme portão apareceu a frente deles, um computador estava à frente do portão, Natalie olhou para os dois brutamontes, ambos bateram os pés no chão juntos, e destroçaram o portão com a pressão de suas forças usando a terra.

O grupo de Dean estava andando quando uma jaula saiu do chão, apenas Jinmu e Rufus ficaram de fora, Jinmu saiu correndo a frente no caminho:

- Rufus segue o Jinmu, proteja ele se precisar – Dean falava sério enquanto olhava para as barrar procurando uma brecha, Rufus não hesitou e seguiu atrás de Jinmu – Melchior você é especialista em eletricidade não?

- Sou sim.

- Nota que esse portão é elétrico, tem como através dele você chegar a fonte de energia e fazer com que ele volte de onde veio para sairmos?

- Por que não simplesmente cortamos as barras e vamos embora? – A pequena Miriam já sacava sua enorme espada.

- Acho que você vai perceber se tentar, ou se observar com mais atenção, que a carga elétrica que corre nessas barras vai tornar a tarefa muito mais difícil – Melchior falava de forma rápida enquanto levava suas mãos até as barras, faíscas voaram para todos os lados quando ele relou na barra – Acho que podemos sobrecarregar as barras para elas descerem.

O corpo de Melchior ficou quente e sua pele parecia fazer um zumbido, vagarosamente as barras começaram a descer, Dean aproximou-se da barra e tocou-as também fazendo com que elas descessem mais rápidos, os outros entenderam o recado e também foram ajudar, em poucos segundos a jaula não estava mais ali, com isso todos correram atrás de Jinmu e Rufus, correram cerca de quarenta minutos, até que os encontraram lutando contra um gigante de aço, Rufus tinha coberto suas mãos com terra e socava o gigante que tentava acertar Jinmu de qualquer maneira, Jinmu se desviava e acertava o gigante com certa frequência, nada adiantava ele parecia indestrutível.

Apesar de lento, os golpes do gigante que atingiam as árvores próximas as destruíam como gravetos, Mirian foi até o meio da luta e parecendo mais pequena que nunca usou a terra como um trampolim e atingiu um soco na cabeça do gigante de oito metros, nada aconteceu, o gigante continuava a perseguir Jinmu:

- Por que ele só persegue ao Jinmu – Gritou Mirian – E por que nada o afeta?

- Foi esse robô que ativou a armadilha, eu vim atrás dele, só que de repente ele ficou enorme, não sei dizer o porquê – Jinmu se desviava com certa facilidade do gigante – Nada que eu ou Rufus tentamos funciona.

Dean ia atacar também quando Clara o segurou pelo braço:

- É a carapaça, é feita de Mithril, golpes normais não vão perfura-la.

- Mithril? Aquela pedra esquisita que tem no planeta dos Odoygartas? – Dean começou a pensar o mais rápido possível, tinha estudado sobre mithril com Kelsea, uma pedra mais dura que diamante, mais leve que um isopor e moldável se exposta diretamente ao fogo ou a uma temperatura absurdamente alta – Droga, não tem fogo por perto – Dean olhava em volta procurando uma tocha ou algo parecido, se Kelsea estivesse ali seria fácil derrotar o gigante, no entanto ninguém ali tinha capacidade de criar fogo a partir da energia do próprio corpo – Mirian venha para cá.

Mirian se desvencilhou de um golpe que o gigante mirou em Jinmu e quase a acertou, se ela fosse maior com certeza teria acertado sua cabeça, ela tentou ainda acertar outro ataque, o acertou mais o resultado não mudou, nada aconteceu, ela então saiu do centro da batalha e se juntou a Dean e os outros soldados:

- Caraca do que é feito essa porcaria? Quero um pra mim.

- Mithril, precisamos dar um ataque carregado de energia – Disse Dean.

- Mas Mithril não sofre com isso, precisa ser fogo – Mirian coçava a testa, pensar parecia não ser o forte dela.

- Mais um ataque carregado de energia significa uma maior temperatura – Clara falava rapidamente – Eu posso usar minha energia de recuperação com o ar para gerar energia em volta de você, e então você ataca depois de carregar o máximo da sua energia com a terra, vai ser difícil, mais podemos tentar.

- Certo vamos tentar, e depois?

- Depois vamos acertar onde você conseguir furar o casco, vou assumir o lugar de Rufus para ele usar a sniper dele, tem que funcionar.

O vento começou a mudar, ele ia em direção de Mirian, os longos cabelos dela balançavam loucamente, enquanto ela sentia a temperatura dos ventos aumentar a cada minuto que se passava, aos poucos a terra em volta dela começou a envolver seu corpo dos pés à cabeça, Mirian começou a soar, parecia estar dentro de um forno de barro, no qual a temperatura aumentava rapidamente. Enquanto isso Dean lutava com o gigante com Jinmu e ao mesmo tempo passava as instruções para Rufus que saiu do combate e se posicionou em uma arvore atrás de Clara e Mirian, com uma visão clara do gigante. O gigante por sua vez sentia o calor aumentar em algum lugar, como se temesse o que estava por vir ele partiu em direção de Mirian e Clara, o que tornou as ações de Jinmu e Dean extremamente difíceis, eles tinham que evitar que o gigante chegasse nas garotas que preparavam um ataque que poderia derrotar o robô, Alvarez e Melchior criaram em volta de Mirian e Clara uma proteção usando a água que estava em um cantil, envolta por eletricidade. O robô então desferiu um golpe avassalador que Jinmu e Dean tiveram que tentar repelir para que não acertasse as garotas, eles conseguiram atrasar o ataque alguns segundos e foram jogados para longe enquanto o enorme braço seguia em direção a elas, no mesmo instante Mirian coberta pelo forno de barro que foi formado pulou por cima do braço em direção ao peito do robô gigante, rapidamente a terra que estava em sua volta foi para sua espada que cortava o casco do gigante e abriu uma fenda bem no meio do robô, em seguida o som da sniper de Rufus se confundiu com o som da mithril se despedaçando e o robô caindo de costas no chão imóvel.

Comemoraram a difícil vitória sobre o robô, Clara sugeriu que parassem vinte minutos para ela tratar de Dean e Jinmu que estavam com muitas dores devido ao ataque sofrido, e para almoçar, já haviam corrido cerca de dez quilômetros ou mais e atingido metade do caminho, decidiram parar por uma hora, comeram lanches que tinha levado por precaução, quando era meio dia se levantaram e seguiram caminho, correram por mais duas horas, até que viram ao longe os caminhos se juntarem.

Capítulo Vinte e dois
O erro de Donovan

Donovan seguiu para a Terra em alta velocidade, tinha usado seu poder como um grande político para pegar um ônibus espacial, era quase meio dia e ele chegava no seu destino, uma floresta no continente africano, se ele não se enganasse estaria ocorrendo uma prova EFEC nesse momento o que o deixaria livre para roubar uma nave espacial poderosa da EFEC, o tracapato Abel estava com ele, se encontraram quando Brown correu para salvar Joana, Donovan sabia que não teria mais volta, a uma hora dessas Kamen já sabia de tudo, ele precisava fugir o mais rápido possível, e roubar a nave Estelar1 era a melhor alternativa, a nave era a mais recente construção de ponta da humanidade, era perfeita para fugir e procurar o mestre, e se por um acaso Kamen tentasse te atrapalhar o mestre havia dado uma poderosa arma a Donovan, mesmo Kamen teria problemas com ela.

O fato de estar ocorrendo as provas da EFEC ajudava Donovan de todas as maneiras, a segurança da Estelar1 estaria menor, os grandes soldados que não estivessem em missão provavelmente estariam auxiliando esse teste, o que o daria cerca de uma hora para fugir caso o descobrissem, e ainda apenas Brown ou Kamen provavelmente o encontraria e para isso o mestre o preparou. Seu destino final era uma torre fantasma, apenas quem tinha acesso a ela saberia como acessa-la, ela era escondida por efeitos reflexos no meio da floresta, ficava a dois quilômetros da grande pirâmide de treinamentos da EFEC, e tinha apenas um andar inferior ao térreo, onde estava guardada a nave Estelar1, que era apenas usada quando Kamen tinha que ir para algum lugar muito longe.

Candena duas horas da tarde.

- Mais Kamen, se você tem tanta certeza que ele vai roubar a Estelar1 por que não avisar os soldados? – Brown as vezes não conseguia entender a genialidade de Kamen.

- Entenda Brown, capturar Donovan pouco importa no momento, temos que intender o que o motivou, ou quem o motivou a trair a própria espécie – Kamen falava calmamente.

- Senhor, mais se ele roubar a Estelar1 não vamos ter como rastreá-lo ou pior ainda o seguir, você sabe a quão poderosa é aquela nave.

- Brown, como futuro maior representante de sua espécie, você ainda tem muito a aprender – Kamen abriu um leve sorriso ao se virar para Joana - Senhorita Joana, você se lembra de assinar um documento sobre a criação de um hangar militar no Canada?

- Claro que me lembro, tive que colocar um grupo de engenheiros dos melhores da galáxia por que o hangar tinha classificação de construção hiper-tecnológico.

- Exatamente, aquele hangar está sobre a proteção pesada da EFEC, e a Estelar1 está lá.

- Como assim? – Joana ficou boquiaberta – Era uma área de construção militar, vocês construíram essa nave lá?

- Ow espera aí – Brown antecipou a fala de Kamen – Eu vi a Estelar1 nas bases de treinamento da EFEC, como ela foi transportada?

- Ela não foi, e sim ela foi construída no hangar no Canada ao mesmo tempo em que a nave que está na base foi construída – Kamen respirou fundo – Eu já sabia da traição de Donovan, ele deu muitas brechas e é fácil de rastreá-lo, faz parte da pesquisa para os futuros candidatos a governar Cethriuxs – Brown ficou surpreso – Você é mais difícil de rastrear, mais não é nada sério, falando nisso como você conseguiu chegar até aqui?

Joana abriu um largo sorriso e uma risada abafada, Brown se perguntava sempre a mesma coisa:

- Prosseguindo, aquela nave é uma cópia exata da Estelar1, no entanto é uma nave que está programada para passar informações secretas diretamente à minha mesa no Congresso, como as viagens, locais e trajeto e tudo que acontecer lá dentro é filmado.

- Mais isso não fere as leis Cethriuxs? – Perguntou Joana

- Na verdade não – Foi Brown quem respondeu – O senhor Kamen tem algumas superioridades as leis de Cethriuxs que é dada pelo papa, nada que possa o tornar um imperador, mais algumas coisas são fundamentais que ele esteja um pouco acima da lei.

- Bom, Donovan deve estar chegando em seu destino, ele deve estar carregando algum tipo de arma, e o Tracapato deve estar com ele, prezo pela segurança dos futuros soldados, com uma certa exclusividade a garota do fogo, ela deve ser protegida a qualquer custo – Kamen tirou uma pequena capsula do bolso de seu paletó – Senhorita Joana pode criar um pouco mais de espaço na sua sala por favor? Obrigado! – Assim que Joana tirou os sofás a capsula se desdobrou até se tornar uma máquina de teletetransporte das mais avançadas.

- Essa máquina está ligada diretamente a um banheiro que mandei desabilitar ano passado, chegue lá Brown, ele está equipado com uma tela mostrando todas as áreas da espaçonave e onde ela está localizada – Brown assentiu com a cabeça – Tenha em mente Brown que o Donovan tem que escapar, mais não pode perceber que você permitiu.

- Kamen, olha eu entendo, mas não teria outro jeito? E mais, Donovan não é assim tão fraco, vai ser difícil derrota-lo sem o matar, ele é digamos... insistente.

- Você fala de matar como se fosse algo simples – Kamen ergueu as sobrancelhas quando Joana falou – Vocês falam como se tudo isso fosse muito simples, como podem governar uma raça inteira com essa frieza.

- Você não entendeu querida – Kamen abriu um leve sorriso e fez chamas saírem da palma de suas mãos como se fosse uma vela – Pegue uma, sinta o calor – E estendeu suas mãos para Joana, que recuou assustada – Apenas deixe com que seu corpo sinta o calor, ela vai sumir em seguida, confie em mim – Joana então esticou suas mãos, Kamen assoprou até que as chamas parassem nas mãos de Joana.

Joana sentiu um calor por todo corpo, como se todas as suas células tivessem sido ativadas de uma vez, seu coração acelerou e ela olhou para Kamen com medo, a chama cessou.

- O que você sentiu foi a manipulação de matéria, não é mágica é ciência fisiológica da mais avançada, todos da EFEC sabem utilizar desse conhecimento, alguns mais outros menos, Donovan é um exímio lutador que controla com muita facilidade o vento, e não vai se entregar – Joana tentou abrir a boca para falar, Kamen esperou, mas ela não conseguiu falar – Brown aqui nunca matou uma pessoa, seria incapaz disso, na EFEC ensinamos preservar a vida, no entanto durante um combate é você ou seu inimigo, Brown talvez não tenha outra opção – E olhou para Brown com um olhar pesado de preocupação e confiança – Mas eu confio que ele se manterá distante da morte, que não vai causar e nem sofrer seu julgamento.

Nelly seguia com seu grupo sem dificuldades, até ali tinha tudo ido conforme ele imaginava, o caminho mais fácil sem dificuldade e com poucas armadilhas não foi suficiente para atrapalhar o grupo, já estavam chegando aonde os caminhos se tornavam apenas um, lá já estava o grupo de Natalie e Nelly sentiu que o grupo de Dean já estava também para chegar. Nelly imaginava que os grupos chegariam ao mesmo tempo, mais algo tirou sua atenção, um ônibus espacial passou no alto da clareira que eles se aproximavam. Era absurdamente raro que ônibus públicos passassem no espaço aéreo que era militar e restrito, ele imediatamente mandou uma mensagem para Milena para ver se ela tinha recebido alguma informação.

- Conseguimos cortar toda a comunicação da EFEC, talvez eles demorem a perceber – Donovan mexia loucamente em um grupo de p.d espalhadas a frente do volante do ônibus – Temos mais ou menos uma hora para partir Abel.
- Espero que tenham realmente soldados, estou pronto para uma boa briga de novo – Abel encaixava no lugar do braço que lhe fora arrancado por Brown uma prótese de ferro – Assim que chegarmos na terra poderei fazer esse braço ser funcional através de moléculas de terra, vai ser incrível esmagar pequeninas cabeças humanas.
- Não subestime os soldados Abel, você subestimou o Brown e olha o que ele fez com você.
- Há, aquilo foi um golpe de sorte, eu não perco para um humano fraco jamais.
Donovan nunca gostou de Abel, o tracapato era deveras convencido de mais, absurdamente forte fisicamente e tinha um controle da terra de se dar inveja, ele era classificado em nível três, mesmo para os tracapatos algo difícil de se alcançar. O tracapato ainda não engolira a história que seus líderes não entraram em guerra e destruíram os raquíticos humanos.

Donovan não sabia o real motivo do ódio do tracapato pelos humanos.

O ônibus começou a pousar, como era esperado os guardas da torre cercaram o ônibus, Abel desceu e ao pisar na terra amarelada da floresta onde a torre estava situada sentiu seu corpo ganhar vida, seu braço improvisado tornou-se um braço funcional, por que ele usou seu corpo para absorver a terra em seus pés e levar as partículas da terra livremente pelo seu corpo até chegar na prótese. Os guardas sacaram as armas e deram ordem para que Abel não se mexesse:

- Senhor desça do veículo com as mãos para cima – Donovan desceu e os guardas se assustaram – Senhor Donovan, nos desculpe, não recebemos nenhuma informação que o senhor viria para cá.

- Eu tentei comunica-los capitão... Dubois, mais parece que as comunicações foram cortadas, eu vim para a torre para restabelece-las, se quiser pode confirmar usando sua p.d.

Dubois olhou sua p.d, que exatamente como disse Donovan estava sem nenhum sinal, era estranho que nem os aplicativos emergenciais estivesse funcionando em sua p.d e mais estranho ainda que um homem de alto escalão do governo viesse resolver o problema seguido de um tracapato com um braço articulado por manipulação de matéria.

- Mesmo assim senhor, não posso permitir que entre na torre, apenas o capitão Zouma tem acesso liberado.

Abel perdeu a paciência e com um leve movimento do pé esquerdo fez com que a terra se elevasse como se fosse uma estalagmite e perfurasse o peito de Dubois, Donovan deu um salto e flutuou por cima dos outros dois guardas que se assustaram com o tão alto salto dado pelo homem. Abel com um único soco de sua mão de terra arrancou a cabeça do outro soldado, o ultimo soldado que sobrou caiu no chão desesperado,

Abel abriu um largo sorriso mostrando suas presas afiadissimas, puxou o machado que estava pendurado em suas costas por uma cinta, o guarda que era apenas um garoto e tinha uma letra D no peito se desesperou, levantou-se e tentou correr, pensando rapidamente o garoto encheu o pulmão com o máximo de ar, e gritou absurdamente alto:

- SOCORRO – O grito ecoou por quilômetros.

Em sequência caiu duro no chão.

- Que idiota, explodiu o próprio pulmão – Abel virou o corpo do garoto, manchado de sangue e com os olhos esbugalhados – Não vai sobreviver se não for tratado imediatamente.

Donovan desceu de sua flutuação e enfiou sua espada na garganta do garoto:

- Ele não tem nada de idiota, moleque maldito, vamos Abel, ele avisou um monte de gente com esse grito, precisamos nos apressar.

- Se tivesse me avisado eu tinha matado ele antes – Donovan resmungou algo como " como se eu soubesse" – Devia saber, humano idiota.

Donovan se controlou muito para não matar Abel ali mesmo, ele tinha certeza que iria precisar do tracapato. Ele abriu a porta da torre, e lá dentro estava a Estelar1, ele abriu um leve sorriso, colocou as mãos no bolso e tirou uma pequena semente de metal, fez um buraco na terra e plantou, a arma do mestre estava plantada para futuramente destruir toda aquela área da EFEC, e para último caso, fazer com que ele ganhasse tempo para fugir. Mal Donovan sabia que Brown observava tudo de dentro do banheiro que estava atrás da Estelar1

Capítulo Vinte e três
Abel

Dean viu ao longe o grupo de Natalie parado no centro da clareira, e poucos segundos depois viu o grupo de Nelly chegar correndo, ele apertou o passo ao notar que não via ao longe o que devia ter ali, um grande cabelo volumoso e cacheado arrumado com um rabo de cavalo, seu coração acelerou de tal maneira conforme ele se aproximava mais e mais e não conseguiu localizar Kelsea, quando estava a alguns passos ele percebeu que uma roda se formava em volta de alguém e ele perdeu a respiração por alguns segundos, voltou ao normal ao ver que Kelsea não estava caída e sim tratando de uma das amigas de Natalic:

- Anda logo garota, você não vê que ela está com muita dor? – Natalie parecia ansiosa.

Kelsea parecia não ouvir, sua mão direita estava coberta por uma bolha de água e sobre uma ferida aberta e sangrando bem próxima ao pescoço, a garota gemia e suava muito, Kelsea ergueu a cabeça como se pressentisse que Dean havia chegado e abriu um leve sorriso que apenas Dean percebeu. A bola de água na mão de Kelsea começou a ondular de uma maneira serena e a garota que gemia passou a chorar silenciosamente e a ferida começou a lentamente cicatrizar e parar de sangrar.

- Vocês poderiam dar mais espaço para que ela possa respirar por favor? – Kelsea falou séria, demonstrando que controlava toda a situação – Amber está bem, precisamos leva-la o mais rápido possível para descansar, Natalie você decide quem vai carrega-la, ou eu decido?

- Você está dando ordem a uma capitã de pelotão soldado? – Natalie partiu para cima de Kelsea que estava agachada, Dean antecipou o chute que Natalie tentou acertar em Kelsea que estava agachada e acertaria a cabeça da garota – Como ousa seu...

- Amber está nesse estado por culpa sua "capitã", você usou a garota como escudo humano para escapar de um ataque da máquina, você no mínimo devia ter protegido ela, mas não, você tinha que chegar aqui primeiro que todos.

- Você ainda questiona minhas ordens garota? Você acha que se sairia melhor?

- Ouve o que está dizendo sua maluca – Kelsea se levantou e Dean ficou entre as duas moças – Você preferiu seguir com uma missão ridícula ao ter certeza do estado de saúde de um bom soldado. Não existe dúvidas que todos aqui se sairiam melhores capitães que você.

Natalie tentou atacar Kelsea mesmo com Dean entre elas, Nelly observava aquilo junto com os outros, Kelsea não tentava revidar, se segurava em Dean desviando dos ataques e defendendo quando acreditava que Natalie iria acertar Amber, Dean sutilmente empurrou o solo e fez a terra sobre os pés de Natalie a empurrar para trás e com um movimento rápido Dean a empurrou com a força do ar e a derrubou no chão, aquilo com certeza se tornaria uma luta, se não fosse por um estrondoso grito de socorro vindo a leste dali. Nelly tentou acionar sua p.d, sem sucesso ele tirou do bolso um aparelhinho de rádio arcaico, um Walkie Talkie e rapidamente o acionou:

- Milena você ouviu isso? Parece que nossas comunicações foram cortadas como imaginávamos – Todos ficaram surpresos e começaram a tentar usar sua p.d, sem sucesso e ficaram mais ainda surpresos com o aparelho antigo usado por Nelly, com exceção de Dean que gostava de objetos antigos:

- Ouvi sim, estou tentando contatar os outros instrutores, mais está difícil, eu acabei de deixar o grupo B e C na pirâmide, vou atrás dos outros instrutores – A voz de Milena saiu do aparelho de Nelly, surpreendendo mais ainda os presentes.

- Certo, vou lá investigar, vou levar um pequeno grupo comigo tente reestabelecer a comunicação, e fique atenta no radinho, contato você por ele – Nelly abriu um sorriso – Eu te avisei que velharias são importantes.

Nelly olhou para os soldados, a briga entre Dean e Natalie deixou a escolha fácil para ele, enfrentar o desconhecido, era sempre importante levar os melhores guerreiros em cada área, nem sempre os melhores eram os mais talentosos.

- Escutem com atenção, isso não é treinamento, a EFEC teve suas comunicações cortadas e provavelmente está sendo atacada em uma torre a leste daqui, não sabemos o que está ocorrendo vou levar alguns para me darem apoio, eu serei o líder de vocês, cada ordem dada deve ser cumprida, o principal objetivo é descobrirmos o que está ocorrendo e evitar se possível de ocorrer, o outro grupo será liderado por Natalie, que deve levar todos diretamente a pirâmide, que está a alguns quilômetros daqui, e lá receberão mais ordens.

- Você não vai levar a única pessoa com a classificação Z daqui? – Natalie parecia furiosa – Qual é o seu problema?

- Eu não preciso que você questione minhas ordens, e gostaria que você levasse seus companheiros em segurança para a pirâmide, espero que sua classificação Z torne essa missão simples e que todos cheguem sem nenhum problema – Natalie abria a boca para falar, porém Nelly continuou – Se eu ouvir sua voz mais uma vez soldada eu irei dar um jeito de você nunca mais pisar na EFEC está me entendendo? – A seriedade na voz de Nelly congelou Natalie.

- Sim Senhor – Contrariada Natalie se pôs à frente do caminho, ordenou que um dos grandalhões carregasse Amber e esperou novas ordens.

- Dean, Kelsea, Rufus e Gregory venham comigo, quero Dean protegendo Kelsea que vai ser nossa médica de batalha, Rufus quero a distância nos acompanhando, com sua sniper preparada para qualquer momento, e Gregory vai escondido, quero você como ataque surpresa, se algo nos atacar você só ataca depois que Rufus disparar entendido?

Todos fizeram que sim com a cabeça, os grupos se separaram e Natalie fez sinal para que o grupo dela a seguisse, Dean achou a ação de Natalie esquisita, ela não separou e nem montou estratégia, Nelly olhava para o caminho de onde o grito tinha vindo, sua feição apresentava uma mistura de dúvida e felicidade, Kelsea e Dean se olharam com as sobrancelhas em pé:

- Vamos seguir por leste o mais rápido possível, Gregory, siga por fora do caminho, se camufle e não use magia até que todos ataquemos certo? – Gregory assentiu – Rufus irá por cima nas árvores, atento a todo momento e também não use mágica, guarde sua energia para um tiro certeiro.

- Magia? – Kelsea estava de olhos arregalados – Não fazemos mágica, isso é manipulação de matéria!

- É mais rápido do que falar manipulação da matéria e além do mais, isso aí ainda parece mágica.

Dean abriu um sorriso, se aquilo valia para um oficial da EFEC, valia para ele também. Nelly desatou a correr em direção ao grito de socorro, Nelly era rápido, os outros tiveram de se esforçar para segui-lo, naquela velocidade ele chegaria rapidamente a torre, em dez ou vinte minutos no máximo. Dean percebeu que as árvores passavam muito rápido, ele olhava para o lado e parecia que estava em uma moto a cerca de sessenta quilômetros por hora, ele percebeu que ele cortava o ar com muita facilidade, com certeza Nelly sabia disso, e fez com que eles o seguisse de maneira intrínseca, Dean estava ansioso para saber o que era aquilo.

Ao chegarem na área da torre eles viram um ônibus parado a frente do grande portão, alguns corpos espalhados, no qual Kelsea e Nelly foram investigar o que aconteceu com eles, Kelsea levou a mão a boca ao chegar em um soldado que estava mutilado:

- Acho que foi esse soldado quem gritou – Todos se aproximaram – O peito dele está sangrando, deve ter usado o ar dos pulmões para amplificar o grito, foi assassinado em seguida – Apontando o furo no pescoço.

- É foi isso mesmo – Uma voz como um ronronar foi ouvida da porta, se aproximando – Esse humano babaca devia estar borrando nas calças que não conseguiu controlar o fluxo de ar que utilizou e explodiu o próprio pulmão – Abel se aproximava com seu machado gigante e com seu braço de terra já preparado para a batalha – Humanos são todos burros e mirradinhos.

Todos se armaram para o combate, Nelly fez uma capsula se desdobrar até se tornar uma lança de duas pontas, sendo um lado uma ponta única afiadíssima e o outro lado uma ponta em formato de facão.

- Bela lança humano estupido, vou pegar ela pra mim depois que te matar.

Dean sacou a espada e se posicionou a frente de Kelsea que estava já mexendo as mãos e manipulando o vento em volta dela. Abel desatou a correr em direção de Nelly com o machado em riste, e com um movimento pesado tentou acertar o ápice da cabeça de Nelly, que percebeu que defender seria perda de tempo e se desviou no último momento, mostrando velocidade.

Abel continuou o ataque e cortou o ar com o machado, Nelly conseguiu apenas desviar usando a força do ar, Dean tentou atacar Abel, que com um leve movimento de mãos fez uma pedra que estava naquele terreno irregular voar na direção de seu rosto, que do nada se desviou, Kelsea tinha desviado a pedra com uma rajada de vento, Nelly então tentou investir e conseguiu bater a lança no braço de terra de Abel que estava duro como concreto, Nelly se afastou e Abel deu uma trégua, Dean estava com a espada segura e todos os músculos do seu corpo esperavam uma mínima ordem para reagir, ele estava em um combate, um combate real, ou eles ganhavam ou não haveria mais nada após aquilo, Dean sentiu-se leve e ao mesmo tempo feliz, aquela sensação o alegrava, ele sabia que não podia perder.

- Vocês lutam mal, são idiotas e têm movimentos óbvios, são previsíveis, sabe garota – Abel começou a andar em direção da Kelsea, que com um leve movimento das mãos fez seus chakrans se expandirem em suas mãos – Fêmeas humanas sabem lutar?

Abel investiu em direção a Kelsea, Dean usou o chão como uma mola para trombar com Abel, que abriu um sorriso e como se fosse leve como uma pena se virou no ar e investiu em Dean, nesse mesmo momento foi possível ouvir a uma certa distância um estampido e Abel foi arremessado do nada para trás.

Donovan já iniciava a partida dos motores, ele podia ouvir que Abel estava lutando com alguns soldados talentosos, talvez fosse aquele garoto no qual dominou os elementos todos de uma única vez, ou algum capitão, não restava dúvidas que tudo daria certo, ele já sentia o gostinho da vitória, estar na estelar1 no subterrâneo era algo diferente, a nave tinha o tamanho de cinco ou seis ônibus juntos, Donovan saiu da sala de comando e caminhou lentamente até o átrio principal da nave, com as escadas a direita e a esquerda que levavam até a sala de comando, e no meio do átrio entre as duas esquerdas algo que fez o coração de Donovan pular, Brown estava parado ali, armado com sua espada e pronto para o combate.

- Donovan, você está preso por traição a humanidade. – Donovan pulou até onde estava Brown e desembainhou uma Wakizashi.

- E você que vai me prender? Não seja inocente, você jamais ganhou uma batalha direta contra mim, não será dessa vez.

- Você se acha o superior por ser nível quatro no comando do ar, mais você é deficitário em quase todas as outras áreas, tipo o fogo onde você ainda não supcrou o primeiro nível.

- E você acha que tem chance contra um guerreiro que já atingiu o nível quatro em sua magia de afinidade?

- Donovan você é muito talentoso, mais ainda não entendeu, não é? – Brown assumiu uma posição de ataque e começou a acumular eletricidade, raios estavam em volta de todo seu corpo – Ser nível quatro não te torna imortal, não te torna melhor guerreiro e nem mais experiente.

- Tire suas próprias conclusões.

Donovan literalmente voou para a direção de Brown que rebateu o cortante ataque da espada do inimigo, Brown então jogou um raio em direção de Donovan que usou sua espada como para raio e logo em seguida com a espada carregada com eletricidade, tentou cortar a cabeça de Brown que se desviou no último segundo e conseguiu acertar o golpe de sua espada no lado de Donovan, seu corpo e suas roupas ultra resistentes absorveram o impacto, Donovan ficou possesso de raiva e atacou com toda velocidade, Brown não fazia mais do que defender e sempre que Donovan dava uma brecha ele o atacava com a espada, Donovan começava a ficar lento foi então que com um único movimento da mão uma rajada estrondosa de vento atingiu Brown em cheio no rosto, Donovan então começou a socar o ar como se lutasse boxe, e o ar golpeava Brown como se o próprio Donovan estivesse muito próximo, em seguida ele usou a espada e o ar vinha cortante e frio, Brown começou a sangrar e conseguiu uma pequena brecha onde ele conseguiu fechar a guarda e dissipar os ataques de ventos jogando alguns raio na direção de Donovan que teve de se proteger, a Estelar1 começou a levantar voo, e as comportar se abriram lentamente.

Abel levantou-se com um buraco no ombro esquerdo e o braço todo solto, e tentou atacar Dean que havia caído no chão com o machado, Kelsea deu um mortal por cima de Abel e rasgou o a cabeça do tracapato que urrou de dor e em seguida Nelly arremessou sua lança que perfurou o abdômen de Abel e o fez cair de joelhos no chão espirrando sangue para todo lado. Como se nada tivesse acontecido Abel se levantou furioso e partiu para cima de Nelly que estava desarmado, porém Gregory saiu de baixo da terra e com um gancho com os punhos cobertos de terra derrubou Abel, que caiu cuspindo sangue.

A nave já despontava para fora do subsolo e flutuava lentamente até sair totalmente do subsolo, com o rosto e o peito encharcado de sangue Brown se desviou de uma rajada de vento particularmente forte que quebrou um vidro da nave, era sua saída, Brown correu como nunca sobre os insultos de Donovan e saltou a janela terminando de quebrá-la e caindo próximo de Nelly, Donovan colocou a cabeça para fora:

- Irá se arrepender de fugir de mim Brown – E ativando uma p.d, toda a terra de baixo dos pés deles começou a tremer como um terremoto localizado – Sinta o poder de criação do mestre das sombras.

Capítulo Vinte e Quatro
A máquina de Guerra

Rufus chegava correndo carregando uma lança de ponta única, o chão tremia tanto que era difícil manter-se em pé, a nave em que Donovan estava acelerou em direção ao céu e aos poucos ia diminuindo, o chão começou a rachar e se elevar e como se uma enorme minhoca saísse dali, no entanto o que saiu foi uma enorme maquina da largura de um ônibus, e cada vez mais que saía do solo a altura do robô aumentava. Como se saísse de uma toca, as pernas do tamanho de carros sedans com a frente no chão e rolamentos na ponta como um tanque de guerra e os braços o impulsionando para cima do tamanho de postes de energia, porém extremamente articulados, a cabeça saiu do tronco sem nenhum pescoço, não tinha feição parecida com nenhuma espécie conhecida, mais era com certeza um humanoide. Tinha a lataria toda de bronze e parecia ser mais dura do que diamante.

Brown e os outros saíram da área onde o robô gigante saiu, e correram para o meio da floresta para ganhar espaço e pensar em uma estratégia, no entanto o robô se mostrou absurdamente ágil e os perseguiu, seus braços articuláveis abriram pequenas fendas que começaram a atirar na direção de todos, Dean rapidamente construiu um muro de terra a sua frente protegendo ele e Kelsea, a parede se espatifou e Dean desatou a correr para junto dos outros, o robô com dezesseis metros de altura era absurdamente rápido para sua altura, os rolamentos no lugar dos pés tinha uma boa saída e não permitia que eles abrissem uma distância, as árvores eram arrancadas do caminho da máquina.

O robô então socou o chão e fez uma onda de terra que foi na direção de Brown e Nelly que estavam bem na frente dele, Nelly tentou controlar a terra e revidar o ataque, no entanto a única coisa que conseguiu foi diminuir o impacto da pancada, ele e Brown sentiram uma pancada enorme, como se um ônibus tivesse os atropelados:

- Capitão Nelly, você está bem? – Rufus gritou e correu em direção de onde Brown e Nelly foram arremessados – AAAAAAAAH! – O robô atirou em sua direção, apesar das fendas parecerem pequenas as munições eram do tamanho de bolas de golfe e vinham incendiadas, Rufus escapou por muito pouco.

Dean tentou aproveitar a distração do Robô, ele saltou buscando atingir a cabeça da máquina, no entanto a máquina parecia enxergar de todos os cantos possíveis e fez com que seu braço se dobrasse em quatro e acertou m golpe em cheio em Dean que foi arremessado para longe, Kelsea correu atrás de Dean e graças a isso escapou de um tiro do mesmo braço da máquina, que raspou seu braço direito. Gregory estava escondido perto de onde Dean havia caído e estava gemendo de dor, Gregory estava com uma cara de terror:

- Gregory, corre para a sede, vá avisar alguém, a máquina não te notou – Kelsea percebeu que se enganou quando Gregory foi atingido por uma munição que perfurou a árvore que estava na sua frente e acertou seu abdômen, parando apenas na roupa resistente e em seu forte abdômen – Meu Deus!

Enquanto isso Brown parecia estar em um patamar diferente de todos ali, os projeteis atirados pela máquina já eram rápidos o suficiente para fazer com que todos ali apenas conseguissem desviar, no entanto Brown usava suas adagas para cortar e escapar dos projeteis e tentar avançar para cima do inimigo, Nelly sacou de suas costas sua arma e começou a atirar, os projeteis batiam e caiam como se fossem de festim, Brown conseguiu chegar e atacar com sua adaga, uma fenda se abriu rapidamente e defendeu a adaga com uma espada que saiu da fenda, no susto Brown foi derrubado e caiu em direção aos pés do robô, uma outra fenda se abriu e fogo foi lançado em Brown que teve de manipular o vento para conseguir escapar do ataque, nisso um projetil o acertou no braço. O robô parecia invencível, ele conseguia lutar contra todos ao mesmo tempo, parecia um exército de uma máquina, Dean atirava projeteis envolvidos em manipulação de terra, que batia na lataria e caia como pedra, Kelsea havia acabado de usar a terra e o fogo para cauterizar o ferimento de Gregory depois de tirar o enorme projetil e apagar o fogo, Kelsea então usou sua pistola se concentrou e atirou um projetil envolvido em chamas, surtiu efeito, a armadura era de mithril, Brown mostrou-se extremamente atento e com um tiro certeiro acertou no mesmo lugar que Kelsea e em seguida desviou-se do braço do tamanho de um ônibus e finalmente pousou. Um pequeno buraco foi aberto, não tinha feito realmente nenhum efeito no robô que obviamente não sentia dor e para piorar, abaixo daquele buraco havia mais uma camada de mithril, talvez até mais que dez camadas:

    - RUFUS – Dean começou a gritar pelo amigo que tentava chegar em sua direção escapando por um fio dos projeteis lançados em sua direção, e quando não conseguia escapar levantava um muro de terra a sua frente, quando ele estava chegando Dean continuou – Leva o Gregory, eu vou te dar cobertura, e volta com algo que derreta essa merda.

    Rufus pegou Gregory que estava desacordado e o pendurou em suas costas, o robô parecia ter um desejo pela morte de todos ali, ao ver Rufus fugindo ele tentou partir para cima do ruivo, Dean tirou sua espada e pulou em direção da cabeça usando a terra como trampolim e o ar para chegar lá, se concentrou o máximo que pode e desviou de todos os golpes e no último segundo conseguiu fazer um projétil atingir o próprio robô e em seguida cortou a parte em chamas abrindo uma fenda na lataria de mithril, Dean não esperava que isso realmente fosse atrair a atenção da máquina, se enganou, e a máquina se focou nele, aproveitando Nelly tirou uma granada e jogou no robô e em seguida o atingiu com sua arma atirando sequencialmente, abrindo vários buracos na lataria, Brown mesmo com um braço saltou e com um ataque extremamente pesado de suas adagas rasgou a primeira camada de mithrill que ao se rachar se desprendeu ficando pendurada na máquina que abriu uma pequena fenda e atirou, Rufus já abria uma boa distância com Gregory nas costas, parecia que ele conseguiria mesmo fugir da máquina, ele ouviu um estampido e ao olhar para trás ele conseguiu se desviar no último segundo de um míssil do tamanho de um braço humano. O míssil caiu logo a frente e o impacto arremessou Rufus e Gregory para trás, um grande incêndio se formou por causa da explosão.

O fogo se espalhava rapidamente pela floresta, Dean e Kelsea correram para o fogo, Brown e Nelly fizeram a mesma coisa pensando que era a grande chance deles, a máquina muito inteligente não pareceu se importar com as chamas e se aproximou assim mesmo, Kelsea juntou uma bola de fogo nas mãos e com um único golpe incendiou a carcaça que estava pendurada, e Brown arremessou uma adaga que derrubou a carcaça no chão. Dean envolveu sua espada em chamas e atacou o robô, ele foi desviando dos ataques e com toda a confiança e força do mundo atingiu a espada na carcaça prateada, Dean sentiu o ataque e foi arremessado para longe, o robô não sofreu um dano sequer. Kelsea olhou assustada para Dean e com raiva arremessou seu Chakran e uma sequência de bola de fogo, nada aconteceu.

- Que porra é essa? – Nelly desviou-se de uma sequência de tiro do robô - Nada fura essa merda.

Kelsea estava prestes a desmaiar, gastara muita energia nos últimos minutos, um projetil iria acertá-la em cheio, Dean com um corte rápido da espada cortou o projetil em dois passando um em cada lado de Kelsea

- Kel, fica atrás de mim – Disse Dean tomando a frente de Kelsea – Vamos andando de costa, eu te protejo, por favor, não desmaie, logo vamos dar um jeito nesse monstro de lata.

Brown atacou ferozmente usava terra, água, ar e fogo, nada fazia efeito, ele usou a própria eletricidade do corpo para tentar algo, também sem efeito, os ataques físicos eram refletidos com o dobro de força.

- Precisamos de um excesso de força para derrubar a máquina – Brown gritou – E alguma magia pode ajudar, só que não dá pra simplesmente dar um golpe de dois mil newtons.

O número assustou a todos ali, Brown falou como se fosse possível acertar um golpe de tamanha magnitude, como se fosse humanamente possível.

- Você quer dizer que é impossível destruir isso sem usarmos outra máquina – A máquina simplesmente não parava de atacar, tudo que eles conseguiam fazer era desviar dos ataques, estavam ficando sem energia – Dois mil newtons são equivalentes à, sei lá uma mordida de tubarão branco? Estamos mortos.

O tempo começou a fechar, as nuvens escuras apareciam rapidamente e escureciam o céu, por cerca de cinco minutos todos apenas desviavam, mesmo Rufus ao longe tinha que desviar dos mortíferos ataques do robô, parecia que tudo estava perdido e o céu ficava cada vez mais escuro, a chuva então começou a cair e começou a chover também raios, o robô não se importou nem com a água e nem com o barulho e continuou seu ataque avançando cada vez mais, Dean sentia seus músculos queimarem, Kelsea estava quase desmaiada e Rufus estava prestes a desmaiar, Brown era o único que conseguia lutar contra os ataques da máquina e graças a ele todos estavam vivos, mesmo Nelly estava já esgotado.

Tudo parecia perdido, Dean olhou para o céu, não tinha mais energia, e sentia-se muito pesado, o céu pareceu tão bonito, ele via tudo em câmera lenta, era lindo como aquele raio caia e caia e caia, e ele caiu mesmo, na cabeça do robô e o cortou no meio, fazendo cair divido em dois. Dean não acreditou em seus olhos, mesmo Kelsea exausta se levantou para ver o que tinha acontecido, Brown abriu um sorriso e caiu de costas no chão, Dean viu ao longe uma imagem de um homem negro de cabelos brancos caminhando na direção de todos, era Kamen. Dean sentiu-se estranhamente seguro, Kelsea desmaiou e ele a segurou, ele nunca havia percebido como Kelsea era bonita, a deitou no chão, todo arrebentado devido ao combate, e quando Kamen se aproximava dele, Dean apagou.

Dean acordou em um quarto que ele não reconheceu, muito claro, com o sol batendo na janela e no pé da cama, suas pernas expostas a luz do sol estavam quentes, ele nunca havia sentido isso ao acordar, achou aquilo absolutamente confortável, o quarto tinha apenas a cama que ele estava e ao lado uma pequena cômoda, ele tentou se levantar, seu abdômen doía muito e suas pernas estavam absurdamente pesadas, ele olhou pela janela e conseguia apenas ver algumas copas de árvores, Kelsea veio a seu pensamento e isso o deixou irritado, ele não conseguiu proteger Kelsea, era fraco, estava sendo derrotado por uma máquina, no entanto aquilo o motivava a ser melhor, Nelly e Brown eram incríveis, tinham uma velocidade e um controle de suas ações e de suas manipulações incríveis, sinal que ele podia chegar até lá, mas Kamen foi quem o surpreendeu, com um único golpe, absurdamente forte, Dean duvidava que talvez chegasse aquele nível, mesmo não o vendo realmente lutar.

Sobre a cômoda tinha um copo de água, Dean fez a água flutuar até sua boca para tomar, estava gelada e era refrescante, Dean ainda pensava na vida quando a porta se abriu, era a doutora Flora carregando uma bandeja de café da manhã, um sorriso no rosto caminhou até Dean e colocou a bandeja em seu colo:

- A menina Kelsea pediu para te tranquilizar, ela está bem, vai precisar de repouso assim como você – Dean sentiu um pouco do peso de culpa aliviar seus ombros – Ela pediu para ser transferida para seu quarto, mas as regras internas dessa instalação EFEC não permitem a não ser que forem casados.

Então Dean estava em uma das instalações da EFEC, provavelmente na da África onde ele moraria nos próximos anos, ele percebeu que Flora veio lhe passando uma informação pois sabia que ele estava cheio de perguntas:

- Muito obrigada doutora, eu estava realmente preocupado com ela.

- E ela estava com você, eu menti para ela falando que você estava acordado e bem, ela estava quase chorando de preocupação.

- É ela tem esse habito de chorar para tudo, é bem chorona – Dean deu um leve sorriso – Doutora, o que aconteceu? Como chegamos aqui?

- Bom eu não tenho autorização para dar detalhes até por que não estava lá, mas Kamen destruiu o robô e os trouxe para cá com ajuda de Brown.

- Mais alguém desmaiou?

- É mais fácil você perguntar quem não desmaiou, o ministro Brown e Kamen foram os únicos e mesmo assim

Brown estava muito cansado e machucado, nunca o tinha visto daquele jeito, vocês passaram por uma luta muito boa apesar dos níveis baixos de vocês.

- Níveis baixos? – Dean lembrou que atingia apenas o nível dois de magia e que Brown não ter desmaiado significava que ele realmente estava bem acima dele

- Bom, aquela máquina que vocês enfrentaram estaria classificada como missão nível quatro para dois ou mais soldados, ou seja, ali apenas Brown se enquadraria no requisito.

- Brown não pareceu utilizar nada de manipulação nível 4... - A porta se abriu mais uma vez, e Kamen entrou enquanto Dean falava e o interrompeu.

- Brown é novato no uso do nível quatro, está se adaptando e além do mais, o nível quatro tem um gasto energético muito maior, usá-lo repetidamente leva a exaustão muito mais rápido do que o convencional, ele disse que não utilizou em momento nenhum na luta, visando guardar energia para proteger vocês.

- Senhor Kamen, foi você quem criou a chuva não foi? – Dean começou a lembrar do combate – E utilizou a energia elétrica do trovão não foi?

- Bem observado. Usei um ataque mágico de nível quatro para derrubar o robô.

Dean sentiu seus olhos brilharem, Kamen era brilhante e extremamente poderoso, ele manipulou uma força da natureza a seu favor:

- Mágica? Desculpa ser chato senhor, por que mágica? Não sabemos que é manipulação de matérias?

- A culpa é minha, eu sempre quis me sentir mágico, depois que os alunos se tornam soldados efetivos mudamos para mágica, é mais prático – Kamen deu um leve sorriso, ele sentia que Dean queria perguntar algo a ele – Vamos garoto pergunte.

- Ahã... Como o senhor veio do céu? No meio das nuvens.

- Aquilo foi uma das minhas magias de nível cinco, controlar as águas, fazer chover, eu fiz chover, utilizei muita energia e precisei de muita concentração, fiz as águas evaporarem e tornarem-se nuvens o mais rápido possível, isso ajudou na formação de raios e trovões e no final usei um pouco de ar para chegar até as nuvens e controlei a grande força da natureza que eu criei e desci com o raio para derrotar a máquina.

- Brown disse que a magia era repelida – Flora se intrometeu surpresa – Como o senhor conseguiu furar essa defesa?

- Na verdade – Foi Dean quem respondeu – Precisávamos de mais de 2000N para furar essa defesa, não interessava se esse ataque era mágico ou não.

- Exatamente, a força do ataque pura pode furar qualquer defesa, claro que algumas magias respondem melhor em algumas situações, como fogo com gelo ou água com fogo, mas a força bruta ainda é força bruta, e funciona se for maior do que a defesa.

Dean ficou pensativo, sua cabeça estava funcionando a milhares de quilômetros por hora, ele ainda pensava em uma maneira de derrotar o robô.

- Dean, eu sei que você deve estar cheio de dúvidas, porém, não vim aqui saná-las, vim aqui te fazer uma oferta – Kamen olhou para Flora que intendeu prontamente que era uma conversa privada e se retirou em silêncio – Estamos produzindo uma espaçonave para um grupo especial intergaláctico e interespécies, ela ficara pronta em cerca de um ano e meio, tempo que você terá para treinar aqui no campus de treinamento.

Dean não entendeu o que Kamen queria, e sua curiosidade ainda estava na máquina de guerra que ele havia enfrentado, Kamen então prosseguiu.

- Essa nave fará missões que estão relacionadas com essa máquina de guerra e quem a mandou, ela terá tecnologias de ponta de todas as espécies e não será monitorada, acredito que talvez queria fazer parte de sua tripulação?

Dean foi finalmente pego pela informação de Kamen, devia ser uma piada.

- Por que eu? Qual motivo? Eu nem fui treinado como um EFEC desde criança.

- Idade, potencial, personalidade e afinidade mágica.

Dean não conseguiu responder, apenas fez que sim com a cabeça, era estranho aceitar uma missão sem saber qual era a missão, Dean se sentia importante.

- Bom descanso Dean.

Capítulo Vinte e cinco
O império Dracate

Tud'Ar, estava em uma nave a caminho do planeta natal dos dracates, lá ele se apresentaria ao segundo general Garthor da brigada especial dos dracates, Tud'Ar não acreditava que estava chegando no oitavo andar da pirâmide militar, faltariam apenas dois depois disso para que ele pudesse chegar no último andar da sociedade militar dracate, ele já estava acima do que a grande maioria da sociedade conseguia atingir. Ele lembrava que quando era pequeno e ainda não pertencia a nenhuma pirâmide específica ir à escola era a única maneira de atingir o pé da pirâmide, que era ser estudante, ele lembrava que no início sua matriarca ensinava tudo sobre as pirâmides sociais. Foi ali que ele então entendeu e decidiu seguir a pirâmide militar como toda sua família, a honra e o respeito na qual ele viveu estavam estampadas ali, naquela pirâmide, ele era aventureiro, guerreiro e cheio de coragem

"A sociedade de bases militares do nosso povo tem em mente formar um grande exército, pautado nos valores da luta e do respeito, nos valores da vitória e da conquista, um pouco diferente do que é a sociedade científica, que é também pautada nos valores da vitória e do respeito, da sabedoria e a da busca do conhecimento, ambas as sociedades se mantém pelos valores de pacificidade, busquem o que mais vos conforta, o que mais se encaixa nas suas personalidades. "

Tud'Ar nunca se esquecera daquela aula, ele perceberá dali em diante que a concorrência para ser um grande guerreiro Dracate era gigantesca, mais de noventa por cento de toda a escola tornou-se parte da pirâmide militar, os outros poucos alunos que faziam parte da pirâmide científica eram incríveis, porém não podia ser tão difícil subir os andares da pirâmide científica, afinal ele também era muito inteligente, Tud'Ar ao ver a dificuldade pensou em seguir sua vida pela pirâmide científica, mas as palavras, tão duras de sua matriarca o fez pensar melhor.

" Para seguir na pirâmide militar, basta ser Dracate e buscar ser parte da sociedade comum, ela se baseia no crescimento dentro da pirâmide pelas conquistas e méritos, existem diversas provas que os farão subir de andar, são complexas e dependem apenas de vocês, existe sempre a evolução, apesar de ser difícil, basta o esforço e muito treinamento, no entanto para seguirem na pirâmide científica é necessário muito estudo, sabedoria acima da média e ainda por cima conseguir se aprovar nas provas científicas, parece fácil, mas para serem aprovados vocês devem sempre acertar todas as respostas de maneira exata."

Tud'Ar era considerado uma jovem promessa dos exércitos Dracate, com apenas quatorze anos ele já havia se tornado um soldado raso, segundo andar da pirâmide, com dezoito já estava no sexto andar da pirâmide, o mais comum em toda a sociedade, com vinte e um anos ele atingiu uma meta até ali inatingível por alguém com menos de trinta anos, tornou-se primeiro general e agora ele então tornou-se um alvo a ser seguido e já era dado como futuro presidente marechal dos dracates pois era recém formado segundo general com apenas vinte e cinco anos.

Tud'Ar ainda não acreditava que subirá tão rápido na pirâmide, ele era superior a grande parte da sociedade dracate, só não era a mais alta patente de sua família por que seu pai era um prefeito marechal, o que diziam muitos, questão de tempo para Tud'Ar. A nave de Tud'Ar se aproximava cada vez mais de seu destino, ele estava em uma área da nave com apenas mais cinco senhores dracates, era a área para generais. A sociedade dracate era pautada na posição do indivíduo no sistema, quanto mais alto na pirâmide mais altas eram as regalias, e quanto mais baixo, mais trabalhos com importância pouco relativa.

A nave pousou em uma área cercada por montanhas de rochas que pareciam ter sido empilhadas a mão por um gigante, quando Tud'Ar desceu ele sentiu a alta temperatura do planeta Volcano, parecia estar novamente abaixo da água, só que sem a água para o hipnotizar, o solo estava em uma temperatura perfeita e ele sentiu seus pés como se estivessem abraçados pelo solo, ele seguiu as pessoas que iam até um prédio circular em curvas, parecia derretido e dançando devido ao calor:

- Tud'Ar, Tud'Ar, aqui – Gritava do segundo andar Fy'Fy acenando – Voa aqui, estava te esperando para irmos juntos.

Tud'Ar alçou voou e rapidamente atingiu o segundo andar do prédio, dentro uma sala mal iluminada com grandes velas em castiçais maiores ainda, algumas estavam apagadas e Tud'Ar as acendeu com um leve soprar em chamas:

- Ora ora, você nunca fica perto de mim no escuro – Falava Fy'Fy enquanto o abraçava – Tem medo de mim segundo general?

- Na verdade tenho sim, você já se demonstrou tarada e abusou da minha boa natureza quando éramos capitães!

- A culpa é sua, por ser assim tão... quente.

- Fy'Fy eu ainda não estou pronto para relacionamentos - Fy'Fy saiu da sala fazendo sinal para que ele a seguisse, saíram em um corredor mal iluminado e seguiram até uma escada – Eu te acho bonita, só que um pouco atirada, não estou pronto para te segurar.

- Está dizendo que vai ser dominador? – Fy'Fy o pressionou contra a parede quando chegaram na escada – Tudo o que eu sempre procurei.

Tud'Ar se desvencilhou de Fy'Fy e seguiu seu caminho, ao descer a escada até o térreo saíram em um saguão circular, com uma estátua de um dracate avermelhada e em chamas que iluminava todo o saguão:

- Se você continuar subindo a pirâmide nesse ritmo, você vai superar o rei Dragão Ifrit – Fy'Fy não se conteve e abraçou Tud'Ar por trás – Imagina eu? Esposa de Tud'Ar o grande?

Tud'Ar se desvencilhou dela novamente, porém abriu um leve sorriso, ele gostava de Fy'Fy imagina-lo um poderoso, ele poderia fazer a diferença no universo, e compartilhava do mesmo sonho que ela, era o que fazia ele realmente pensar em se relacionar amorosamente com ela de novo. Ao saírem do prédio um Cabar os esperava (um enorme cão do tamanho de um elefante sem pelos e com asas gigantes com uma cabine em suas costas), eles subiram na cabine que dentro tinha um pequeno computador, Fy'Fy pressionou um botão e uma p.d apareceu, ela digitou BAGES (Base de Generais Especiais) e como mágica o Cabar começou a voar, o leve chacoalhar terminou quando atingiram as estradas que eram acima das nuvens, haviam centenas de Cabars:

- Esses robôs monstruosos me assustam, meu pequeno Mantuc não é tão feio quanto esses mantucs gigantes – Tud'Ar parecia perdido em seus pensamentos enquanto Fy'Fy falava – Por que não usamos os carros dos humanos ou dos Analtilas?

- Por que são carros que sofrem com as altas temperaturas, não durariam muito tempo nos planetas dracates.

- Não se pode mexer neles para fazer com que eles suportem as altas temperaturas?

- Você não estuda não Fy'Fy? Sai do mundo da lua, a tecnologia para isso é absurdamente cara, não valeria a pena.

Eles foram discutindo sobre transportes enquanto voavam por cima de toda cidade, muitos prédios pareciam estar dançando e o fato deles não terem geralmente uma forma definida ajudava muito na ilusão, conforme eles viam as distancias das casas e dos prédios aumentarem, eles viam que o Cabar abaixava cada vez mais sua altitude e ao longe eles já conseguiam ver um enorme lago borbulhando, eles sobrevoaram o lago e a água convidativa fez com que Tud'Ar abrisse a janela da cabine e abrisse as narinas até o máximo, o cheiro da água sendo evaporada entrou em suas narinas e o deu uma sensação de alivio e prazer. O cabar então terminou de sobrevoar o lago e caiu em uma fazenda de plantação, e ao fundo era possível ver um pequeno casebre, O cabar parou ao lado do casebre.

- Não é possível isso deve estar errado – Fy'Fy não acreditava que aquilo poderia ser uma base de generais – Tud'Ar olhou para o céu arroxeado e respirou fundo.

- Fy'Fy presta atenção, eu fui convocado para uma missão especial, eu não sei do que se trata, a única ordem é que eu levasse um bom capitão que soubesse obedecer a ordens e na qual eu confio minha vida, eu escolhi você por que confio em você e por que é minha amiga e não apenas minha subordinada – Fy'Fy andou na direção de Tud'Ar com intenção de agarrá-lo – Para Fy'Fy, presta atenção no que eu vou te dizer isso é uma missão oficial, seja a excelente capitã que você é em todos os aspectos, me trate normal quando estivermos sozinhos e no final dessa missão eu te levo para jantar e te dar uma chance de se relacionar comigo sem ter de me abusar.

Fy'Fy o abraçou e abriu um sorriso afiado, assentiu com a cabeça e prontamente mudou a postura de uma garota abobada para uma capitã de exército com postura invejável.

- A base é subterrânea, a casa abandonada é para enganar pessoas e as afastarem, na verdade a entrada é naquele banheiro – E apontou para uma pequena barraca de ferro a alguns metros – Ela é uma escada e está fortemente guardada, com certeza estão nos observando desde que descemos do cabar.

Tud'Ar e Fy'Fy seguiram até as portas do banheiro, que se abriram com o toque do dedo do meio de Tud'Ar, dois dracates estavam a alguns metros parados olhando fixamente pela porta, Tud'Ar se apresentou, um soldado fez uma pequena busca em um computador na parede ao seu lado e os cumprimentou então eles continuaram descendo as escadas, no final dela não havia uma porta, só um enorme e largo corredor, Fy'Fy notou que caberia uma nave espacial ali naquele corredor, na realidade ela ficou pensativa se aquilo não era realmente uma nave ou algo parecido.

- Devemos seguir até a última porta do corredor, o General Gart'Hor é quem cuida de toda essa base, ele está tentando transformar a base em uma nave – Tud'Ar estava bem informado, não era a primeira vez que ele estava ali – Acho que ele vai demorar mais uns cinco ou seis anos para fechar a parte de cima, você precisa ver o andar inferior, é onde tudo acontece, aqui em cima é só a área de segundos generais, os soldados estão todos lá embaixo.

- Não sabia que tinham soldados em uma área especial de generais.

- São soldados especiais, eles vivem aqui, e fazem missões especiais conforme as ordens dos generais, cada general aqui tem um grupo desses soldados mais capacitados.

Próxima da porta onde uma pequena placa anunciava que era a sala de Gart'Hor, uma escada que levava ao subsolo estava à vista, Fy'Fy ficou curiosa para descer, Tud'Ar bateu na porta e uma voz grave e rouca como se fosse um idoso respondeu:

- Pode entrar Tud'Ar.

Tud'Ar e Fy'Fy entraram em uma sala que mais parecia uma cabine de uma aeronave do que qualquer coisa, a janela que era na parede contrária da sala mostrava um túnel que dava para ver, ainda estava em construção. Gart'Hor era um senhor, seu rosto demonstrava o cansaço da vida, as bochechas eram riscadas e pouco caídas, tinha uma cicatriz que cortava seu rosto no meio até a boca, ele e Tud'Ar se cumprimentaram com um cruzamento de braços e Fy'Fy o cumprimentou com uma leve cabeçada.

- Garota bonita, sua namorada? – Gart'Hor deu um leve sorriso, faltava dois dentes.

- Não senhor – Respondeu Fy'Fy – E não é por falta de tentativas – "Fy'Fy" protestou Tud'Ar.

- Eu imaginava que ele era cabeção, não perca a oportunidade garoto

- Vamos falar da missão por favor?

- Se você insiste – O semblante de Gart'Hor mudou completamente – Sua missão é muito mais complexa do que você imagina, é a garota que vai lhe seguir, Fy'Fy não é? Aconselho que vocês sejam muito unidos, vão morar juntos e em outra cultura.

- É uma missão secreta? – Fy'Fy parecia animada.

- Os detalhes da missão por favor – Tud'Ar estava com a atenção dobrada.

- Você Tud'Ar foi o escolhido de toda a raça dracate para uma missão interespécies, Fy'Fy será sua companheira e vocês dois terão um líder e deverão seguir ordens, no entanto a missão é de extrema importância para o futuro de todas as espécies, entendam, que eu ainda não posso passar as informações, só que vocês devem se apresentar no planeta Terra o mais rápido possível, as informações serão passadas para vocês no devido momento que forem necessários. Vocês dois receberam um pequeno grupo de soldados e cientistas para levar na missão.

- Não vamos receber mais nada? – Tud'Ar frangiu a testa – Quanto tempo essa missão deve durar?

- Tempo indeterminado, dependendo do tempo ou do que acontecer com sua espécie vocês serão chamados de volta, entendam tudo vai depender do que acontecer aqui pra frente.

- Certo, quando devemos e como iremos partir?

Capítulo vinte e seis
O quartel

Dean acordou sentindo-se muito bem, recebeu uma semana de folga depois do ocorrido com o robô de guerra, todos que estavam naquela luta passaram a semana trancados dentro do prédio da EFEC, Kelsea e Dean aproveitaram muito essa semana para passarem o tempo juntos, assistiram filmes, treinaram e se divertiram jogando e dançando.

Era incrível como se davam bem, Dean não se importava de perder alguns jogos de propósito (Kelsea odiava perder) e usava tudo que podia para forçar um beijo ou forçar um treinamento (como apostas de vídeo game em que o vencedor escolhe a próxima atividade), a única coisa que irritava Dean é que Kelsea teimava em sempre tirar algumas horas do dia para estudar. Dean e Kelsea dormiam em quartos e andares separados, na teoria, por que sempre um dos dois dava um jeito de fugir para o quarto do outro para dormirem abraçados, não tinham se encontrado carnalmente ainda, não por falta de vontade, eram bem religiosos e cristãos apesar de serem de religiões diferentes, mas tinham um respeito mútuo muito grande pela castidade. Nada disso interessou para quando a zeladora do quartel finalmente encontrou os dois abraçados na última noite e expulsou Dean e fez Kelsea pagar um monte de flexões, Dean apesar de não sofrer nenhum castigo físico foi movido para a área de limpeza de campo, tinha de estar lá as seis horas da manhã para limpar o campo de treinamento, ele nunca tinha ido lá mais sentiu-se com sorte, seria legal fazer um pouco de exercício antes de começar seu primeiro dia de treinamento como um oficial.

Dean já estava descendo as escadas, parecidas com as escadas que levavam ao tatame da grande nave escolar da EFEC, ele conseguia ver toda a área construída do quartel, piscinas, pequenos ginásios e academias espalhadas por todo canto, ele não conseguia ver o campo. Ao chegar no saguão principal que já estava apinhado de gente ele seguiu diretamente para a recepção que ficava bem à frente da porta de entrada, uma soldada loira estava na recepção com uma gama de p.d a sua volta.

- Rebeca, bom dia, pode me informar onde é o grande campo de treinamento aqui do quartel?

- Só seguir até o final das piscinas, é logo atrás daquelas árvores de eucalipto.

Dean agradeceu e seguiu para fora do prédio, o que era visto das escadas parecia agora muito grande, ele andou por toda aquela árca pela primeira vez e sentiu o ar novamente, o cheiro das árvores eram adocicados, e quanto mais ele se aproximava das árvores de eucalipto mais forte o cheiro ficava, quando ele finalmente alcançou os eucaliptos a única coisa que lhe restou era dar uma enorme gargalhada, a zeladora Hinata estava lá no meio do campo, um cercado enorme com o tamanho aproximado de dez campos de futebol, Dean foi andando até Hinata que logo passou a informação do que ele devia fazer, ele tinha uma hora para limpar todo aquele campo e ará-lo, ela demonstrou como fazer, arrancando os matos com as mãos e manipulando uma pequena porção de terra. Hinata entregou para Dean uma pequena capsula contendo um enorme cesto de lixo, para ele se livrar do mato. Dean começou imediatamente, era talvez o trabalho mais chato que ele havia feito em toda sua vida, porém ele não desanimou e levou aquilo como um treino, no entanto ele não conseguiu complctar todo aquele espaço em apenas uma hora, necessitando de duas horas, o que lhe rendeu um sermão e algumas flexões.

Eram onze horas da manhã quando Dean saiu do banho e seguiu para o refeitório (que era todo o primeiro andar) para almoçar, tinha combinado de se encontrar com Kelsea lá, no caminho ele viu Jinmu saindo do banheiro do corredor do segundo andar, se encararam a distância até que não tivessem mais contato visual, já não era o mesmo olhar de ódio que Jinmu sempre lançava a Dean na EFEC, do mesmo modo, Dean já não via Jinmu como um garoto mimado, e sim como um cara que parecia precisar muito de amizade, só que ele não estava disposto a ser um grande amigo de Jinmu:

- Dean – Rufus vinha subindo a escada do primeiro andar - Caraca irmãozinho onde você estava essa semana que passou?

- Fala Rufus – Se cumprimentaram com um forte aperto de mão – Cara, passei a semana com a Kelsea e deitado na cama, não permitiram que eu saísse.

- Igual eu, cara que chatice, passei uma semana inteira deitado numa cama vendo séries, quando não estava comendo ou fazendo isso estava na academia, o que você e Kelsea ficaram fazendo? Não nos encontramos em momento nenhum.

Dean ficou em silêncio pensando, na verdade ele vinha evitando o amigo, queria passar um tempo com Kelsea, não que ele não quisesse ver o Rufus mas ele queria Kelsea como companhia apenas.

- Ah cara, passamos um bom tempo no quarto dela e na biblioteca, achei estranho não te encontrar na academia – Dean então se lembrou que Rufus não era de acordar cedo – Só que eu sempre ia bem cedinho, deve ser por isso.

- Ah, deve ser então – Rufus bateu as mãos com um certo entusiasmo – Andei conversando com Jinmu, ele disse que essa primeira semana foi ridícula, tiveram alguns treinamentos básicos e que essas semanas serão usadas para testar nosso nível mágico.

- Quer dizer que....

- Exato, eles vão ver em que nível mágico estamos oficialmente, e depois vamos começar a ser utilizados para completar os compromissos da EFEC.

- Você quer dizer as missões? – Dean coçou a testa – Não viemos aqui para treinar?

- Jinmu me explicou, disse que vamos treinando e realizando as missões ao mesmo tempo, e que as missões são direcionadas a nós pelos nossos níveis de magia – Rufus parecia em êxtase – Essa semana vão avaliar o nível de magia com a água – Dean começou a descer as escadas preocupado – Hey aonde você...

- Eu te chamo mais tarde para conversar, preciso avisar a Kelsea.

Dean desceu as escadas deixando Rufus protestando atrás dele, ao chegar no grande refeitório repleto de mesas e cadeiras ele avistou Kelsea na mesa de sempre, perto da grande janela em formato de espada de um baralho, ao se aproximarem se cumprimentaram com um selinho como de costume e foram até a mesa onde estava a comida, Dean passou as informações que sabia para Kelsea, que obviamente não se surpreendeu:

- Eu já tinha lido isso em um livro ontem, esqueci de te falar – Ela disse enquanto se sentava na cadeira – Pelo que eu entendi serão cinco semanas de teste, uma para cada elemento, faremos treinamentos voltados para cada um deles a partir da segunda feira e no sábado de manhã fazemos um teste que vai dizer em que nível estamos.

- Como podem saber?

- Essa é uma boa pergunta, vamos ter que esperar para ver, nossa essa costela tá uma delícia.

Depois do almoço Dean e Kelsea seguiram para o prédio de aulas que ficava ao lado das quadras de combate, lá receberiam instruções das próximas semanas e do que era esperado deles, a sala parecidíssima com as salas de aula da nave estava cheia de todos os alunos da EFEC que se formaram no final de outubro e desceram para o quartel, a sala parecia um mercado de peixe, todos falavam ao mesmo tempo, todos muito curiosos para saber o que iria acontecer, mesmo Jinmu conversou com Rufus Dean e Kelsea, eles esperavam que Kelsea soubesse o que estava por vir e Kelsea realmente não sabia.

A sala da porta então se abriu, uma senhora entrou e o silêncio veio junto com ela que parecia extremamente disposta, ela sentou-se encima da mesa a frente de todos, seus cabelos brancos e encaracolados lembravam uma nuvem, seus olhinhos pareciam duas bolinhas de gude de leite com manchas azuis, de sua pulseira uma p.d foi lançada ao ar contendo datas e informações sobre os dias seguintes:

- Boa tarde soldados – Sua voz era suave – Para quem não me conhece eu sou a general Marciela, venho hoje até vocês para explicar-lhes como serão as próximas cinco semanas de vocês aqui no quartel, cada uma dessas semanas será utilizada por vocês para treinarem seus controles de elementos, essa semana aconselhamos vocês a treinarem a água, já que no sábado serão avaliados nesse elemento – O silêncio era absoluto – As provas serão no sábado e ao fim delas vocês saberão o que devem treinar para a outra prova, cada prova seguira um roteiro e será feita individualmente, após o término da última prova vocês estarão liberados por um período de férias.

- Quando sairão os resultados?

- Vocês receberam via mensagem privada junto com a data que devem retornar ao quartel, vos aconselho a se prepararem bem, suas qualificações ditarão os níveis de missão e ao mesmo tempo pagamento, se alguém tiver alguma dúvida me procurem na minha sala, oitavo andar do prédio de administração, atrás do prédio onde vocês dormem.

As semanas que se seguiram foram incrivelmente rápidas, Jinmu, Rufus, Dean e Kelsea treinaram juntos todas as semanas, no primeiro sábado Dean conheceu a prova, era simplesmente fazer o que era mandado, primeiro ele controlou a água e depois teve de conseguir fazer a água evaporar e se solidificar tornando gelo, conseguiu sem nenhum problema, em seguida era tentar respirar abaixo da água, ele se concentrou e tentou, conseguiu respirar por um tempo, só que não conseguiu manter, Rufus e Kelsea pararam na hora de respirar abaixo da água, apenas Jinmu conseguiu e seguiu para a próxima pergunta que era criar água, não conseguiu.

A outra semana eles se preparariam para o teste de aerocinese, treinaram de modo a se enfrentarem apenas utilizando o ar, finalmente no sábado o primeiro a ir dessa vez foi Jinmu, controlou o ar com facilidade, em seguida teve de controlar um ar com elementos mais pesados, conseguiu com uma certa dificuldade, a terceira parte era flutuar, Jinmu parecia uma pedra. Rufus foi exatamente igual Jinmu. Kelsea conseguiu flutuar por alguns segundos. Dean foi o que foi mais longe, conseguiu voar por alguns segundos pela sala, Marciela ficou maravilhada.

A outra semana foi a da eletricidade, tiveram de treinar em lugares com fontes de energias próximas, Dean e Kelsea conseguiam gerar energia do próprio sistema nervoso, mais isso os esgotava muito e eles treinavam escondidos as vezes (o que diminuiu o tempo de namoro dos dois, que já era limitado) para não magoar Jinmu e Rufus, no sábado Dean foi o primeiro, ele controlou a eletricidade e em seguida ele roubou energia de onde era possível naquela sala para ligar uma antiga televisão do século vinte. Em seguida ele ligou vários objetos dependentes de eletricidade e no final conseguiu fazer energia elétrica, quase desmaiou por que usou muita energia antes dessa fase, Kelsea repetiu a mesma coisa que Dean, Rufus apenas conseguiu controlar e mal conseguiu ligar a televisão assim como Jinmu.

A quarta semana foi a semana da geocinese, a melhor semana de Rufus sem a menor sobra de dúvida, ele fazia coisas incríveis com a terra, parecia extensão de seu corpo, estava tão confiante que foi o primeiro a ir no sábado, ergueu pequenas pedras, em seguida umas pedras mais pesadas, depois uma rocha maciça, foi o único que conseguiu chegar a esse ponto, os outros três conseguiram apenas erguer algumas pedras e com muito esforço algumas mais pesadas.

A quinta e última semana foi a de pirocinese, o número de atendimento por queimaduras na ala médica foi absurdamente alto, por todo lado existiam tochas espalhadas, e por diversas vezes uma galera estava apagando pequenos incêndios, no sábado como era de se esperar as pessoas demoravam mais na sala de avaliação e a grande maioria saia passando mal. Kelsea foi a primeira, ao entrar ela se viu em uma sala com um círculo de fogo no meio:

- Adentre o círculo por favor, senhorita Santos.

Kelsea entrou no círculo, aquele fogo era agradável, e ela podia deixa-lo mais agradável se quisesse:

- Por favor, arremesse para mim uma pequena bola de chamas – Como se fosse a coisa mais fácil do mundo Kelsea passou a mão direita sobre a chama que estava na altura de seus joelhos e segurou uma bola de chamas, e arremessou para Marciele – Muito bom, pode fazer essa chama em volta de você aumentar por favor? – Kelsea fez quase imediatamente um gesto com os dedos os jogando para cima que fez com que as chamas ficassem maiores que ela – Gostaria de saber se você consegue ascender todas as tochas que estão no teto de uma só vez.

Kelsea olhou para o teto, e viu cinco tochas penduradas, se concentrou e jogou os braços para cima, o como se o fogo estivesse em suas mãos ele foi arremessado e ascendeu as tochas, em seguida com um forte vento úmido Marciele apagou todas as chamas ali presente:

- Faça fogo senhorita Santos – Kelsea fechou os olhos e suas mãos esquentaram muito, em seguida Kelsea concentrou essa energia que se tornou uma bola de golfe em chamas – Consegue expandir isso por todo seu corpo? Se envolver na própria chama?

Kelsea tentou, seus braços foram envolvidos e ela percebeu que aquele era o seu limite:

- Não consigo infelizmente, acho que com uma prática conseguirei.

- Okay, muito bom senhorita, está liberada – Assim que Kelsea deu as costas Marciele começou a anotar em sua caderneta, então aquela era a menina do fogo? Assustadora.

- Como foi? – Perguntou Dean para Kelsea

- Tranquilo, vocês não devem ter muitos problemas.

Dean conseguiu controlar o fogo e ascender as chamas no teto, ele saiu de lá exausto e com muito calor, Jinmu e Rufus conseguiram apenas controlar o fogo, e saíram tão cansados quanto Dean.

Com o fim dos testes todos estavam liberados, Jinmu saiu às pressas, cumprimentou os companheiros de treinamento e seguiu para a área de extração, disse que queria aproveitar as férias para treinar, Dean e Kelsea decidiram ir no domingo de manhã e tirar uma boa noite de descanso, Rufus decidiu acompanha-los e ir no domingo de manhã, o plano era seguirem até a cidade mais próxima e pegaram um ônibus espacial para a lua, ao acordarem seguiram para a área de extração, Dean e Kelsea de mãos dadas iam conversando sobre as expectativas para o próximo ano:

- Vamos tentar te visitar Rufus, eu e Kelsea combinamos de irmos visitar a irmã dela, talvez já aproveitamos e te visitamos.

- Seria maravilhoso, meus pais iam amar conhecer vocês.

Ao entrarem no helicóptero Dean recebeu uma ligação, ele não conhecia a pessoa que estava ligando:

- Quem é Milena Dean? – Disse Kelsea com ciúmes forçado (era impossível Dean ter conhecido alguém, passaram muito tempo juntos).

- Boa pergunta – Dean deu de ombros e atendeu, para sua surpresa um homem careca estava na imagem da p.d:

- Capitão Nelly! Que surpresa.

- Desculpa ter de te ligar desse sistema, é da minha namorada – "Escapou em mocinho" – Mas recebi uma missão para fazer na Terra e estou recrutando você e a garota do fogo – "Porque ninguém para com esse apelido estupido?" – Ela será feita em algumas semanas pode me acompanhar?

- Certo! Me passa as coordenadas– Dean seguiu a conversa – E você está aonde? Precisamos manter contato.

- Eu e Milena voltamos a Marte, somos daqui.

- Certo, vamos permanecendo em contato, me manda uma mensagem com o número do seu sistema para eu te contatar por ele.

- Okay, nos falamos. Abraço, tenham um bom dia! – Nelly desligou a ligação.

- O que será essa missão?

- Eu não sei, só sei que quero ir para casa.

O helicóptero começou a levantar voo, Dean não sabia exatamente o que viria pela frente, ele só sabia que independente do que acontecesse ele queria ficar próximo de Kelsea e dos amigos que tinha feito na EFEC e com o fim de ano se aproximando ficar junto de sua família seria maravilhoso. Dean segurou as mãos de Kelsea fechou os olhos e fez sua oração, aquele era o início de mais um dia, era para Dean o início de um sonho!